TU SEXO ES M

# TU SEXO ES MI PERFUME

Anna Llauradó

Primera edición en esta colección: octubre, 2007

© 2007 por Anna Llauradó
© de la presente edición, 2007, Ediciones El Andén, S.L.
Avenida Diagonal, 520, 4.º, 1.ª - 08006 Barcelona

Printed in Spain
ISBN: 978-84-96929-00-5
Depósito legal: B. 43879-2007

Fotocomposición: gama, sl
Arístides Maillol, 9-11 - 08028 Barcelona

Impresión y encuadernación: LIBERDÚPLEX, S.L.U.
Ctra. BV 2249 Km. 7,4. Polígono Torrentfondo
08791 Sant Llorenç d'Hortons (Barcelona)

TMA 929005

*A mi familia...*

*Qué caliente es la esencia de la rosa de verano.*

ROBERT GRAVES

No hace mucho un amigo me dijo que la colonia que usaba desde hacía casi treinta años la habían retirado del mercado. Llamó entonces a la fábrica y averiguó si podía comprar todas las cajas que quedaban para llevárselas a casa...

—El perfume se le disipará con el tiempo... —le comentaron.

—Da igual, prefiero que se disipe en mi casa. Pero es que me han dejado sin olor... Mi olor desde que era muy joven...

# ÍNDICE AROMÁTICO

Olores...
Sensaciones...
Momentos.
Un olor no conoce espacio, ni tiempo.
«¿No hueles a leña... a rosas... a pan recién hecho?...»
Y el aire parece impregnarse de eternidad.
Cuántos y cuánto aromas...

—Cuando Roberto me hacía el amor, yo me convertía en perfume...

\* \* \*

Mañana de mayo lluviosa... Estoy en la cocina de casa. Desde la ventana entreabierta me llegan los olores que la lluvia ha despertado en el jardín... A tierra... A hierba... A flores... A rosas.

Sobre la mesa, una docena, con una nota:

«Lo siento. Te quiero. Yo».

Él.

Me las acaba de dejar después de llevar a los niños al colegio y antes de ir al despacho. Simbolizan un «me equivoqué» después de la discusión de ayer, pero sobretodo, el amor que hay entre nosotros.

Inspiro, y al hacerlo, el aire me trae, con sus aromas, el recuerdo de mi tía Inés contándome, hace tres meses, su particular historia de amor con Roberto, el hombre que destilaba en perfume su cuerpo...

Unas rosas de este jardín, las primeras de marzo, despertaron, de un modo singular, su memoria y su olfato y la reconciliaron con los años más aromáticos y extraordinarios de su pasado. Inés y yo nos parecemos, tanto que hoy precisamente, cuando volvemos a encontrarnos, me llegan a mí también unas rosas conciliadoras.

Hemos quedado en casa de mamá para desayunar recuerdos y será un acontecimiento especial, no sólo porque hace mucho que no estamos juntas, las tres, sino porque hace muchísimo más que no estoy en casa de mi madre. Mi casa de infancia.

14

Volver a ella para quedarme toda una mañana, me produce una extraña contradicción: quiero ir y temo hacerlo al mismo tiempo, aunque la lucha entre el deseo y el miedo ha sido una tónica habitual en mi vida. Y en la de tía Inés también.

Todo eso son tonterías, dirían en casa. Pero, en estos momentos, enfrentarme a la posibilidad de la tontería y no temerla ya es un buen comienzo. Atreverme es el verbo: frente al temor, el deseo y el atrevimiento.

Inés se quedó sólo con el deseo en su historia de amor con Roberto porque en casa, en mi antigua casa de infancia, nadie se atrevió nunca. A nada. Yo no me atreví a ser yo. Hasta que llegaron los ataques de pánico. Ellos fueron el límite para un cambio y una búsqueda que empezó aquella mañana, en esta misma cocina, cuando decidí parar mi vida para encontrar aquel yo ignorado, desatendido... Ahogado. El aire lo rescató; el aire fue el guía para buscar en lo más profundo y ahora ese aire, además de traer los aromas del jardín y de las rosas que tengo junto a mí, lleva la fragancia de una fuerza, interna, que se despierta cuando me detengo e inspiro con conciencia. Sí, sin duda ahogarme fue el principio del cambio y el aire invisible, intangible, insípido y silencioso, pero extraordinariamente oloroso, llegó para salvarme.

Respirar fue vivir.

Oler, recordar.

Ambientadores naturales de la memoria, los olores fueron apareciendo como guías en la recuperación de mi vida y el de rosas tiene un significado particular en esta historia: vinculado a mis años de infancia junto a Inés, hoy cobra mayor intensidad al ir a desayunar no sólo con mamá, sino también con mi tía que acaba de llegar de las islas.

Inés...

Una vez estuvo a punto de atreverse y saltar... Coger la fuerza del aire, su propio impulso y lanzarse... Era abrir una puerta y cruzar un umbral. El de casa pero, sobre todo, aquel que diferenciaba el mundo establecido de otro, íntimo, sentido, infinito... Inés no saltó y el miedo terminó su relación con Roberto, el hombre que destilaba en perfume su cuerpo y en cuyos brazos ella se evaporaba. Pero seguir con él representaba —según ciertos esquemas— atreverse demasiado. No era el hombre «adecuado», según mi abuela. Así que terminó casándose con tío Ignacio y, a partir de la boda, empezó a ahogarse. Le faltaba el aire, decía, pero como no tenía más remedio que respirar se quedó sin olfato para evitar ciertas fragancias de la memoria, como el perfume a rosas.

Su olor era él.

Oler a rosas, rosas de jardín, era viajar a sus brazos a la velocidad del aire... Por eso desde hacía veinticinco años ella había sellado su olfato para no recordarle. Así, al llegar la primavera, desarrollaba una alergia nasal que no se aliviaba hasta que dejaba de ser tiempo de rosas. Sólo toleraba las de invernadero. Sin olor.

Pero algo cambió el pasado mes de marzo cuando la operaron de cataratas.

Hacía semanas que discutía con tío Ignacio: ¿se operaba en su isla o aquí? Ella quería hacerlo en la ciudad para estar con mamá. Es su única hermana y no se ven a menudo pero, sobretodo, quería venir para cambiar de aires. Llevaba años ahogándose en una atmósfera artificial de rosas de invernadero y, a raíz de la boda de su hijo pequeño, la idea de quedarse sola, con su marido, en aquella casa enorme con vistas a un horizonte perdido le resultó tan agobiante que su alergia se acentuó. Alguien dijo que podían ser las rosas, blancas, que la madre de la novia había encargado para decorar la iglesia ignorando el problema de su consuegra. Pero el verdadero problema no eran aquellas rosas, sino otras...

16

Fue entonces cuando las cataratas empezaron a caer sobre su mirada para dormir un nuevo sentido.

—Desde luego... —bromeaba Inés—. Tengo fastidiado el olfato, cada día veo menos y, al paso que voy, pronto dejaré de oír... Como siga así, tendré la sensibilidad de un armario, de fórmica.

Pero tía Inés no quería convertirse en mueble. Algo en su interior podía estar dormido, pero seguía vivo, incluso dispuesto a atreverse y, en alguna ocasión, le susurraba que los recuerdos llevaban fragancias... Por aquel susurro decidió operarse y quiso hacerlo en la ciudad aunque a su marido no le guste viajar, y menos en avión. Isleño e ingeniero de puertos, él es hombre de tierra, rodeada de mar.

Inés en cambio es mujer de aire...

Al final llegaron en barco después de una travesía de infarto que ratificó a tío Ignacio en sus creencias de piedra: que en ningún sitio se está mejor que en casa y que su mujer no tenía por qué salir de la isla para una intervención tan sencilla.

Pero cuando tía Inés olió las rosas de jardín que le llevé a la clínica, comprendió el sentido de su viaje: la intervención se complicó con un desprendimiento de retina y una reacción entre medicamentos que la obligó a estar un día en observación, pero despertó en ella una sensibilidad olfativa tan particular que, no sólo pudo oler a rosas de nuevo sin problemas de alergia, sino que le permitió recuperar el olor de ciertos recuerdos.


Roberto...

El chino-italiano.

Así le llamaba (y le sigue llamando) mamá aunque no fuera chino, sino medio japonés por parte de su abuelo materno, un importante creador de aromas para incienso. De él aprendió Roberto el significado de ciertos perfumes y el modo de afinar los sentidos al acariciar, mirar, saborear, escuchar... y oler.

Así le transmitió Roberto el amor a Inés. Con los cinco sentidos. Con todo su ser.

Y entre sus brazos ella descubrió cómo olía la madera en la chimenea de aquella casa pequeña y acogedora donde vivieron sus encuentros secretos, cómo quemaban aquellos leños y aquellos besos, y cómo se perfumaba el aire porque «per fumum» —por el humo— honraban los primeros hombres a sus dioses.

Así llegó a honrar Roberto el amor que sentía por Inés.

Oliéndola...

Por eso cuando él le hacía el amor, ella se convertía en perfume.

\* \* \*

El mármol de la cocina acaba de iluminarse. Un insistente rayo de sol se ha abierto paso entre el mar de nubes. Un rayito... Una pincelada de luz. La observo y vuelven otras mañanas, cuando me levantaba antes del amanecer, después de una larga noche de vueltas interminables en la cama y en mi mente, buscando algo que no tenía nombre, ni aparente sentido, ni tan siquiera lógica, pero que había despertado en mí la necesidad de encontrar la calma en un interior revuelto. Aquella época, larga, intensa, de mudanza interna, fue difícil, pero también especial, y liberadora para mí. Sacudí todo un pasado y hoy puedo ir a desayunar a casa de mi madre aunque no me resulte fácil. Pero estará Inés. También para ella es un acontecimiento extraordinario: esta vez ha venido sola y se quedará unos días en la vieja casa de la familia.

Desde la tarde de la operación han pasado casi tres meses: marzo ventoso, abril lluvioso y mayo, lleno de flores. Lleno de olores...

Cojo aire para aflojar el nudo de nervios que tengo en el estómago y, al hacerlo, mi olfato toma conciencia de un olor, singular.

Huele a mañanas.

«Qué tontería... ¿Cómo van a oler las mañanas?»

¿Tonterías?

El aire no emite juicios, ni viejos eslogans de familia y en su libertad proclama el olor de lo que sea, mañanas incluidas. Así que respiro y me dejo inundar por una sensación de ¿bienestar? y por esas partículas que brillan como polvo de hadas. Hace meses, cuando el aire empezó a llevarme hacia mí misma, cada olor era parte de un «yo» perdido, olvidado... Un «yo» en verano; un «yo» en el colegio; bajo la lluvia; cogiendo caracoles con papá, flores con mi abuelo... O estrellas con Inés que caían del cielo.

Llevaba años buscando el sentido de la orientación para mi vida y, de repente, un camino lleno de aromas se abría ante mí... Como miguitas de pan, los olores me llevaban a tirar del hilo perfumado de mis recuerdos hasta llegar al origen de mí misma, sin esquemas, sin aditivos (ni colorantes, ni conservantes), y sin miedos.

Miedos. Los he tenido todos. (Salvo zoofobia, creo).


Sentada frente a la ventana, miro el sol que se filtra por el cristal. Aunque volverá a llover, el rayito insistente se ha abierto paso en el cielo, con un ojal de claridad por el que empiezan a llegar otros rayos, que se alargan hasta la mesa y acarician las rosas con suavidad. El calor aviva su perfume. Ese «per-fum-e» divino, celestial, se eleva para honrar este instante en el que los sentidos se abren y mi ser se expande como si también él fuera aire...

Y aunque puedan aparecer nubes de pensamientos, las dejo que pasen mientras me pregunto: ¿al inhalar un aroma, dónde queda la fragancia que entra en mi cuerpo? ¿Existirá, tal vez, un lugar en cada ser dónde se almacenen los olores? ¿Será como una especie de cofre interior donde los aromas se esconden como mariposas dispuestas a volar de nuevo cuando el olfato se une al recuerdo?.

Me paro en ese interrogante. Y percibo: el perfume tibio de las flores, el aroma del jardín, incluso el calorcillo de un sol madrugador.

Primeros momentos del día...

Con olor.

# «EL OLOR DE LAS MAÑANAS»

Existe el particular olor de las mañanas. Especialmente a una hora temprana o las de sábados y domingos. Mañanas que se estrenan con el acogedor y profundo silencio de la casa. Todos duermen. Salvo la nevera. Ronronea día y noche. De lunes a domingo. Ella es la única que parece desconocer el singular olor a descanso, a quietud, a brevedad —efímera— de ese momento extraordinario que significa el comienzo de un nuevo día. Sin prisas. El silencio es música. Armonía. Y al levantarse la mañana festiva, el aroma del no hacer lo impregna todo.

Las sábanas se desperezan y exhalan el olor del cuerpo aún dormido. Ese íntimo perfume a sudor, a calor, a sexo. Algunas vueltas perezosas alargan el tiempo de los sueños... Y si no hay que madrugar, la eternidad pide permiso para instalarse a lo largo y ancho de la cama y recuperar en ella, lenta y amorosamente, la conciencia. El olfato, como el benjamín de la familia, acostumbra a ser el primero de los sentidos que se despierta. Le acompaña algunas veces el tacto, aunque otras prefiere seguir descansando. Y, entretanto, los olores van inundando el aire mientras el cuerpo, prosiguiendo con su despertar, empieza a reconocer un aroma lejano a café recién hecho y a pan tostado. Entonces renuncia definitivamente al descanso y, como una serpiente encantada, abandona la cama para dejarse llevar hacia el baño... En él, y al desnudarse de las prendas nocturnas, el cuerpo vuelve a exhalar, incluso con mayor intensidad, las fragancias de la noche. El sudor, el calor, el sexo, se despiertan vigorosamente hasta llegar a la ducha donde cederán su presencia al gel de aromas supuestamente salvajes de alguna playa caribeña y al agua urbana con esencia a lejía.

Pero los fines de semana el cuerpo parece resistirse al inmediato abandono de su olor natural. Y más en invierno. Así, la bata o el albornoz recubren y protegen el halo perfumado de ese cuerpo, que prefiere seguir atesorando su descanso.

Amparado en ese abrigo, llega el momento del desayuno...

La entrada en la cocina...

Durante la semana, la percepción es distinta pero, cuando no existen las prisas, cada inspiración puede ser un universo.

La mañana entra así, permisiva, a desvelar sus más íntimos y bellos secretos, aun cuando —a lo lejos— se escuchen ruidos habituales que, también ellos, empiezan a despertarse. Pero no importa. Es temprano. Con todas las horas por delante... Y en ésta, particularmente tranquila y callada, se puede disfrutar de la ceremonia del café al igual que los japoneses practican la del té.

Hacer de cada acción un instante único. Consciente. Vivido. Sentido.

Abrir así la lata de café, percibir su sonido... Recordar entonces, en un vuelo fugaz de la memoria, las latas de galletas infantiles... Meriendas... Cierto bienestar.

(No todo el pasado fue mejor. El presente puede serlo aún más...)

Y, al destapar la lata del café molido, entrar en el perfume de Colombia, de Brasil... Y dejar, sin pensamiento, que la acción vaya haciendo por sí sola, momento a momento, mientras la cafetera se va llenando sin esfuerzo y el resto de los sentidos se acomodan, se van acomodando, al hacer de un nuevo día... El café, con leche, los despertará por completo como al resto de la familia y entonces la cocina, la casa, la mañana, se convertirán en un carrusel de olores, de sonidos... De vida.

* * *

«¿No hueles?...» acostumbraba a decirme Inés cuando yo era niña.

La pregunta iba envuelta en un aroma a naranja, a pimientos asados o a claveles blancos, los más perfumados según Inés porque «al no tener color, toda su energía se concentra en su fragancia. Bueno, eso dice... Roberto.»

Creo haber escuchado ese nombre siempre del mismo modo: como un susurro. Durante su relación porque era un secreto. Después, para no despertar el recuerdo.

Él la llevó a pasear por los bosques a primera hora, cuando la tierra se despierta y huele a humedad, a pino, a setas recién cogidas y la luz del sol se filtra entre los árboles para tocar a cada una de las criaturas de la naturaleza como diciéndole suavemente: «Despierta... que ya es hora... Despierta...»

Aquellos bosques están en su olfato y en mi memoria para volver a caminar por un pueblo y, al descubrir una calle que huele a leña, evocar fuego, madera, perfume de bosque, calor de chimenea... Y luego encontrar un nuevo aroma a pan caliente, amoroso, crujiente y, al doblar la esquina, el olor a heno en el aire que provoca mi risa de niña.

Pasear, pasear... No correr. Pasear por los bosques, por los prados, por los pueblos más pequeños que destilan fragancias que alimentan el alma. Pasear por la vida...

En los últimos meses, cuando buscaba el sentido de la orientación que había perdido en la mía, oler a café, a rosas, a pan, a leña, a mañanas recién levantadas, me fue ayudando a identificar una ruta perdida pero lentamente recuperada. En parte gracias a Inés.

Ella —sus enseñanzas, su paciencia, su amor, su entrega y todo cuanto había compartido con el «chino-japonés»— me llevó a descubrir que mi vida —mi vida personal, individual— no funcionaba porque me había olvidado de pasear y sólo pensaba en correr.

Tuve que pararme entonces. Una larga temporada. Y me quedé en casa pero, sobretodo, me quedé en mí. Tenía que descansar, sentir... Y recuperar la esencia de las noches de verano, cuando Inés me decía:

—Mira, mira ahí arriba... Las estrellas son sueños que conquistar... Sólo hay que pedírselos a la luna...

Inés olvidó pedir que la de Roberto no se apagara nunca y en su lugar sólo quedó la estela de un aroma. A rosas.


La primera vez que estuvieron juntos, él le regaló una muy especial.

Fue el día del cumpleaños de Inés.

Roberto le preparó una cena en su casa y cuando fue a recogerla, le llevó una rosa de su jardín. Tenía la particularidad de haber florecido después de una intensa e inesperada nevada. No era habitual una rosa en invierno; tampoco su perfume: tal vez por haber crecido en la nieve y abrir sus pétalos, casi congelados, en un ambiente tan frío, su aroma al llegar a manos de Inés estaba tan concentrado que no había podido olvidarlo.

Era una rosa blanca, como de nácar. Como de novia. Pero Inés no se casó con Roberto.

Al hacerlo con Ignacio creyó que el tiempo borraría los recuerdos, pero no borró un olor: estuvo guardado en el cofre de los aromas y esperó durante años hasta convertirse en una mariposa que levantó el vuelo aquella tarde de marzo, cuando fui a visitar a mi tía, después de la intervención. Y voló tras un hilvanado de circunstancias que habían empezado con la boda del hijo pequeño para seguir con la soledad junto a Ignacio, la necesidad de venir a la ciudad de sus recuerdos y complicarse luego con la operación al producirse una reacción de la anestesia con uno de los medicamentos que Inés tomaba para la alergia.

—Nunca había pasado...

—Es la primera vez...

—Es muy extraño...

Los argumentos del equipo médico no consideraron ningún margen de error. Pero no fue la ciencia la responsable de que Inés estuviera inconsciente casi treinta minutos: ella quería despertar de un sueño de casi treinta años y durmió media hora para ver su vida en una burbuja. Y en aquella esfera cristalina, suspendida en el vacío, estaba ella. Ella, con toda su existencia. Y era un soplo de momentos que se encadenaban muy rápido unos con otros aunque, en realidad, era uno solo: cincuenta y cinco años en un suspiro.

Tuvo que respirar muy hondo para volver a tomar una bocanada de conciencia y aterrizar de nuevo al otro lado del espejo. Y, al hacerlo, fue cuando ocurrió: al inspirar, con todo su ser, descubrió que aquella burbuja de aire tenía olor. Y al explotar... ¡paf!, como una pompa de jabón, —el segundo antes de despertar— aquel planeta de aire lanzó su intenso aroma y una cascada de pequeñas estrellas empezó a caer... Hasta que Inés identificó una de ellas: llevaba un sueño, ligero, como el aire; el aire que tanto le gusta a Inés, el aire que no se puede ver.

Y con los ojos tapados pudo verle otra vez. Creía haberle olvidado, después de tanto tiempo... Pero los amores eternos no se borran con la memoria. Y menos cuando un aroma-mariposa vuela para despertar un recuerdo después de casi treinta años de vida inodora.

\* \* \*

He bajado al jardín a cortar una rosa para Inés. Es de color fucsia, con pétalos de seda salpicados de perlas de agua. Más que una rosa parece un nenúfar y su fragancia es como un almíbar. También he cortado un pomo de jazmín para mamá.

Empieza a chispear de nuevo. Hace una mañana de abrigo, de arrullo, de mimo... Una mañana para quedarse en casa a disfrutar de cada sorbo de té y preparar luego el ramo sin prisas, sin carreras de obstáculos contra uno mismo, ni nubarrones de exigencia apremiando para correr y llegar a ningún sitio.

El té que me estoy tomando y las flores que he cortado me recuerdan viejas enseñanzas de Roberto.

La ceremonia del té, con su reverencia constante ante los detalles de la vida, fue un conocimiento muy singular para mí siendo niña; pero, no sólo porque en casa sólo se tomara café o porque a través de su ejecución, Inés me entreabriera las puertas del mundo oriental, sino porque su tradición encerraba tantos aspectos poéticos que adentrarse en ellos era como hacerlo en un mundo de cuento. Y, al mirar las flores recién cortadas, recuerdo una leyenda que contó Roberto sobre el origen de los arreglos florales: al parecer, los primeros santos budistas recogían las flores esparcidas por la tormenta y, en su infinito respeto por todos los seres vivientes, las colocaban en recipientes con agua. Pero nunca las cortaban.

Tendría que haber recordado y haber buscado las flores caídas en el jardín.

Recordar...

Hace tiempo que la memoria está presente en mi vida. También en la de Inés. Así que no es casualidad que hoy toque desayunar recuerdos en casa de mamá.

Volverá a llover, pero esta lluvia es una bendición, no sólo para ablandar la tierra, sino también para despejar el cielo. Yo también necesito un poco de lluvia para aclarar este instante antes de ir a casa de mi madre. Por eso he bajado otra vez al jardín... Mojarme y coger aire me ayudan a despejar mi presente.

El más inmediato.

Este.

Este que se instala entre una inspiración y una expiración. Este que cruje y silencia, que pasa y se queda, que es un simple parpadeo o un latido y ni tan siquiera eso porque está entre el parpadear y el latir... Infinitamente pequeño y extremadamente inmenso, el momento en el que tomo aire para llenarme de vida y de olor es el que me conecta con el centro del universo y de mí misma.

Ahí, en ese punto de encuentro conmigo no hay nada, aparentemente, y sin embargo están todos los aromas de mi vida y mis sueños y mis ilusiones y mis creencias más íntimas... Mi nada convertida en galaxia, en sistema, en armonía de planetas que van y vienen con la danza de un perfume que, como una serpiente encantada, se eleva y se mueve al ritmo de mis palabras.

Volverá a llover, seguramente.

Me gusta la lluvia, me gustan las mañanas de lluvia, me gusta el color nostálgico del cielo que parece triste y mimoso cuando el azul se transforma en grises y una sábana de nubes envuelve al sol para que descanse. La lluvia es música y un despertador de olores y de sensaciones privadas de infancia, de colegio, de chapoteo en los charcos (no habrían mejores palabras con sonido de agua) y de atrevimiento...

«Pobre de ti que te mojes...»

La lluvia lleva recuerdos en cada gota que, al caer, se despiertan. El ciclo de lluvias trae y retoma los intentos... Vuelve, una, y otra vez, y otra vez más para despejar no sólo un cielo encapotado, sino una memoria. Así que ¿es casual que esta mañana se presente la lluvia como un personaje más en el desayuno familiar?

Tengo mañanas infantiles guardadas para volver a ellas y saltar en los charcos cuando me apetezca. Mañanas de impermeable rojo y botas a juego bajando del coche de mi padre para ir al colegio y en el tramo de acera que va hasta la puerta de la escuela, una hilera de tentaciones líquidas se presenta: charcos pequeños, más grandes, y los huecos de los árboles desbordándose... Llueve a mares... Y yo en la acera, bajo mi paraguas de ¿flores... o rayas?, esperando que mi padre cierre el automóvil. Esas islas de agua son tan tentadoras... Quiero hundir en ellas mis botas y dejar el paraguas para correr y saltar bajo la lluvia, pero...

«Pobre de ti que»...

Encima, pobreza. A la amenaza pongámosle unas gotas de miseria. Pero las deshecho... Lluvia, me gustas. Lluvia, te necesito. Vamos a hacer lo que nos apetezca, vamos a saltar y a brincar y a mojarnos... ¿Verdad que sí, lluvia?

No.

No me atrevo.

Soy una niña «buena». Obediente. Una «señorita». Y las «señoritas» no andan mojándose bajo la lluvia y menos saltando en los charcos. Además al «pobre de ti que...» hay que añadirle el... «¿Qué quieres? ¿Pillar lo que no tienes?...» Y aunque podría salirme alguna réplica del tipo: «Depende, porque hay cosas que no tengo que sí me gustaría pillar como por ejemplo: una habitación más bonita, una caja de lápices de colores más grande, más libretas para escribir... y... Más alegría en casa... Hacer fiestas, invitar a amigas... Tener un sofá... Y un papá que se ría, y una abuela que no me sermonee, y una mamá que esté siempre.»

Pero me callo. Si digo, aunque sólo sea una primera palabra, ya tendría encima el:

—Pero, ¿cómo te atreves?

Así que tapadita, bajo el paraguas y de la mano de papá, la niña se va al colegio a estudiar para sacar muchos dieces.

Dieces...

Me guardo la lluvia de infancia y reaparece siendo una adolescente. Estoy en el despacho de casa. Llueve. Me encantan las tardes de lluvia, de literatura, frente a la máquina de escribir: una Underwood. He empezado cursos de mecanografía al mismo tiempo que la universidad porque quiero ser escritora. Poeta, en realidad. Pero no me atrevo. Mojarme me da miedo.

Pero, gracias al cielo de esta mañana de mayo, empiezan a encajar las piezas de infancia, de adolescencia y de una madurez que, ahora sí, se atreve a pedir que llueva... Que llueva Virgen de la Cueva, que llueva a mares, que diluvie, que caiga un torrente para limpiar esta vida mía pasada hasta sentirme como pez (¿o puedo llamarme «peza»?) en el agua.

Inés y yo llegamos a crear un juego, de inventar palabras.

Ahora lo entiendo: formaba parte de la lluvia, del atrevimiento; formaba parte del mundo de los olores a incienso, a rosas, a Roberto.

Lluvia, rosas, jazmín, mañanas, recuerdos... Cójase todo, métase dentro de una burbuja y agítese bien, varias veces, hasta que la expansión del aire se transforme en todo aquello que no puede ser apresado, analizado, estructurado o demostrado. Universo del infinito, de los códigos no codificados, danos, aire, la oportunidad en esta mañana de lluvia atrevida, de ser nosotras mismas: Inés y yo, y mamá también, (si quiere). Que llueva y que sople el viento y que la lluvia y el aire nos traigan todos los aromas de la vida que no hemos sido capaces de respirar, a pleno pulmón, a nuestras anchas porque no conocíamos el atrevimiento.

Miedo.

Sí, por supuesto. Toneladas de él. Infinitas... Pánico a raudales. Miedo a mares. Pero lloverá y el agua limpiará el aire y dejará que salga el sol y la luna con estrellas, si hace falta.

Así que me preparo para salir. Este será un desayuno particular: especial y también personal. Privado. Sobretodo entre yo y yo misma. Un desayuno renovador y con olor a jazmín. Y a rosa. La rosa es Inés y mamá, el jazmín. Los veranos de infancia, su ausencia... Son tantas emociones... Todas.

Pienso en Inés. Volvemos a vernos después de casi tres meses. Tres meses desde aquel día de marzo en el que también ella empezó a atreverse...

* * *

—Roberto era un hombre extraordinario...

Inés no estaba acostumbrada a hablar de él y menos de su intimidad con el hombre que la convertía en perfume. El atrevimiento llegó aquella tarde en la habitación de la clínica mientras tío Ignacio salía a comprar unas revistas y nosotras nos íbamos a dar un paseo por los recuerdos.

No fue fácil. Volver al mejor pasado, a los momentos más gratos, al placer... Pero aquella tarde de luz mimosa Inés empezó a ver la extraordinaria posibilidad de mirar atrás y recuperar la película de un amor desacreditado por los prejuicios y el miedo. Sí, miedo, pero, ¿a qué en realidad?

Un poema de Borges le llegó entonces desde sus recuerdos literarios.

—Aquel en el que argumenta que si volviera a ser joven cogería más aviones, subiría a más montañas y comería más helados, pero tiene ochenta años y se está quedando ciego. —Inés deja un silencio y luego añade—. Yo voy camino de los sesenta... acaban de operarme de cataratas y... He cogido tres aviones, he subido a cuatro colinas y no como helados para guardar la línea.

El miedo siempre presente, aunque el aire fresco de las excepciones llegó para Inés con aroma a incienso japonés.

30

—Roberto fue el atrevimiento de mi vida.

Pero salirse de lo establecido no estaba permitido. Había que nacer, vivir, amar dentro de los códigos marcados por la familia, la escuela, la sociedad... «Es así...» decían. Y pobre de ti que te rebeles, que cuestiones, que preguntes... Pobre de ti que te atrevas.

Inés se atrevió durante cinco años. Después se casó con Ignacio. Y selló sus sentidos hasta que unas rosas de marzo reavivaron sus recuerdos más aromáticos. El primero la llevó a su intimidad con Roberto. Llegó con la inspiración de las flores y su fragancia reavivó la sensación de su cuerpo amándola.

—Cuando estábamos juntos, Roberto era...

Inés empezó a buscar en el aire palabras que se ajustaran a la descripción del hombre que rastreaba su piel como si fuera un sendero de aromas... No encontró ninguna y optó entonces por describirme, no sin cierta timidez, los juegos que el amor había guardado en su memoria. Supe, así, como Roberto hacía de cada encuentro amoroso una particular ceremonia donde cada inspiración era un universo en el que no existía el tiempo. Aquel ritual le permitía estar con Inés como si fuera la primera vez. Y siempre lo era.

Como había aprendido de la tradición de los maestros del té, cada instante de vida era sagrado y extraordinario, único, y ejercitarse en estar presente, consciente, en cada movimiento, sensación o gesto, era el camino para adentrarse en el conocimiento de la vida en todos sus sentidos. Con ellos y con la más nítida de las conciencias, Roberto se entregaba a Inés. Amarla era entrar en su piel y en su alma, en su pelo, en su aliento y detenerse a mirar, saborear, escuchar, tocar y, por supuesto, oler cada instante de encuentro. Sin mente, sin pensamientos, la eternidad estaba en su cuello, en el cuenco de sus hombros, en la cima de sus brazos, en el descenso por ellos hasta las muñecas y las palmas de las manos donde olía sus caricias y con las que viajaba por el camino de piel hasta llegar al vientre de Inés. En él se quedaba, varios instantes, como el maestro que espera el momento en el que el agua del té empieza a romper su hervor sacando los ojos de serpiente, las primeras burbujas, pequeñas, que indican que ya está caliente. Sólo entonces podrá verter el agua en la tetera. Y Roberto esperaba los primeros signos de ebullición...

Su abuelo, el japonés, le había enseñado que la mujer es una rosa que se abre cuando el hombre aspira su aroma, y su fragancia más íntima despierta la fuerza masculina... Así que al sentir el calor femenino, él proseguía con su particular ceremonia hasta hundir su nariz —aquella nariz fuerte, grande, romana— en el sexo de Inés. Empezaba entonces a olerla, a inspirar su esencia hasta que ella se quedaba sin aliento y él se entregaba a devolverle el aire al tiempo que retenía su fragancia como vampirizándola.

—Y ese momento, me miraba... con aquellos ojos rasgados, oscuros, y, con su japonés italiano, me susurraba... Tu sexo es mi perfume... y lo será siempre, *cara*.


Los recuerdos huelen... Y algunos llevan una particular fragancia. Un mundo invisible, pero real.

Roberto le había contado a Inés cómo la práctica de ciertos ejercicios de respiración con olores le había ayudado a afinar los sentidos.

Interior y exterior debían estar en equilibrio.

Inspirar...

Expirar...

La armonía era una danza sobre la línea del horizonte. Y la música la ponía el aire, pero no era una danza fácil.

Roberto aprendió de su abuelo el modo de trabajar aquel equilibrio y, si bien se inició con la tradicional ceremonia del té, la del incienso fue el siguiente paso de aquel camino que los antiguos samurais utilizaban para agudizar sus sentidos antes de entrar en batalla y centrarse en sí mismos. Interesado en aquella tradición, el abuelo de Roberto dedicó su juventud a crear fragancias a base de mezclas de especias y de flores en una búsqueda personal sembrada de olores que le llevó a trabajar en la fábrica de incienso más importante de Tokyo hasta convertirse en uno de los creativos de olores más reconocidos de su país y también en el extranjero. Así fue como viajó a Europa y en Italia su hija se casó con un romano. De aquel matrimonio nació Roberto. El «chino-italiano» como le llamaba mamá, aunque Inés siempre la corregía:

—Que no es chino, que es japonés... Y sólo por parte de madre.

Pero a mamá, aquel novio de su hermana le parecía igualmente raro fuera del Japón o de la China. Y más cuando mi tía —a escondidas, para que no se enterara mi abuela— le contaba hechos, para ella insólitos, como que al cumplir los dieciocho Roberto se fue a vivir a Tokio por ser el único descendiente varón de la familia y entró en una escuela a practicar la meditación, la pintura y la caligrafía, viviendo luego en Kamakura, antigua capital medieval del Japón, donde existe una tienda especialista en fragancias. En ella había trabajado el abuelo siendo uno de los fundadores del «Círculo de Kyara», grupo de los amantes del perfume que celebraban sus encuentros en la primera planta del establecimiento, mientras que la segunda era una sala de estudio consagrada a rituales de la tradición japonesa como las ceremonias del té, de la escritura o del incienso que había practicado Roberto.

Y claro, en casa, todo aquello sonaba a chino. (Japonés, en realidad...)

Para Inés, en cambio, sonaba a música celestial.

Hasta que dejó de sonar.

—Es increíble... —me confesó aquella tarde en la clínica—
que después de tanto tiempo haya podido sentir algo que creía olvidado. Pero ¿cómo se pueden llegar a olvidar, o creer que has
olvidado, tus sentimientos? Y encima convencerte de que todo
está bien, en orden, y ponerte una coraza durante años para no
recordar. Nada.

No recordar. Ni sentir.

Pensé en mis sueños de poeta, pero sobretodo en papá: yo
también había sellado su ausencia. Pero ahora era como abrir una
puerta; otra más en aquel camino que llevaba a uno mismo. El
trayecto parecía largo, a veces complicado, pero existía un punto,
como un ojal de luz abierto que mostraba un territorio llano,
tranquilo, sencillo.

Inés inspiró.

—Quítame el vendaje. —me dijo—. Sí, anda, quítamelo... Es
casi de noche y si no encendemos la luz, será como si llevara los
ojos tapados, pero sin esta presión encima.

Me acerqué a ella y retiré las gasas que cubrían sus ojos.

—Qué luna... La noto sin verla... La noche de mi cumpleaños
había una luna como ésta... Fue la primera vez que estuve en casa
de Roberto y entré con los ojos cerrados...

Inés guardó un corto silencio. Luego me pidió un poco de
agua. Bebió dos sorbos.

Pero fueron de mar...


Roberto vivía cerca de la playa, a las afueras de la ciudad.

El clima mediterráneo le recordaba al marítimo de Japón por
su calidez cuando no había lluvias, sobretodo en la zona del norte
donde su abuelo y su abuela se habían retirado a disfrutar de la
danza en el horizonte y la música del aire.

La noche de la primera cita había refrescado. Había llovido du-

34

rante toda la tarde y el mar guardaba un oleaje de champagne para celebrar el cumpleaños de Inés. También el atardecer dejó como regalo una noche de estrellas y una luna oronda y blanca como una gran miga de pan.

Envuelta en aquella atmósfera, Inés entró en la casa de Roberto.

Y, al cruzar la entrada, él le pidió que se descalzara. Desnudar sus pies ya fue para ella un acto sensual pero, sobretodo, atrevido. Sí, sin duda, el atrevimiento fue el primer sentimiento de aquella noche: para una muchacha como ella andar descalza no sólo era algo extraño, incluso exótico, sino prohibido porque, desde niña, los pies desnudos sólo se llevaban en la playa o en la piscina. En casa era causa de resfriado y motivo de castigo.

¡Descalza! ¿Cómo te atreves?

Se atrevió y, al hacerlo, notó, antes que nada, el placer de su pequeña subversión y luego, en la planta de sus pies, el tacto de un suelo de madera que empezó a crujir cuando avanzó hacia un espacio que identificó como el salón. Con la pierna rozó un mueble, tal vez una mesa baja, y después de algunos pasos, él le pidió que se arrodillara. Lo hizo sobre una superficie suave, como de seda, y mullida donde se sentó sobre sus talones para mantenerse a la espera.

Fueron unos segundos salpicados de sonidos...

Uno metálico, como de un platito de cobre o aluminio al ponerse sobre la mesa... Y luego el de la cabeza de una cerilla encendiéndose y prendiendo en algo que empezó a soltar un hilo de humo perfumado con olor a ¿rosas? Sobre la duda llegó el sonido del viento y el reconocido oleaje del mar cercano, pero Inés se olvidó de cuanto podía sugerirle aquel ambiente invisible al percibir los movimientos felinos de Roberto avanzando por el suelo de madera con pisadas lentas y firmes hasta que se arrodilló tras ella. Entonces Inés sintió en la nuca, desnuda por el recogido que lle-

35

vaba, el aire tibio de la respiración de Roberto y después notó sus labios rozando el vértice de su cuello y de su oreja izquierda al susurrarle él, como un viento cálido de mayo, que abriera los ojos para decirle luego:

—Feliz cumpleaños...

Pero Inés esperó unos segundos...

Se mantuvo con los párpados cerrados varias respiraciones porque, en ellas, iba el olor de Roberto. Acababa de notar, por primera vez con conciencia, cómo aquel aroma intenso de piel y loción para después del afeitado, aquella fragancia cálida y envolvente, se adhería a ella como si fuera su propio olor. Y así la dualidad se instaló en su persona para empezar a oler, desde aquella noche a sí misma y a Roberto también.

Olerle oliéndose fue el primer rasgo de su amor y si lo incorporó a su vida con los ojos cerrados, del mismo modo lo recuperó después de la operación. Pero aquella noche el aroma de Roberto se mezcló con otro, igualmente intenso, que la llevó a despegar los párpados para descubrir primero...

Luz...

... de veinticinco velas en una tarta de cumpleaños.

Y luego...

... la barrita de incienso que prendía al otro lado de la mesa perfumando el aire con dos hilos blancos que ascendían como dos serpientes humeantes, para unirse en el trayecto hasta difuminarse.

Dos espíritus enamorados. Juntos, aunque separados.

Individuales.

Partiendo de un mismo punto se dividían luego, cada uno por su camino, para reencontrarse en el aire y fundirse con él.

—Fue... —Inés se paró un instante—. Una maravilla. Aunque me resfriara... Sí, hija, fue soplar las velas y empezar a estornudar... Y a la mañana siguiente, Roberto estaba igual. O peor. Nos

36

pasamos aquel primer fin de semana juntos en la cama. Con calditos, con infusiones, bueno, en realidad, con mucho té caliente y con un concierto de estornudos que no te puedes ni imaginar...

Pero, antes de que mi imaginación empezara a trabajar, Inés me dibujó, con varios trazos, el paisaje de aquellos primeros momentos entre ella y Roberto, aquella ceremonia de unión donde empezó a gestarse una atmósfera de sencillez, de espontaneidad entre ambos y de nuevos conocimientos para Inés en el arte de vivir. Y así, cada sorbo de té caliente, llegó a convertirse en un pretexto para adentrarse en la expansión de los sentidos y empezar a ver cómo en el entorno de aquel hombre singular, ningún color alteraba el tono de su casa, ningún sonido destruía el ritmo de las cosas, ningún gesto se imponía a la armonía, ningún sabor disgustaba y ningún olor destacaba por encima de un ambiente natural.

Aquel resfriado fue lo mejor que podía haberle pasado a Inés para comprender que su relación con Roberto iba a estar impregnada de conciencia de vida a cada momento. Y así cada estornudo fue liberando todo lo viejo para establecer una particular complicidad entre ellos llena de ternura, de risas y...

—Lo tenía todo para atreverme... —me dijo Inés de repente—. Pero...

Llegó entonces un suspiro y en el aire quedaron aquellos puntos suspensivos...

\* \* \*

A veces, cuando me enfado con mi marido pienso en Roberto. Pero no porque fuera un hombre extraordinario, ni por su relación idílica con Inés, sino por todo lo contrario: pienso en él por sus defectos (que los tenía, como todo el mundo) aunque, en su particular y aromático rincón de la memoria, Inés lo haya retocado (ligeramente). Pero sé, —porque ella misma me lo había contado— que tuvieron sus enfrentamientos: ella era volcánica para tomar decisiones y él, en cambio, siempre trataba de bailar sobre el horizonte. Y eso a Inés la ponía de los nervios. Pero no se acuerda... Ni se acordó aquella tarde cuando el olor a rosas entró en el desván de los viejos tiempos y lo puso todo patas arriba, incluido el rincón de Roberto.

* * *

Él la convirtió en perfume.

Él rompió las barreras y se enamoró de ella el día que la vio por primera vez en su restaurante japonés de la Gran Vía —el primero de la ciudad por aquel entonces y el más exquisito en cocina oriental— cuando los presentaron unos amigos comunes.

—Roberto Gulianni...

—Inés Casas...

Se enamoró de ella en la primera inspiración cuando estrechó su mano, suave, blanca, de piel tan fina y dedos largos, como de pianista. De hecho él le preguntó luego si tocaba el piano y ella, tímidamente, porque era un poco tímida en los preámbulos, le dijo que no, bueno que sí, que un poco, cuando tenía dieciocho años.

—¿Tenía? —advirtió él sorprendido—. Pensaba que acababa de cumplirlos...

Y ella sonrió y se puso algo colorada y luego añadió que tenía veinticuatro, bueno casi veinticinco porque los cumplía en marzo.

Estaban en enero. Y él se enamoró de ella desde el primer momento. También ella sintió lo mismo, así, como de sopetón, cuando sus amigos les presentaron...

—Inés Casas...

—Roberto Gulianni...

Se quedó colgada de sus ojos, de chino-italiano —que luego resultó ser japonés— aquellos ojos oscuros, más bien rasgados, pero tan profundos y de luz tan viva que ahondaba en la mirada del otro como si pudiera entrar en su alma.

Podía.

Con el tiempo, Inés descubrió que el abuelo de Roberto le había enseñado a su nieto algo más que los secretos del incienso.

Cuando llegó al Japón, era un muchacho fuerte, moreno, de complexión atlética. Latino en apariencia, sus ojos delataban, sin embargo, el fondo que Oriente haría aflorar con el tiempo y algunas enseñanzas. Al llegar, sin embargo, andaba algo desorientado a raíz del abandono de su padre, Bruno Gulianni, que después de embarazar a otra, más joven que su esposa, se había fugado con ella. No era la primera infidelidad, ni sería la última: el hombre alardeaba de una prepotente virilidad, aunque en realidad siempre tuvo más de «pre» que de «potente» pues, al parecer, eyaculaba con una descarada precocidad. Pero aun siendo un pésimo amante y un hombre egoísta y vanidoso, la madre de Roberto aguantó —aunque no le aguantara— por sus creencias apostólicas hasta que él la dejó por otra. En base al ejemplo paterno, Roberto llegó a creer que la masculinidad era una cuestión de cantidad y, a ser posible, con proyección social. Probó con el referente que su padre le había dejado, él único que tenía, y se puso la coraza de hombre guerrero para salir a las cruzadas de una vida malentendida. Su sangre latina y su atractivo le ayudaron a crear la armadura que debía protegerle de cualquier sentimiento interpretado como debilidad. Y logró practicar el amor con bastantes mujeres, pero nunca sintió nada que no fuera genital.

Hasta que conoció a Inés.

Ella le llevó al sentimiento. Sin pensar. Fue una sacudida, una explosión, la entrada en otro mundo. También ella iba a romper sus esquemas. Se habían encontrado para despertar y ya en el primer instante, sólo con darse la mano y mirarse, ambos se instalaron en aquel lugar que no tenía nombre o, en caso de tenerlo, sería algo así como...

*Yugen...*

«Demasiado profundo para verlo.»

Así podía definirse el significado de aquella palabra japonesa. Precursora de otra china, combinaba en su ideograma el carácter «Tenue» con el carácter «Misterioso».

Tenue y misterioso fue el lugar donde estuvo Inés con Roberto cuando él la miró mientras estrechaba su mano y ella se quedaba encantada, como una princesa de cuento, ante él, tan guapo, tan alto, tan elegante, tan caballero, tan...

—Es que lo tenía todo...

Con el tiempo, cuando Inés le confesó que adoraba la poesía, él le explicó que *yugen* aludía a ella y significaba aquello que era «demasiado profundo para verlo.»

Mirada...

Profundidad...

Ojos de chino (japonés en realidad.)

\* \* \*

Cuando empecé a tener ataques de pánico, una ayuda para resituarme era conectar con aquel *yugen* oculto en lo más profundo de mí misma. Era como bajar a una mina para buscar las piedras que bloqueaban la entrada del aire y no me dejaban respirar. Piedras, sin embargo, que al salir al exterior empezaban a brillar con la luz hasta convertirse en preciosas. Aquel lugar tenue y misterioso estaba lleno de riqueza, de magia. De calma.

A fuerza de ir a él, empecé a conocerlo y a abrir un camino por el que el aire fue sosegándome y restableciendo una unión interior. El aire se convertía así en el elemento vital. Invisible, pero indispensable, era el hilo que permitía acceder al misterio, en realidad sencillo, de la alquimia: convertir lo aparentemente ordinario en extraordinario.

El bronce es oro. Es el mismo metal. Pero hay que aprender a frotar y a esperar con tranquilidad.

\* \* \*

Roberto le transmitió a Inés su conocimiento de la paciencia. Todo cuanto había aprendido con su abuelo y, en particular, de la ceremonia del té donde cada gesto es un universo y cada segundo puede ser eterno, lo compartió con Inés, que era la prisa, la inquietud, el rayo y cuya exigencia buscaba soluciones rápidas y resultados inmediatos.

Conocer a Roberto fue entrar en la casa del té.

—Cuando quieras correr, párate. —le dijo él horas después de conocerse.

Fue el día que le representó, por primera vez, la ceremonia del té. Lo hizo en un reservado del restaurante, después de la comida con sus amigos.

Roberto les pidió, después de los postres, que se quedaran... Pensaba en ella, solamente, pero su cortesía y educación no le permitían personalizar su invitación. La vida quiso, sin embargo, satisfacer su deseo y también el de Inés, porque todos, salvo ella (que además se quedó sin vestido), tenían obligaciones después de comer.

Fue la primera vez que él la llevó a su mundo. Su mundo que, además de la calma oriental, también llevaba algo de su espíritu italiano.

—*Piano, piano si va lontano...*

Que era como el sonsonete que pregonaba mi abuela:

—Vísteme despacio que tengo prisa...

41

Pero Inés se vestía y se desnudaba a ritmo de película acelerada y su mente siempre corría y se adelantaba como aquel día de enero cuando les presentaron...

—Inés...

—Roberto...

En el restaurante quemaban barritas de incienso, con olor a rosa.

—Es el olor del amor... —le dijo él cuando ella preguntó...

—¿A qué huele?

La sugerente respuesta incendió de nuevo las mejillas de Inés porque en el momento en que él le respondía —mientras sus amigos iban hacia la mesa y ella se quedaba unos pasos rezagada, junto a Roberto— se imaginó besando su boca.

Fue una ráfaga de pensamiento, como un cometa, tan veloz que se vio disfrutando de aquellos labios y sólo se dio cuenta de la travesura del deseo al tropezar con una de las camareras que derramó sobre su vestido el contenido de una botella de sake.

Fue una sacudida. Pero no sólo el incidente sino toda la vivencia: conocer a Roberto, estrechar su mano, entrar en un *yugen* desconocido, desear sus labios y, de golpe, bendecir todo lo ocurrido con licor de arroz caliente para sentir, al instante siguiente, como una forma de vida se terminaba.

Nunca había deseado a un hombre a los cinco minutos de conocerle. Claro que nunca se había enamorado de un hombre a los dos minutos de conocerle. Y nunca se había desnudado en el restaurante de un hombre a los siete... —bueno ocho— minutos de conocerle. La mancha de sake caliente sobre su vestido —rojo, estrenado aquel día precisamente— la obligó a quitárselo aunque ella argumentara que no hacía falta, que no tenía importancia, que podía comer con una banda mojada atravesando su cuerpo desde el hombro derecho hasta la cadera izquierda.

Pero sus amigos la convencieron:

—¿Cómo vas a quedarte así?... Además hueles como a agua del Carmen japonesa...

—Si quieres te acompañamos a casa... Te cambias y...

Roberto sugirió entonces dejarle un kimono para la comida mientras llevaban el vestido a un servicio rápido de lavandería.

Sus amigos insistieron para que se vistiera de geisha.

—¿De qué? —preguntó ella.

—De putita japonesa... —bromeó uno de ellos.

Risas...

Eran cinco: tres chicas y dos chicos.

Pero Roberto aclaró:

—Las geishas no son... «putitas».

Se instaló entonces un silencio. Luego otro. Y al final...

—Bueno... Va... Te cambias o te llevamos a casa...

Decidió cambiarse. Pero no por sus amigos, sino por él. Le conmovió su mirada, digna y llena de firmeza al matizar:

—Las geishas no son... «putitas»...

Porque fue algo así como decir:

—Ninguna mujer lo es... Todas son especiales.

Creyó leerlo en sus labios. Los que había imaginado besando los suyos... Aquellos labios la habían sustraído de la realidad para llevársela al País de Nunca Jamás —u otro que estuviera por la zona— y olvidarse de todo: del entorno, de sus amigos, de su propia conciencia e incluso de que tenía ojos para reparar en una camarera con una botella de *sake* en una bandeja.

Y decidió cambiarse. Vestirse de geisha.

Él la acompañó al cuarto de baño, llevando el kimono tendido sobre su antebrazo y se lo ofreció al llegar a la puerta.

—Si necesita algo, estaré aquí fuera. —dijo—. O... ¿prefiere que llame a una camarera?

Inés contestó que no. No a la camarera. (En realidad, deseaba que él se quedara, al otro lado de la puerta, del espejo, para atreverse y cruzarlo como una Alicia oriental.)

Entró nerviosa y se quitó el vestido rojo para ponerse el de seda japonesa que cayó sobre su piel como una caricia...

—¿Qué estoy haciendo?...

Fue otro pensamiento, como el de los labios. Rápido. Inesperado. Censurador. Pero no le hizo caso. Sin darse cuenta, acababa de desnudarse del miedo, de los sermones, del pecado y de la tontería, la más auténtica, para vestirse con la suave caricia de la seda y dejarse llevar... Como si fuera aire...

Entonces sintió a Roberto más cerca de su piel que la misma tela que acababa de vestir su cuerpo y desnudar su mente y supo con una certeza fulminante que aquel hombre iba a cambiar su vida para siempre.

\* \* \*

Teléfono.

Estoy terminando de lavar los platos cuando suena. Cierro el grifo. El teléfono sigue sonando. Me seco las manos mientras el timbre insiste.

Ya voy...

Llego. Descuelgo. Cuelgan.

Casi seguro que era mamá.

Quedamos sobre las diez, pero aunque sean las nueve y media, ya debe estar impaciente. Como Inés, mamá también es inquieta y enseguida se altera y se pone nerviosa y le entran las prisas... Debe ser un aspecto femenino de la familia. Mi abuela se aceleraba sólo con la idea de tener visitas. Por eso no las tenía. De la alteración que le provocaba invitar a alguien a merendar, le subía el azúcar... Y como era diabética y no podía comer pastas, ni galletas, ni tomar café con leche condensada —que tanto le gustaba— apenas nos visitaban. Singular familia la nuestra. Entorno de silencios y prejuicios. De miedos guardados en el fondo del armario para que no se vean y luego asusten más. Una vida extraña la mía, la nuestra, en aquella casa. La que me espera esta mañana de lluvia y sol intermitente.

Y vuelvo hoy después de tantos meses... Como Inés. No es coincidencia, ni casualidad. Inés metida en su burbuja; yo en mi proceso...Y aunque hayan pasado unos años... que son días, y semanas, y meses, no son nada cuando inspiras y vuelves a...

\* \* \*

Aquel día, después de vestirse de geisha, Inés regresó a la mesa con sus amigos. Pero su mirada no se separó de Roberto. Tampoco él dejó de mirarla, mientras atendía a otros clientes y así fue como también él tropezó con otra camarera que llevaba una bandeja con sopa de miso y arroz hervido.

El incidente concentró la atención del restaurante en Roberto mientras él, entre la discreción y la elegancia, trataba de controlar la situación rastreando con la mirada la expectación que había provocado entre las mesas y, al hacerlo, los primeros ojos que buscó fueron los de Inés. Y los encontró. Mirándole.

Fue una eternidad.

—Y luego, nos dio la risa. Yo, con kimono... y él, con su traje oscuro, impecable, cubierto de arroz blanco como si acabara de casarse... Nos pusimos a reír mientras la gente nos miraba... Después él se acercó a la mesa y nos preguntó si, al terminar la comida, podía invitarnos a tomar un té... Mis amigos no podían pero mi vestido no había llegado de la tintorería... Así que no tuve más remedio que quedarme. Aunque, como puedes imaginarte, era lo que yo quería...

Y, vestida de geisha, Inés asistió, por primera vez, a una parti-

45

cular y privada ceremonia del té que Roberto representó sólo para ella.

El reservado, situado al fondo del restaurante, era una habitación vacía en la que sólo había una mesa baja de madera de cerezo y unos cojines rojos en el suelo.

Para entrar, Roberto invitó a Inés a descalzarse y él lo hizo también. Luego tuvieron que agacharse para cruzar el umbral. (Tiempo después, Roberto le contaría que ese paso con inclinación representaba la humildad.)

En el interior, la habitación del té (también llamada del Vacío o de la Fantasía porque en ella sólo se colocan objetos temporalmente) destilaba paz y sencillez. Sin hacer ruido, Roberto dejó pasar a Inés invitándola a acomodarse sobre los cojines y después lo hizo él junto a una pequeña mesa auxiliar donde había una tetera de hierro y una bandeja de madera con un cuenco, una cuchara, un batidor de bambú y dos recipientes pequeños. En un diminuto jarrón, un lilyum blanco embellecía y perfumaba la estancia. Pero sólo mientras durara la ceremonia. La flor, después, se quitaba representando así lo efímero y la creatividad que puede surgir en cada momento.

—Existe un secreto... —le dijo Roberto— un misterio... Bueno, en realidad, no lo es si uno quiere ver. El secreto está en la conciencia. Ser consciente de todo lo que haces, de todo lo que vives. Darte cuenta, sin tener prisa, ni precipitarte. Sentir cada detalle, cada inspiración y cada expiración de aire... Y no juzgar. Por eso, la ceremonia del té es tan importante para nuestra cultura: nos lleva a lo que es, aquí y ahora. Simple, pero difícil. Hay que hacer, y punto. Dar por dar... Amar por amor...

Y, cuando dijo esto, Roberto miró a Inés y ella, turbada, buscó en la flor una excusa, un ancla donde agarrarse para desviar la incomodidad y comentar el intenso aroma que desprendía... Entonces él, antes de empezar a preparar el té, le contó a Inés que esa flor esbelta y perfumada era en recuerdo de su bisabuela, la madre de su abuelo japonés, una mujer singular y con un don para los perfumes que le había transmitido a su hijo. Al parecer, había heredado de sus antepasadas fórmulas secretas de fragancias que sólo pasaban de generación a generación entre las mujeres de la familia. Roberto llegó a conocerla ya de muy mayor. Vivía rodeada de flores porque, según decía, sólo quería ver belleza. Y olerla. Y tal era su deseo que llegó a salir a la calle con una maceta de lilyum cuya fragancia le encantaba. La llevaba con ella cuando iba a tomar el té con las amigas o de visita porque así podía ponerla a su lado, en una silla o una mesa, y crear su propio jardín personal.

La bisabuela de Roberto sabía mucho de olores... De ella heredó su abuelo su particular olfato y rompió la tradición según la cual las recetas de las fragancias no podían revelarse a los hombres. El fue el primero que pudo escuchar aquellos aromas...

—Sí... Escuchar... —le dijo Roberto a Inés, que se mostró sorprendida por el uso del verbo—. Los japoneses... y también los chinos... utilizan ese verbo, que en japonés es *kiku*, para describir la sensación olfativa de percibir el olor del incienso.

Y dicho esto, Roberto prendió una barrita de incienso que había en un rincón junto a él y, a partir de ese momento, dejó que hablara el olor. En silencio, tomó el cuenco donde había un polvo verde, luego la cuchara de bambú y puso dos cucharadas en uno de los recipientes. Después cogió la tetera y muy despacio fue vertiendo agua caliente para remover el té con el batidor hasta que apareció una espuma en la superficie.

Entonces se lo ofreció a Inés.

Durante todo el tiempo que duró el ritual, Roberto no dijo nada, ni miró ni una sola vez a Inés pero ella no dejó de observarle. Y, del mismo modo que él estaba en la eternidad presente de cada gesto y detalle, ella también hizo su particular ceremonia al eternizarse en cada movimiento de Roberto, suave, elegante... Sereno. Descubrió así un estado de conciencia particular, desconocido para ella hasta entonces. Fue como estar más despierta, más sensible que nunca a cualquier detalle, dándose cuenta.

Darse cuenta...

Para no perder ni un segundo de esa percepción, nació el té. Al parecer, Bodhidharma llevaba nueve años meditando y empezó a quedarse dormido. Pero él quería estar despierto, darse cuenta, mantener la conciencia, así que se cortó los párpados y los tiró. De este modo podría acceder a sus ojos interiores. Y ocurrió que a los pocos días, en el lugar donde había tirado sus párpados, nació una planta... La planta del té.

Días después Roberto le explicaría a Inés que en la ceremonia del té, el secreto se desvela si estás. Presente.

Coges la taza...

La miras...

La sientes...

Te enteras realmente de cómo es...

La conoces.

Sí, conoces la taza.

Vas a beber de ella... Así que te relacionas con ella...

Y, de repente, una sencilla taza de té se transforma.

«Te» transforma.

Existes.

Ni un segundo de tu existencia se malgasta.

Desde el segundo en que conoció a Roberto, la existencia de Inés no se malgastó... Más aún, se volvió elástica, eterna, expandiéndose a lo largo y a lo ancho de tal modo que aquella tarde, después de la ceremonia, la noción del tiempo no se manifestó hasta que le devolvieron a Inés el vestido limpio de la tintorería, pero como ya era al atardecer, Roberto le sugirió probar unos platos, exquisitos, que habían diseñado para la cena y ella, bueno, ella trató de mostrarse un poco distante, y reservada, como si no tuviera ganas, porque eso le había enseñado su madre... «una señorita nunca debe...», pero finalmente demostró lo que sentía.

Y se quedó. A cenar. Con Roberto. Aunque para mantener las formas, sugirió telefonear a un par de amigas. Y, mientras las esperaban, Inés quiso saber algo más de la bisabuela del lilyum... Le había parecido tan poética, y a ella le gustaba tanto la poesía... Además necesitaba palabras. No sólo para escribir versos, sino para romper el silencio con Roberto: le daba miedo. En realidad, temía al deseo que había empezado a manifestarse, desnudo, directo, cuando no había palabras entre ellos. Así que empezó a preguntar, a interesarse, con una cierta sinceridad pero, sobretodo, con urgente necesidad.

—Háblame... —me dijo Inés que pensaba en aquellos momentos— cuéntame cosas que me distraigan porque si no...

Si no llegaba la tentación, que diría su madre. En realidad, las ganas de dar rienda suelta a un impulso vivo, radical...

—Desde que le conocí... Desde que estreché su mano, nos miramos y me quedé con sus labios, sólo tenía ganas de... seducirle... gustarle... besarle... Ya me dirás... Una señorita de buena familia... Pero todas esas patrañas, delante de él, mirándole, escuchándole, se... deshacían... y me parecían... lejanas, como si no fueran parte de mi vida, o de mi educación. Una educación... absurda. Sí, todo me parecía absurdo en aquel momento y... falso. Lo único verdadero era... lo que sentía. Pero como no estaba... «bien»... me puse a preguntarle por su bisabuela, mira tú... aunque... la verdad es que todo, en la vida de Roberto, era interesante...

Supo así que la madre de su abuelo, le enseñó, poco antes de dejar este mundo, cómo se hacían algunas fragancias y, en particular, Roberto recordaba la de «Flor de ciruelo.»

Mezclando áloe y clavo en un mortero de metal, se añadía concha marina y sándalo, después ámbar y nardo para macharlo todo y añadir finalmente almizcle. Así se obtenía una mezcla que se ligaba con la pulpa rallada de veinte ciruelas maduras y miel suficiente para darle consistencia. Después, la bisabuela de Roberto machacaba quinientas veces aquella pasta, la guardaba en una vasija de cerámica sellada con papel encerado y la ponía bajo tierra, a la profundidad de un bulbo de azucena y cerca de una corriente de agua. Al cabo de un mes, el incienso estaba listo.

Después de aquella explicación, Inés aún tenía más ganas de estar con Roberto. El té, la bisabuela, el olor a lilyum y a incienso...

—Por Dios... No me lancé sobre él porque mis amigas se presentaron enseguida, una con novio incluido, y luego empezamos con todo el ritual de la cena, pero te aseguro que después de toda aquella sesión de té, olor y bisabuela, habría sido capaz de saltarme a la torera lo que fuera... Roberto me dejó enamorada y en la cena apenas pude comer: tenía los nervios en el estómago y sólo estaba pendiente de él, como si estuviera hipnotizada... Lo estaba. Sí... Sólo tenía ojos para él, para buscar si entraba de la cocina, si salía, si se acercaba a nuestra mesa... y entonces aún me ponía más nerviosa... Y para tranquilizarme, venga a beber vino sin apenas comer nada... Por eso, cuando Roberto propuso ir a tomar champagne a una sala de baile que un amigo suyo acababa de inaugurar, a mí me faltó tiempo para decir que sí... Fuimos todos, claro. En mi época, el rebaño tapaba a la oveja descarriada...

Inés se puso a reír con su propia ocurrencia.

—Y bailamos... Ya sabes que Roberto era un hombre maravilloso, pero bailaba como un chino la sardana. Bueno, japonés. No quieras saber cómo acabé de los pies... Aunque apenas me enteré: primero porque el vino me tenía como... anestesiada y después porque... fue empezar a bailar y...

Sólo sentir a Roberto, Inés dejó de ser quien era (o quien creía haber sido durante toda su vida) mientras la esfera de eternidad en el presente la envolvía de nuevo, como en la ceremonia del té, y en ella también entraba Roberto para rodear su cintura con su antebrazo, apretar con suavidad su espalda con la mano y, con la otra, recoger la de Inés hasta envolver los dedos de pianista con su mano de samurai. Entonces sus caderas se acercaron acoplándose la una a la otra hasta que Inés identificó el deseo de un hombre tras sus pantalones.

—No te rías, pero me entró un no sé qué... Suerte de los pisotones...

Bailaron toda la noche.

Pero Inés sólo recuerda la singular mezcla de calma y excitación que sintió: deseaba a aquel hombre con todo su cuerpo y, al mismo tiempo, estuvo inmersa en un mar de serenidad que la fue llevando y llevando hasta el portal de su casa donde se despidió de Roberto con un beso, suave, que él depositó en su mano.

* * *

Teléfono.

Otra vez...

Mamá, seguro.

—Perdón, ¿la señora de la casa?...

Una encuesta.

No, gracias.

A este paso llegaré a la hora de comer.

Y vuelve a llover. El rayito de sol se ha escondido tras una inmensa nube como si ésta fuera una institutriz severa que le ordena no salir ahora bajo amenaza de castigar su travesura. Hoy es día de lluvia, parece decirle la nube, ¿acaso no te has enterado? Pero el rayo está ahí, al acecho, esperando... También él parece jugar a atreverse y, aunque no se vea, detrás del inmenso mar de nubes, está el sol.

Me pongo la gabardina y cojo el paraguas. También las gafas

de sol por si al rayito travieso le da por salir otra vez esta mañana... Yo también voy a salir: con gabardina y con gafas. Bendito sol y bendita lluvia. Agua bendita de mayo. Agua... ¡Y vino! Me olvidaba: esta noche tenemos invitados y debo comprar una botella. ¡Y poner el pescado en zumo de limón para la cena! A buena hora me veo adobando el salmón. Con gabardina haciendo de cocinera.

Seis limones...

Exprimirlos...

Mezclar el zumo con un poco de azúcar y vino blanco o martini...

Salpimentar el salmón y rociarlo luego con la mezcla.

Tapar y dejar en la nevera...

Es una receta especial de Roberto.

Pero, la diferencia, la profunda y sustancial diferencia, es que él la preparaba sin prisas. Y ahora, ahora que voy (en realidad que iba) a salir corriendo, me paro.

—Cuando quieras correr, párate...

Oído, cocina.

La esencia de todo cuanto se está moviendo, como una galaxia, en mi vida y en los últimos tiempos, lleva el olor de la calma que nos trajo Roberto.

Ayer, sin ir más lejos, la discusión con mi marido fue por la prisa. La suya... La mía.

—Es que no tengo tiempo...

La vida es calma. Nueve meses para crear una vida, segundo a segundo, día a día.

No corres. Te paras. Respiras... Dejas que el aire entre en ti... Y entonces incluso el miedo se evapora.

Aquí...

Y ahora.

Y la angustia desaparece. La mente no puede.

Aquí: el salmón.

Y ahora: prepararlo.

Y no hay más, como diría Roberto.

Sólo existe esto. Entrénate en ello. Quédate en ello. En el salmón, en pelar una patata, en hacer la cama, en escribir un poema, en lo que sea... Quédate en lo que haces y la taza de té se convierte entonces en una taza de conciencia.

Por eso el salmón de Roberto era tan especial. Y se lo preparó a Inés para celebrar su cumpleaños.

\* \* \*

De principios de enero a finales de marzo mediaron casi tres meses.

Tres meses desde que se conocieron, en el restaurante de Roberto, hasta el cumpleaños de Inés. Tres meses para vivir ella pendiente del teléfono y quedar luego, siempre con amigos, a comer, a cenar, al cine, al teatro, y volver a esperar de nuevo que sonara el teléfono mientras las horas sin él se llenaban con el recuerdo de él, con sus palabras, con sus sonrisas, con sus gestos, con su mirada... Y con su olor. A rosas, del incienso del restaurante, pero también, según Inés, a loción que le recordaba a la de su padre... Era un olor familiar y oriental, conocido y exótico al mismo tiempo... Próximo y lejano. En realidad, la fragancia que emanaba Roberto era su propia esencia, su espíritu. Y según Inés, nunca nadie ha tenido un aroma natural que le identifique como le ocurría a él.

Y pasó enero...

Hasta que un día, entrado febrero, aquellos ojos rasgados se atrevieron a pedir...

—Una cita. Pero solos. Tú y yo.

Inés inspiró. No sabía qué decir, aunque todo su ser quería

decir que sí. Y lo dijo. Claro que los esquemas del pecado y el castigo, de la pureza y la virginidad, de las buenas formas y las apariencias se le aparecieron con la voz de su madre diciéndole:

—¡Ni se te ocurra quedar a solas con un hombre!

Pero no se le ocurrió a Inés, sino a él.

Y quedaron. A las dos. En el puerto. Para comer.

Pero el tiempo sólo era un juego para el reloj y un tirano para los apresurados. Para Roberto, la comida fue una ceremonia más que se prolongó hasta el atardecer con un paseo por la playa de la mano de Inés.

—¿Y esta hija dónde se habrá metido?...

Le pareció oír a su madre, —otra vez— pero la voz se fue silenciando gracias al oleaje pero, sobre todo, al beso —el primero— que Roberto le dio en los labios aquella tarde.

Hacía tres meses que ella soñaba con aquel momento.

Y se lo pidió a la luna.

—Para hablar de aquel beso podría utilizar el *yugen*... Demasiado profundo para describirlo porque no tengo adjetivos... Podría decir que fue... intenso. O no, deseado... Tampoco. Ardiente... No, mejor... mágico. Pero no, no, no... Fue intenso, deseado, ardiente, mágico y también tierno, y voluptuoso, y desesperado y... Juntemos todas las palabras y entonces, tal vez, tendremos una sola que pueda definir un beso. Aquel.

Pero tampoco sería el calificativo adecuado, porque cuando Roberto se detuvo en la playa, antes de entrar en el coche y llevar a Inés a su casa, cuando se puso ante ella y la miró con deseo, el beso ya empezó en aquel momento, y fue antes de que él se acercara, antes incluso de mirarla y de coger su cara con aquellas manos grandes de samurai, pero tan entregadas a la delicadeza que rozaron la piel de Inés como una pluma la porcelana. La porcelana del cuenco donde el hilo de té va cayendo lenta, muy, muy lentamente como el beso que iba a depositar Roberto en los labios de Inés.

No había prisa.

No había meta.

No había tiempo.

Por eso Roberto besó a Inés antes de besarla y cuando sus labios llegaron a rozarse en el primer... primerísimo contacto... el placer fue más intenso y fue creciendo con la intensidad del beso hasta que Inés se quedó sin aire. Y sin conocimiento.

Fue como subir a la más alta de las cimas y, de repente, abandonarse y caer rodando perdiendo el control de la mente y del cuerpo. Aquel estado, al parecer, duró la brizna de un instante y ni tan siquiera Roberto reparó en ello. Pero cuando la pasión se fue sosegando, Inés no sólo sintió que aquel beso había empezado mucho antes de juntar sus labios, sino que seguía después de separarlos.

En silencio entraron en el coche, en silencio llegaron a casa de Inés y, antes de bajar, ella se acercó a él para recuperar físicamente el beso que no había dejado de darle pero, no ya en la playa, sino desde el momento que se conocieron en el restaurante.

\* \* \*

Un beso...

Mi marido acaba de dejarme un beso en el contestador. Yo estaba cerrando la puerta de casa y ha sonado el teléfono. He pensado que era mi madre:

—Nena, ¿vas a tardar mucho?

Pero no. Era él.

He corrido a descolgar pero, al otro lado, sólo había la voz del servicio-contestador-de-telefónica diciéndome que tenía un mensaje:

—El servicio-contestador-de-telefónica le informa que tiene un beso en el contestador.

No ha sido exactamente así, pero mi marido me ha dejado un beso de regalo.

Le llamo.

—El móvil está apagado o fuera de cobertura en este momento.

Bien. Vivimos rodeados de voces anónimas que entran en nuestras vidas como si fueran de la familia. La persona que nos recuerda, a diario, que no tenemos mensajes, que estamos apagados o fuera de cobertura debería pasarse por casa en Navidad, pongamos por caso, no tanto para percibir aguinaldo, sino para darse a conocer. Ella y otras personas interfieren en mi existencia para decirme... ¿qué estoy apagada? ¿sin cobertura? ¿sin mensajes? ¿Acaso esa información no conlleva un subtexto casi existencialista? El Gran Ojo Tecnológico (GOT, a no confundir con GOD) se introduce en mi vida y...

Teléfono.

No me da tiempo a descolgar y sólo puedo escuchar la voz de mi madre, esta vez sí, en el contestador diciendo:

—Nena... Soy yo... ¿Estás en casa o ya has salido? Ay, me gusta tan poco hablar con estos aparatos... Bueno, nada... Era por si aún estabas en casa que me bajaras el libro que me dijiste... Pero da igual...

Y cuelga. Entonces yo me paro. Antes de salir. Sigo ejercitándome en la práctica de la calma. Lo mío me cuesta porque una meta cualquiera, desde pelar una patata a escribir un poema, impulsa a mi mente hacia el resultado. Entonces todo el proceso de vida, cada paso, se pierde. Y ese paso es válido. Necesario. Extraordinario. No vivir el camino, no enterarse de él, es perder el verdadero objetivo. Y así estoy: aprendiendo la ceremonia del té. Mi proceso, el cambio que ha significado, me ha llevado muchas veces a recordar a Roberto. Y más ahora que Inés ha recuperado el olor de sus recuerdos.

Y, a fuerza de practicar, veo cada vez más cuando me acelero, me tenso, me precipito... Son verbos exteriores que me sacan de mí y yo necesito lo mismo que mis pulmones: equilibrar el aire que entra y sale. Así que tomo una bocanada y la llevo a mí reteniéndola un instante. Entonces percibo mi cuerpo, las pequeñas señales que ya, de buena mañana, se incorporan a la agenda de alteraciones varias y con las que iba a salir sin darme cuenta... Me duelen un poco los hombros... Siento tensión en los brazos... Noto mi pelvis ligeramente contraída... Pero si respiro con todo mi ser algo se desbloquea y fluye... Así tiene que ser. O es en realidad, sólo que no lo sé ver... Como la relación con el hombre que vive a mi lado y que me ha dado dos hijos, esos dos soles radiantes, maravillosos, tan extraordinarios que las palabras se vuelven aire porque lo que son no puede apresarse.

Un beso, en el contestador. Un beso, dulce, maravilloso, reconciliador. Un beso y... ¿Pruebo a llamarle de nuevo para devolvérselo? ¿O cierro los ojos, inspiro y siento como mi ser va en forma de labios hacia él, (sin voces anónimas que se interpongan)?

Demasiadas películas románticas... Demasiados cuentos. Blancanieves, bellas durmientes y cenicientas... Pero en el fondo de esas historias de princesas existe algo invisible aunque real como este aire que me inunda, me nutre y me ayuda a viajar, fuera de las leyes de la gravedad, hacia los labios de un hombre para besarle y agradecerle su comprensión, su ayuda, su paciencia y su amor para caminar a mi lado (sobretodo en esos meses de búsqueda difíciles, escarpados...) y tolerar mis defectos.

Todos los tenemos. Incluso Roberto. Por mucho que tía Inés diga que era un hombre perfecto.

\* \* \*

—Pide un deseo... —le susurró él antes de que ella apagara las velas del pastel.

Conteniendo una respiración llena de olor, Inés pidió que aquella noche no acabara nunca. Después llegó un beso. Luego una distancia para mirarse... Hasta desear otro beso, más intenso, que trajo una caricia y después otras y más besos hasta que las ropas fueron cayendo...

Era la primera vez que Inés compartía su desnudez con un hombre.

Y fue... maravilloso, genial, precioso, mágico, extraordinario, intenso, magnífico, divino y también... rosa... y rojo... y azul, y dulce y picante... extenuante... energético... apasionante... tierno. Una catarata. Un hilo de agua. Una explosión de energía. Una lluvia de estrellas, y una luna, incluida. Una caricia. Cientos de abrazos. Miles de besos. Miradas... Un «te quiero». Bueno, dos. Y bocanadas de incienso y el ronroneo del mar... y la luz de la luna de nácar y las velas de veinticinco primaveras —una de ellas nevada— iluminando dos almas en estado de felicidad.

Y fue así hasta que...

—No supe mantenerme en lo que sentía. Ser fiel a mí misma... Y puedo culpar a mi madre, por sus esquemas, y a toda la familia y a la sociedad... pero... en el fondo, yo fui la única que no se atrevió a... —Inés me mira—. He estado tan ciega... Y... es curioso, ¿no?, que sea una operación de los ojos, precisamente, la que me ayude a ver que... Roberto siempre decía que no existen las casualidades. Cuando me separé de él, empecé a separarme de mí y... he estado tan lejos de mí misma que llegué a perderme de vista. Sí, hija... No he podido estar más ciega, ni más perdida, pero ahora veo que hay tantas cosas que no pueden quedarse como estaban... Bueno, tú ya lo sabes que has pasado lo tuyo buscándote. Pero eres más joven y hay menos capas, menos mentiras que quitar de ese personaje que te has creado para salir al mundo, pero que no eres tú... Por eso siempre te decía, desde bien chiquitina, que nadaras en tu propio cauce, aunque fuera a contracorriente... Que no dejaras nunca de ser tú misma... Y merece la pena intentarlo, en todos, absolutamente todos, los sentidos... Puedo asegurártelo.

* * *

El olor a rosas dejó su rastro aquella tarde de marzo, en la clínica. Y su estela iluminó la memoria de Inés. Pero también la mía. Dos meses después de la operación, volvemos a encontrarnos. En casa de mamá.

—Ven y nos tomaremos un cafetito... Con tostadas y croissants... —Mamá se ha ilusionado al proponérmelo aunque rápidamente ha matizado—. Bueno, si quieres...

Mamá temía que me negara. Hace tanto que no voy a desayunar a su casa. Desde que vivo fuera de la ciudad. Y desde que papá no está.

La casa de mamá, —ese piso enorme de cuatro habitaciones, dos cuartos de baño, salón, comedor, cocina y galería— es, también, mi casa de infancia. Pero representa algo más... Algo que no sé definir todavía. Algo difuminado y confuso. Una atmósfera, unos recuerdos... Pero con la presencia de Inés me resulta más fácil volver. También ella regresa a esta casa después de mucho tiempo y lo hace sola porque siempre que ha venido con tío Ignacio, él ha preferido un hotel.

Así que vamos a ventilar el pasado para que corra el aire y podamos respirar con libertad.

Respirar es vida.

Yo empecé a buscar el sentido de la mía respirando...

Cuando empezaron los ataques de pánico y la ansiedad me sorprendía al ir a buscar a mis hijos al colegio, trabajando o por la calle, y no entendía por qué me estaba ahogando en mi propia vida, el aire me fue guiando. Al principio fue la locura, y el caos... El pánico aparecía, de un modo inesperado, y lo desestabilizaba todo. Era un obús de emoción desbocada cayendo sobre mí y, ante el ataque, yo salía corriendo, desesperada, en todas direcciones. En todas, salvo en una: hacia mí. Y respirar fue el principio del cambio.

Respirar y parar.

—Cuando quieras correr...

Aprendí a pararme.

Yo que era, y soy, todavía, la prisa, la inquietud, la exigencia... Y también la ira, y el malhumor, y la fuerza, y más que aún no conozco formando un todo que se eleva y desciende, que es nervio y calma, acelerón y pausa...

Creía que tenía que correr y, encima, hacerlo bien. Resultados, resultados, resultados... Y siempre hacia delante, un palmo más allá de mí misma, un metro, un kilómetro y cada vez más lejos, y más aún, sacando la lengua por la boca, el hígado, el alma... (La anticeremonia del té.) Pero no pasa nada... Hasta que la misma dinámica de la vida —tan distinta a la que llevaba— te para.

Estrés, (dijeron...) Por el trabajo. En realidad, por todo. (Dijeron.) Empezó con algunas sacudidas de ansiedad, pero como no les hice demasiado caso, llegó el pánico. ¡Vam! Varios ataques. Seguidos. Devastadores. Como tornados. Para dejarme sin nada. Nada a lo que cogerme, de mis viejos esquemas tan inútiles como falsos.

Una Casa del Té Vacía.

Pero llena de aire...


Salgo, por fin, a la calle. Llueve. Abro el paraguas. Camino hasta el coche. Llego, entro, arranco y pongo la radio. La cierro: todas las emisoras dan noticias. Negativas. Me quedo con la música de la lluvia aunque apenas puedo escucharla porque el concierto de bo-

60

cinas se intensifica. Cuando llueve el tránsito se pone ideal para buscar el nirvana en un intensivo.

Respiro.

Me ayuda a relajarme y me permite disfrutar del olor del ramo que le llevó a Inés y a mamá. Jazmín y rosa... Una mezcla extraordinaria, embriagadora, generosa... Este aroma me conecta con otro mundo, el mío, íntimo, cada vez más tranquilo. Entonces ya pueden abarrotarse las calles y tronar las bocinas, que yo respiro silencio y un aire perfumado que me conduce a rincones de mi memoria donde no hay atascos.

Respirar es volver a mí. Y sentir... El miedo, sin duda, a regresar a casa de mamá...Y a todo cuanto dicen en la radio... Y a los fantasmas que hay en el armario y a las garras que se esconden bajo la cama. Pero existe un lugar de calma donde el aire es puro y lleva el olor del paraíso perdido (aunque lentamente recuperado) por el que paseaba sin prisas y sin miedo cuando era niña. La fragancia del ramo que llevo en el coche pertenece a esa época.

Y es que hubo un tiempo en el que antes que el miedo estaba la risa y este olor a jazmín lo identifica.

# EL OLOR A JAZMÍN

Verano de infancia.

Atardecer de agosto en el hotel de la costa donde paso varias semanas con mis abuelos maternos.

Me baño en la piscina y, mientras nado, los olmos se estremecen con el aire que les hace cosquillas. Huele a hierba, a piel bronceada después de un día de sol, y a jazmín. Una pared del hotel está cubierta por centenares de esas pequeñas flores. Centenares de estrellas blancas en un cielo verde. ¿Serán también ellas sueños que pedirle a la luna?

Como luciérnagas de olor iluminan el camino de los recuerdos...

A mi abuelo le encantan esas pequeñas flores.

Le acompaño a dar un paseo por el camino que baja desde la colina hasta el pueblo y, durante el trayecto, entramos en el bosque que rodea una parte del hotel. Sin prisas, mi abuelo va cortando, aquí y allá, ramitas de hinojo. La primera casi siempre acaba en mi boca. La segunda, en la suya. El gusto de anís acompaña nuestro regreso. Al llegar al hotel, mi abuelo coge un montón de jazmines, se acomoda en una butaca del jardín y dedica el atardecer a insertar, una por una, las trompetillas huecas de esas flores en las varillas de cada brote de hinojo antes desprendido de sus semillas. Con paciencia y habilidad, cada rama de hinojo se convierte en un pomo de jazmines, un ramillete de olor que mi abuelo regala a las señoras del hotel para que lo prendan en las solapas de sus chaquetas o en los cuellos de sus vestidos. Las señoras están encantadas. Mi abuelo, feliz. Pero mi abuela teme molestar. Mi abuela siempre teme... Su influencia es decisiva para mí. Sobretodo porque mamá no está. No está casi nunca... Pero yo quiero ser feliz. Aunque mi abuela considere que nunca conoceré la felicidad. Por mi manera de ser. Por mis inquietudes. Por buscar algo misterioso y tenue...

«Pero... ¿qué más quieres...?»

No quiero «más». Quiero «algo» diferente.

Algo que es como el aire... Por eso me encanta columpiarme. Soy una niña columpiándome en el jardín de un hotel. Pero en la libertad que siento volando en mi columpio entra la voz de mi abuela:

«A ver si te caes...»

¿Por qué tengo que caerme si la felicidad me protege?

«Ay, nena, cómo eres...»

Ya no escucho esa voz. Inspiro, simplemente. Y aun teniendo miedo, el aire me sorprende con la fragancia de los sueños.

* * *

¿Dónde estoy...?

Acabo de aparcar el coche y...

Llueve a mares. Puede que esté diluviando desde hace rato, puede que empezara mientras iba conduciendo, pero estaba suspendida en una burbuja perfumada de jazmín con recuerdos y no he reparado en ello. La catarata de agua que se desparrama por el parabrisas deshace las luces de freno de los coches, de los intermitentes, de los semáforos, mientras los árboles y las personas se desdibujan como manchas de acuarela.

Estoy en el barrio de mamá convertido en un cuadro impresionista.

Llueve y el agua taconea en el techo del automóvil con fuerza. Mañana artística: ante mí, un lienzo; encima, un tablao flamenco. Tal vez debería telefonear a mamá, desde el móvil, diciéndole que estoy en el coche esperando a que amaine. Pero tengo poca batería. Y tampoco tengo ganas. Estoy poco «telefoneadora». En realidad estoy poco... ¿cómo lo diría?... «exteriorizada»... O «exteriorizable».

Inés me enseñó a jugar con las palabras. A inventarlas. A crear expresiones nuevas que sirvieran para nombrar «algos» que no se habían dejado etiquetar, ni apresar pero que necesitaban un nombre. Sensaciones, sentimientos, emociones, percepciones sutiles, etéreas...

Inés quería ser poeta. Roberto le enseñó poesía. La poesía de cada instante...

De la lluvia en una mañana festiva...

De las hojas del rosal mojándose gota a gota...

De las cuentas de agua cayendo de la cornisa de la ventana...

Del cielo blanco como una sábana.

Y en la cama, cuando podían quedarse juntos alguna mañana, Roberto envolvía a Inés en la atmósfera del incienso y del té. La primera que pudieron despertar juntos, llovía y, abrazados por aquella sintonía líquida, él le dijo que se quedara en la lluvia, sin hacer nada, disfrutando de aquel momento de vida.

—Estamos juntos... Tenemos salud... Nada nos turba... Escucha... Es poesía.

Inés quería ser poeta. Podía haberlo sido y quedarse con Roberto.

Eligió, sin embargo, la prosa con Ignacio.

\* \* \*

Pero mientras estuvieron juntos, Roberto no dejó de mostrarle a Inés la poesía en lo cotidiano, en los versos del día a día.

—Haz un poema preparando una ensalada... Un ramo de flores... Doblando una sábana... En el hacer más sencillo... Arregla la cama con conciencia, estira las sábanas, coloca los cojines con calma, pon en ello tus sentidos y, entonces, todo estará en armonía... La cama, y tú. Y quien duerma en ella... Hace falta disciplina para estar presente, existir en todo cuanto vives, pero llega un momento en el que todo cambia... Así empiezas a hacer poesía, pero no sólo con palabras...

Entonces Roberto le mostró a Inés el misterio de los haikus.

Poemas japoneses de tres versos y diecisiete sílabas, su concepto no podía ser apresado ni con la mente, ni con la técnica. Podían llegar a crearse tres versos y diecisiete sílabas perfectos, pero carecer totalmente del espíritu que, como un perfume, se evaporaba de un verdadero haiku después de leerlo. Aquella poesía, según aprendió Roberto de su abuelo, atesoraba la misma esencia que había en la preparación del incienso, del té o de un arreglo floral. Las metáforas, las imágenes poéticas, los mundos encerrados en unos versos eran como el perfume concentrado de una rosa... Y sólo a través de la conciencia y del silencio se manifestaban... Siendo la forma de expresión poética más breve, la intensidad del haiku brotaba de la sencillez y de la pureza, del amor y de la entrega, de la humildad y de la honestidad de quien lo creaba. El poeta o el perfumista eran simples canales de un *yugen* que se condensaba en tres versos y diecisiete sílabas o en una fina barrita aromática.

Era sencillo. Pero no era fácil.

Inés empezó a hablarme de aquella maestría cuando yo tenía nueve años. Estaba a punto de hacer la comunión y su regalo fue un libro de haikus, ilustrado con delicados dibujos japoneses. También me regaló una pluma estilográfica blanca, nacarada, la clásica de primera comunión. Con ella, mi tía cubría aquellas apariencias que tanto pesaban en nuestra familia y que meses después provocarían su ruptura con Roberto. Pero aquellos haikus fueron uno más de los secretos que compartimos y leyéndolos empezamos el juego de crear palabras.

Una tarde, estando en la galería de casa, buscábamos definir el sentimiento que nos provocaban aquellos versos, cuando en un parpadeo arrancó una tormenta de finales de agosto. Acabábamos de leer un haiku de Basho que decía:

> *Mucho ha de aprender*
> *Quien está ciego a la luz del relámpago.*

Dejamos un espacio para el silencio y, de repente, sentí aquel momento. Como una caricia, un soplo... Creo que esa fue mi primera (y verdadera) comunión.

La primera toma de conciencia.

El cielo empezó entonces a abrirse con un primer rayo de sol amoroso que se instaló sobre las páginas abiertas del libro de poemas y fue dibujando en ellas como pequeñas sombras chinescas (o japonesas...) Inés me tocó en ese momento la mano, reclamando mi atención, para señalarme el trazo de un arco iris majestuoso que acababa de dibujarse en el cielo... Nos miramos encantadas, como después de escuchar el final feliz de un cuento de hadas, y luego nos preguntamos cómo se podía condensar en una palabra el sentimiento que producía aquel regalo de colores después de la lluvia.

«Arcoirisación».

La palabra nació sin pensar y nos reímos porque costaba pronunciarla y, cuanto más nos reíamos, más nos costaba hasta que llegamos a estar «arcoirisadas» por la risa y por la poesía escrita con siete colores después de la lluvia.

También ahora está apareciendo un suave arco iris al final de la calle donde me encuentro y desde la cual se divisa el mar.

Esta es la calle de mamá.

Mamá siempre dice que le encanta porque es elegante, céntrica y como un largo tobogán que empieza en lo más alto de la ciudad y desciende hasta el mar. Mamá ha nacido en esta calle, ha crecido en ella, en ella ha vivido y seguirá haciéndolo porque son sesenta y dos años de identidad vinculada a estos árboles, a estas aceras, a este asfalto y a estas tiendas. Y están los vecinos, algunos nuevos, otros muy viejos, y tantos recuerdos y, cómo no, los olores... Tan conocidos.

Salto del coche aprovechando que está dejando de llover y apresuro mi paso hacia el edificio donde vive mi madre. Me cuesta. El nudo en el estómago sigue estando ahí. No sé si por el recuerdo de papá, por su ausencia o por los miedos y los sentimientos que esta casa despierta en mí. Espero averiguarlo a medida que me acerque, que entre, que suba, que cruce el umbral y me quede. Será difícil porque la mayoría de veces he esperado a mamá en el coche o en la puerta del edificio, evitando entrar, y si he tenido que hacerlo ha sido para ayudarla a cargar paquetes o para buscar algún documento, pero siempre con prisas porque, a los pocos minutos, empezaba a sentirme incómoda, como atosigada por la densidad de una atmósfera que me empujaba a salir corriendo.

No podía venir a esta casa, ni quedarme en ella. Me ahogaba. Le agradezco a mamá que lo respetara, aunque no lo comprendiera. Yo necesitaba tiempo y distancia para entender el rechazo a mi pasado. Y esta casa me ha llevado, durante años, a algo visceral que no lograba superar.

Pero hoy ha venido Inés.

Así que respiro, aprieto el paso y llego hasta el gran portalón de hierro.

Este es mi barrio. Mi antiguo barrio. La tienda de la derecha ya no es de regalos. Tampoco existe la papelería que estaba a la izquierda. Ahora hay un supermercado y una agencia de viajes. Ha habido cambios y yo necesito pararme antes de seguir avanzando por el túnel del tiempo pasado.

Necesito sentir este momento.

Y sentirlo aquí donde todavía queda algo que, a fuerza de ir hacia atrás y hacia dentro, a mi infancia y a mí misma, aún no he conseguido descifrar por completo. Un guisante de princesa, una nada insignificante incrustada en mis recuerdos amnésicos, una mínima expresión de algo no identificado que me ha bloqueado durante más de treinta años. Pero esa insignificancia cojonera, desarrollada con ayuda de la educación y del ambiente, ha tenido un poder extraordinario.

He llegado a comprender el origen de mis miedos. He llegado a conocer mi pasado. He llegado a un bienestar personal teniendo en cuenta los fantasmas que me han torturado durante años. Pero la china, (que no la japonesa), me sigue fastidiando.

Hay algo... En mí, y en el tiempo que encierra este decorado, no resuelto.

Así que...

Voy a entrar.

Pero antes de pulsar el botón del interfono, hundo mi nariz en el ramo. Necesito coger aire para no emocionarme por algo que aun no teniendo palabras, conozco.

Inés, tendríamos que inventar alguna para un momento como este. Un vocablo especial porque son muchos años de miedos, de ahogos, de oscuridad frente a los mismos, de sueños, de fuerza, de luz que han confluido en esta mañana de mayo, para tomar café, y vaya usted a saber qué... Te lo pido antes de pulsar este botón que abrirá mi pasado y me llevará junto a ti y junto a mamá. Te lo pido porque necesito definir lo que estoy sintiendo, aunque sea con una palabra, para no tener miedo.

«¿Miedo...? ¿Miedo de qué...? Qué tontería...» El miedo no existe, dice mamá.

Pero para mí está ahí, y espera... en la oscuridad del pasillo, bajo la cama, en los rincones de mi mente... y domina mi vida durante años, hasta que empiezo a conocerle.

No es fácil. No, no lo es y esta mañana vuelven a aparecer algunas dificultades. Será porque voy a quedarme todo un desayuno en casa de mi madre y voy abierta y dispuesta, aceptando incluso el nudo de temor. La verdad es que nunca me había sentido tan...

No tengo palabras, Inés.

Invéntame una, o media docena para expresar lo que siento. Escribamos tres versos y diecisiete sílabas con la esencia de este momento. Pongámosle un nombre, una etiqueta, una identidad a la ansiedad que se presenta sin avisar y que nos hace temer, una vez más, el vacío...

Pero el vacío está lleno de aire... Por lo tanto respiro.

Una cierta tranquilidad reaparece. También un repartidor de propaganda que me obliga a apartarme para echar su fajo de papeles bajo el portal y hace que me sitúe más cerca del interfono. Entonces pulso el botón que corresponde al piso de mamá: segundo, segunda. Y espero... Parece que el nudo está desapareciendo, pero cuando la voz de mamá pregunta «¿Quién es...?» y yo, como una niña, contesto «Soy yo, mamá...» tengo que contenerme para no llorar. Afortunadamente el repartidor se marcha y me deja en la pequeña intimidad de esta isla reducida que es la entrada de mi casa de infancia. Y mientras espero que mamá me abra desde arriba, estos segundos se convierten en pequeñas burbujas de eternidad y me adentran en la sensación, particular, de sentir que no ha pasado el tiempo: soy una cría con un futuro lleno de sueños. La poesía es uno de ellos. Como lo fue de Inés.

Lo digo en casa después de hacer la comunión y probar la pluma de nácar que me ha regalado mi tía y me contestan:

—¿Poeta? Qué tontería...

La niña ha salido a la tía. Será posible...

No, no lo es. En realidad resulta imposible ser poeta en esta familia. Tanto como enamorarse de un chino, que no es chino, sino japonés. Pero da igual. Lo establecido, inamovible e inquebrantable, es la tendencia. Un modo de entender la vida que casi todo el mundo practica y «Vicente va donde va la gente». Así que todo indica que hay que seguir el cauce del río común.

Pero yo quiero nadar en mi propio cauce, aunque sea a contracorriente.

«Tonterías...»

Tanto Inés como yo creímos que lo eran. Pero no fue culpa de nadie. No, no lo fue. En realidad fue una combinación de errores e interpretaciones: los demás se pueden equivocar, pero tú también interpretas lo que quieres, o puedes y, además, tal vez existe un camino que andar... De acuerdo que en casa planeaba que los versos no llenaban las neveras, pero yo podía haber sido poeta, o al menos, intentarlo. Como Inés con Roberto. Pero tuvimos miedo. A ser nosotras, y nos olvidamos de alcanzar las estrellas. Y eran...

Poesía.

Aunque acabamos creyendo que eran...

«Tonterías...»

En las cartas que le fui escribiendo a Inés durante mi proceso, me preguntaba dónde estaba aquel yo perdido en un determinado momento. Ella había sellado sus sentimientos: la época, la espera, las dudas, mi abuela... Pero yo no encontraba el motivo que me había alejado de mí misma. Ahora siento que está aquí. En esta casa. Aunque en realidad está en mí. Tal vez uno mismo acabe siendo, en el fondo y en la forma, el proyector de su destino.

El portalón de la entrada emite un ruido metálico y familiar que me sustrae del recuerdo invitándome a entrar. Y voy a empujar la puerta cuando descubro que del exterior donde me encuentro al interior del edificio sólo hay un paso. Uno más de todos los que ya he dado y de los que aún tengo que dar... Pero este parece tener un significado especial: algo se moverá ahí dentro, entre estas paredes y en mi interior.

Sin duda, la operación de Inés nos ha beneficiado a ambas: ella ha dejado de tener cataratas y yo empiezo a ver mi vida con más claridad después de tanta búsqueda.

Buscar...

Qué buscábamos Inés cuando mirábamos la luna y las estrellas, cuando queríamos ser poetas, cuando sentíamos que algo sin palabras, aunque con evidente presencia, nos movía y aun sin tener nombre, ni destino, ni tan siquiera horizonte, sin poder hablar de ello, ni escribirlo, sin nada material que pudiera identificarlo, intuíamos que era cierto.

Tú recuperaste aquel sentimiento después de la operación, y era algo más que tu amor por un hombre... Yo traté de no olvidarlo. Desde que te fuiste de esta casa —a la que hoy vuelvo a desayunar— me he sentado muchas veces bajo la luna y he llorado mientras pedía —¿a qué? ¿a quién?— la fuerza, la fe, la humildad para seguir creyendo en algo que no podía explicar, ni tan siquiera adjudicándole el nombre de *yugen*.

Nadie me comprendía, Inés. Salvo tú. Pero te fuiste y, sin darme cuenta, empecé a renunciar a mi verdadera manera de ser para cederle el puesto a otra, artificial, condicionada por un mundo exterior, pero también —y lo he comprendido con el tiempo— por mi propia inseguridad y la ignorancia de quién era yo en realidad. No ha sido fácil descubrir el entramado de mi vida. Aún es difícil. Pero ahora puedo entrar en este edificio y respirar sin ahogarme. Atrás ha quedado el pánico a los espacios abiertos y cerrados; los ataques en la calle, en un ascensor, en el supermercado, incluso en casa... La fuerza, la constancia, también la desesperación sumada al deseo de salir adelante fueron abriendo día a día el mapa de mi vida, que durante meses y meses estuvo en un desierto. Pero al fin respiro. Y al hacerlo, huelo...

A café, a caldo, a patio de vecinos, a portería, a la señora Josefina friendo merluza, a Gregoria fregando con lejía toda la escalera, a mis días de colegio con croissants y pan recién hecho y a los de adolescencia con olor a pipas y a patatas fritas y a chicle de fresa... Y a los primeros besos de medianoche amparados por la oscuridad de este portal. Colonia de lavanda con un poco de sudor y un poco de un «te quiero» y otro poco de «estate quieto»... Momentos guardados en este decorado, neutro en apariencia, porque no hay nada aquí, entre estas paredes, que me pertenezca. Nada material. Pero existe el aire...

Y me dejo inundar por esta atmósfera cuando mi olfato se sorprende: hay un olor dulzón en el ambiente... Empalagoso y desconocido. Un intruso. Es de ambientador con pretensiones de olor a rosas. Artificiales. Esa fragancia se pega tanto a la garganta que, para neutralizarla, instintivamente huelo el ramo que llevo en la mano. Bendito olor natural... Jazmines o rosas pueden mover una vida. O dos.

Inés, ¿qué nos está pasando?

La voz de mamá por el interfono preguntándome si ya he entrado me devuelve, de golpe, a esta realidad. Le digo que sí, que ya estoy dentro y luego cierro la gran puerta de hierro y cristal —tan pesada que, de niña, me parecía la de un enorme castillo— para reencontrarme con la eterna alfombra roja, más vieja y más desgastada, pero fiel al suelo de mármol con el que lleva tantos años casada. Tiempo atrás me parecía la lengua de un enorme dragón que se extendía hasta la cueva del ascensor, pero ahora la vieja gruta se ha convertido en una caja de madera reumática cuyas articulaciones no resistirán mucho más. Como Elías, el portero (y guardián del castillo). Se retiró el año pasado después de casi cuarenta años de abnegado servicio, aunque su ausencia no ha borrado el eco diario de su transistor encendido. Puedo escucharlo, todavía, camino del ascensor y antes de entrar estoy a punto de decirle «Adiós, Elías...» como si continuara sentado ahí, tras el mostrador de madera, en su butaca de terciopelo granate. Y cuando voy a cerrar las puertas del ascensor, quejumbrosas por el movimiento, una voz femenina me llama...

—¡Nena!

Me quedo con la puerta entreabierta y por el paréntesis se cuela una señora de mediana edad, con media melena, de tipo medio, —ni muy alta ni muy gruesa— y que identifico como a la vecina del quinto... ¿O es el sexto?

—Qué alegría... Cuánto tiempo... ¿Cómo estás?... Sé de ti por tu madre... ¿Qué, vienes a verla?... Y eso que se hace cara de ver porque no para en casa... Pero está estupenda... No pasan los años por ella... Ahora que tú también estás igual... Pareces una cría... Y tú tienes dos, ¿no...? Gemelos, me dijo tu madre... Qué barbaridad... Tienen que darte un trabajo... Aunque ya son mayorcitos... ¿Qué te tienen... ocho... nueve...? Tardasteis por eso en tenerlos... porque ¿cuántos llevas casada...? ¿Catorce...? Ya tiene mérito ya, porque en los tiempos que corren, tener los hijos del marido y encima seguir juntos tantos años... Yo llevo cuarenta y dos... Claro que en mi época lo de la separación ni nos lo enseñaron... Bueno, mi época y la de tu madre... y la de tu tía que, por cierto, la he visto y está monísima... Igual que cuando vivía aquí... Y tú, el trabajo, qué... ¿te ganas bien la vida?... Me dijo tu madre que estabas en televisión, escribiendo series de estas... los seriales del mediodía... Pero me comentó que lo dejaste... Bueno que esta-

bas como de... ¿excedencia se llama, no? Y ¿qué haces ahora?...
De todos modos, a los de la tele ya puedes decirles que a ver si
ponen más cosas de amor y más actores guapos porque hay que
ver las birrias que nos echan... Bueno, nena... Me voy que iba a
comprar y me darán las tantas... Oye, me alegro mucho de que es-
tés tan bien... y saluda a tu madre y a tu tía Inés.

El torbellino del quinto —¿o es del sexto?— sale del ascensor
tal y como había entrado después de haber sintetizado mi vida en
dos minutos. O menos.

Cierro las puertas con prisa —no sea que a la vecina se le haya
olvidado algún episodio de mi vida y le dé por volver— y pulso el
botón del segundo. Al ascensor le cuesta arrancar. Parece como si
todo fuera perdiendo energía en este decorado. Todo salvo la vecina y ese olor a café, a pan caliente que me llega, que me va llegando
a medida que voy subiendo a casa de mamá y recuerdo cuando imaginaba que iba hacia la torre más alta del viejo castillo. Al mirarme
en el espejo del ascensor reconozco a esa niña... Puede que mamá
tenga razón cuando dice que no he cambiado. Puede que siga pareciendo una cría como ha dicho la vecina. Incluso puede que haya
recuperado esa expresión que aparece en las primeras fotografías
de mi vida... En esas fotografías estoy siempre risueña. Pero con los
años, algo ha cambiado y el espejo me lo recuerda: ya no tengo que
ser «la más...» de este reino. Ni de ninguno. Sólo tengo que ser yo.

Yo.

Tan sencillo... Tan complicado.

El ascensor se para en el segundo y oigo a mamá toser en el
rellano. Mamá tose desde hace años. Ella dice que desde que nació, es decir, toda la vida, aunque una amiga psicóloga consideró
en su momento que esa tos, jurásica, es una llamada de atención
de mamá y está diciendo: «Estoy aquí...» O sea que, de algún
modo, la presencia que yo tanto he necesitado de mi madre también le falta a ella misma.

Me quedo con el pensamiento suspendido con el ascensor y cuando abro la puerta, mamá sonríe y su tos de repente se alivia. Entonces me parece que acabo de llegar del colegio y me lanzaría en sus brazos para acurrucarme en su regazo diciéndole cuánto la he echado de menos, no ya en los últimos días, sino en todos estos años.

Pero no me atrevo.

El olor a café (que sale de mi casa de infancia) me despierta y me encuentro con la mirada de mamá que se emociona al ver el ramo. Sus ojos brillan como dos soles irradiados por una multitud de pequeñas arrugas aunque su voz, contenida, sólo me diga «qué bonitas...» y se apresure entonces a darme un beso que se pierde en el aire como si también él —al igual que mi memoria— quisiera rastrear el sendero de aromas que surge de esta casa.

Y el olor me invita a entrar. Pero dudo. Aún no sé definir lo que siento. Da igual... Existen universos ocultos a los sentidos, fragancias invisibles a la razón... Y, para sacudir mi incertidumbre, ahí está mi madre preguntándome si prefiero el rellano para desayunar. Bromea para deshacer su emoción. Es un momento extraño para las dos. Hemos vivido tantos espejismos en esta familia...

—Bueno... ¿entras o no...?

Me decido. Pero lo hago con una particular contención de mis emociones, como frenándome en mi interior. Tanto es así que cruzo el umbral de la casa casi sellando mi olfato y mi alma y, una vez en la entrada, me apresuro a seguir avanzando. Pero el olor a café es tan intenso que no puedo evitar respirarlo: está en el aire, está en mis recuerdos.

Es el olor de mamá.

# El olor a café

Mañanas de colegio.

—Corre, date prisa... Levántate... Venga que llegas tarde...

En la cocina, la cafetera «express» está empezando a borbotar...

Está saliendo el café...

Humea...

Humo con olor.

Per-fumum de café.

Y yo, todavía en la cama envuelta entre sábanas y pereza, me imagino esa cafetera como una locomotora que, desde el andén de la cocina, reclama la presencia de la familia...

—Pasajeros al tren... Es hora de desayunar...

Y el humo va impregnando toda la casa de esa intensa, deliciosa y amorosa fragancia que brota de la cafetera express.

Es el primer olor del día. Básico. Primario. Como los colores: amarillo, rojo, azul y color café con leche.

Y la imaginación pinta un océano humeante de leche y café para zambullir en él un brazo de croissants, un corazón de ensaimada o una cucharada de azúcar o de leche condensada.

Café...

C...orto.

A...margo.

F...uerte.

E...speso.

Olor a casa.

Olor a recuerdo.

A primera infancia.

\* \* \*

Todo sigue estando prácticamente igual. Incluso mamá. Se alegra tanto de verme... En su casa. (¿En mi casa?) Está nerviosa y rápidamente me invita a pasar y me dice que tía Inés está en la galería, que vaya, que la salude, que está muy guapa, que tiene ganas de verme, que se enfría el café con leche...

Mamá...

Si Inés es el té, mamá es el café. Rápida, práctica, expeditiva, fuerte; tengo una mamá express.

Cruzo el pasillo sin detenerme. Largo y estrecho, sigue teniendo las mismas baldosas blanco marfil con ribetes verdes y alguna baila e incluso cruje como si fuera a romperse. De niña imaginaba que eran piedras sobre un río... Un río en el paisaje de mi castillo que me llevaba hasta el sol de la galería, el rincón más luminoso de la casa. Las viejas butacas de piel roja son ahora sillones de mimbre con cojines de tela estampada. En uno de ellos está Inés sentada. Voy hacia ella pero, de golpe, me encuentro con una imagen inesperada: mamá ha preparado la mesa del desayuno con el mantel de margaritas y, al verlo, mi emoción se dispara.

«Qué tontería...»

Vaya, la vieja voz de siempre.

Pero no es mi voz. Mi voz que quiere palabras silvestres, como esas margaritas bordadas en hilo amarillo con punto de festón en los pétalos y cordoncillo en hilo verde para los tallos. Mamá me ha contado, más de una vez, cómo los bordó para su

78

ajuar... (Cuántas ilusiones en cada puntada...). Este mantel es un prado para mí, un prado en primavera lleno de flores, un paraíso donde mi fantasía de niña entraba para correr y lanzarse sobre la hierba oliendo a tierra y a margaritas dulzonas, apetitosas para las abejas, y románticas para enamorados dispuestos a «despetalar» sus corazones en busca de una respuesta: me quiere... Un poco... Mucho... Locamente... Nada.

Yo había «despetalado» esas margaritas para conocer los sentimientos de algunos chicos del colegio. Y cuando mamá me sorprendía preguntando:

—¿Qué haces con el mantel?

Yo le contestaba que, con la ayuda los pétalos, repasaba las tablas de multiplicar. No le decía la verdad por miedo a que la calificara de tontería.

Cuántas cosas cobran vida en la niñez: una puerta da entrada a un castillo, un pasillo es un río, una alfombra, la lengua de un dragón y un mantel, un prado lleno de flores...

Pero mi fantasía deja de oler a margaritas cuando de la cocina empieza a llegar un olor, conocido, que inunda el piso de mamá. El aroma a café se difumina (o será que mi olfato se ha saturado de él) y, en la infidelidad que estimula lo nuevo, el olor que acaba de aparecer no sólo me hace olvidar el anterior sino que aviva otros recuerdos. Es un olor familiar. Intenso.

A caldo casero.

Caldo de pollo, con verduras. Caldo de ese que se pone a hervir a las diez de mañana y se cierra al mediodía para que se vaya haciendo sin prisas, a fuego lento, con calma...

Mantel de flores.

Aire con olor a café y caldo.

Bienvenida a casa.

# El olor a caldo

Olor de días fríos. Olor de refugio. Olor de hogar. Olor de «quiéreme», «abrázame», «mímame»... Olor de mediodía lluvioso, con ganas de llegar a casa y entrar en ese rincón de mundo acogedor y seguro que tiene un sillón mullido junto a la ventana, y una lámpara e incluso una pequeña manta. Ese rincón benefactor lo cura todo y arrullarse en él, mientras cae la lluvia al otro lado del cristal, es entrar en el particular descanso de parar el mundo para bajarse un rato. Detener así cualquier actividad, salvo la del agua de cielo que cae, que va cayendo, y limitarse a respirar.

El aire lleva olor a sopa.

Y el tiempo se estira como goma de mascar. Es tiempo a fuego lento para cocinar los sueños, dejando que se hagan con calma, como ese caldo que se va cociendo durante una hora, o dos, para destilar luego su esencia y preparar una sopa maravillas que acabará de perfumar el ambiente mientras los instantes se suceden como la lluvia fina, sin prisa, porque la vida no se hace corriendo, ni en sobres preparados, ni en pastillas de caldo concentrado.

Ese olor a sopa invita a detener la carrera y a disfrutar del momento del mediodía, a caballo entre la mañana a punto de terminar y la tarde que se aproxima. Instante fugaz que puede prolongarse, sin embargo, en cada cucharada de sopa y de vida mientras las maravillas navegan en un mar de caldo humeante y aromático.

81

Barcos de una singular aventura para el paladar y el olfato.

Aventurarse, siempre que se pueda...

Y descubrir una nueva ceremonia del té en un día de lluvia con olor a sopa casera.

* * *

—Nena... ¿te pasa algo...? —Mamá acaba de entrar en la galería.

La miro como saliendo de un sueño.

—Que si te pasa algo...

No, nada... Pero este olor a caldo, a café, incluso a mantel me está emborrachando y parece reconciliarme con esta casa cuando hace nada, al igual que Inés hasta que la operaron de cataratas, mi olfato no quería recordar.

Pero aquí estoy y, al verme llegar a la galería, mi tía se levanta.

—Cariño... Qué ganas tenía de verte...

Se alegra, me abraza... Y entonces siento que, aun habiendo pasado el tiempo, estamos igual, como dice la vecina. Sí, lo estamos. Mamá. Inés. Y yo, también. Estamos aquí, en esta mañana lluviosa y «arcoirisada» de mayo, como cuando yo era una niña y tía Inés salía con Roberto.

Hace unos meses esta situación era impensable. Que Inés esté aquí lo ha hecho más fácil, pero también yo me siento distinta. Y mamá lo percibe porque me mira y se emociona aunque sonríe para decirle a su hermana:

—¿Has visto qué guapa está la niña?...

Y orgullosa de su hija, me acaricia una mejilla y vuelve a sonreír emocionándose un poco más, aunque sólo un poquito, porque mamá tiene un dique para las lágrimas. Pero hoy está feliz. También Inés se muestra encantada de haber venido, sola, en avión y estar en su casa de infancia. Y es que, desde que los abuelos lo compraron al poco tiempo de casarse, este piso ha visto crecer a mamá, a Inés, y a mí también. Dos generaciones de mujeres. Y hoy hemos vuelto donde lo dejamos. O al menos donde yo lo dejé hace años.

«Lo...» pronombre neutro que es como decir «algo».

Busco un «lo», busco un «algo»... Será una especie de *yugen* o vaya a usted a saber, pero aun sin tener un nombre concreto —de momento— tiene un significado. El significante ya llegará aunque tampoco sea tan necesario.

Así que ya podemos sentarnos. A desayunar.

—Voy a buscar el café... —dice mamá, y desaparece.

Entonces Inés me pregunta:

—¿Cómo estás?...

Y yo no sé bien qué contestar: estoy alterada y como en una nube cargada de recuerdos y olores, así que prefiero no remover demasiado lo que siento y le pregunto a ella como se encuentra.

—Rara... No he dejado de pensar en...

Su nombre aparece entonces, con un susurro, como siempre...

Roberto...

No ha dejado de pensar en él en estos dos últimos meses. Cómo iba a dejar de hacerlo si llevaba un retraso de más de veinticinco años. Y recuperar un cuarto de siglo en ocho semanas sale a doce años y medio por mes, es decir, tres años y un poco más por semana, que se convierten en cuatro meses por día, o sea diecisiete días por hora e incluso, tres días por minuto o cinco horas en un segundo.

Cinco horas en un segundo...

Eso es lo que Inés ha tenido que recuperar desde aquella tarde en la clínica. Cinco horas de amor en un soplo de recuerdo para evocar a Roberto y sentir como él rastreaba su piel cuando la convertía en perfume... Cinco horas condensadas en la eternidad de un instante para, al instante siguiente, recuperar cinco horas más, paseando por un bosque, nadando en el mar, comiendo sushi, bailando un pisado-agarrado de Cole Porter y pidiéndole a la luna que el deseo no se apagara nunca... Y otro segundo, para otras cinco horas y así hasta... veinticinco años de amnesia superada gracias a una operación de cataratas.

Con semejante intensidad de recuerdo, me pregunto cómo estará con tío Ignacio.

—Fatal... Está peor que nunca de gruñón, de antipático, de marimandón... Dice que desde la operación estoy... en las nubes. Y no es verdad: estoy en las estrellas. Claro que él está todo el santo día pegado a la red como si fuera una mosca. Si navega más que Magallanes con esto del dichoso Internet... Pero no sale de su isla ni a rastras... Y menos después de la travesía que tuvimos cuando vine a operarme... Así que esta vez no se ha movido... Según él, ya me avisó para que me operara en la isla... Lo que no sabe es que yo quería operarme aquí para... airearme un poco porque me ahogo hija, me ahogo...

Me quedo mirando a Inés.

—Ya sé que no puedo decir que llevo más de veinticinco años equivocada. Pero... Los llevo. Uno se equivoca, a veces, y luego lo tapa... y se convence. Era lo mejor, se dice... O... No podía hacer otra cosa... Incluso puede llegar a confesarse que no tuvo el valor... Pero, al final, la cuestión es: ¿por qué no tuviste valor?

La pregunta de Inés es, en cierto modo, mi propia pregunta. Roberto... Los sueños... Es como un nudo por deshacer.

—Hay que soplar... —me decía Inés cuando cosíamos y se nos enredaba el hilo—. Si tiras, el nudo se hace más fuerte o el hilo acaba rompiéndose. Pero si haces un espacio con la aguja entremedio del nudo y soplas, con el aire que va entrando a medida que vas moviendo la aguja, el nudo se afloja.

Soplar...

Para que se despejen las nubes —volverá a llover, parece— y

se aclare ese momento de mi pasado en el que dejé de creer en mí. ¿Dejé o tal vez no creí nunca? ¿En qué momento me convertí en un personaje que no era yo, pero alguien supuestamente necesario como un traje de etiqueta para la vida exterior?

Yo quería escribir poesía. Me dediqué a escribir para televisión. ¿Por qué? ¿Me dejé convencer? Los versos no llenan neveras y no iba a vivir del aire...

Aire...

Sigo las pistas por el bosque de los recuerdos... ¿En qué me equivoqué realmente? ¿En lo mismo que Inés dejando a Roberto y casándose con Ignacio?

Estudiar filología y, a los veintipocos años, empezar a escribir guiones para concursos de cultura en televisión fue... ¿un logro? Ganar rápidamente dinero fue... ¿un logro mayor?... Luego llegaron las primeras series de ficción, a capítulo por semana, escribiendo diálogos como si hiciera hamburguesas americanas. *Fast food* televisivo, rápido, rápido para llenar parrillas de programación y vivir pendiente de un hilo llamado *share* inventado para satisfacer la voracidad de las masas.

Diálogos, diálogos y más diálogos... Y cada vez más rápidos y con mayor audacia para ganar audiencia. Y lo que no gusta, se tira. Pero te pagan, una pasta *(¿al dente?)* alimenticia más o menos necesaria para no tener que vivir del aire. Y seguir en la cadena de fabricación televisiva supone cocinar platos cada vez más rápidos porque la generación del microondas es la que se impone.

Cinco minutos, y listos. La anticeremonia del té otra vez.

Era una opción y lo fue durante un tiempo hasta que llegó un «algo» no identificado que empezó a hacerme señales desde el espacio interior.

Primero se manifestó con una cierta inquietud; luego con una insatisfacción cada vez mayor y aunque traté de autoconvencerme de que mi vida funcionaba perfectamente, la marea interna persistió. «Pero, ¿qué más quieres?...» me decía la voz de la familia. Y, a renglón seguido, la voz se personalizaba en la de mi abuela: «Esta niña, con este carácter, nunca será feliz, ni encontrará a ningún hombre que la quiera.»

Encontré a Carlos. Me quiere. Y estoy aprendiendo a ser feliz.

Nadie me enseñó, —bien al contrario—, así que tuve que lanzarme sola a la aventura de encontrar mi propia felicidad. En aquel momento, sin embargo, no sabía qué me estaba ocurriendo, solo sentía el apremio de algo que pugnaba por salir pero, al mismo tiempo, cada guión era un esfuerzo mayor que me dejaba una profunda insatisfacción.

Ahí llegaron las primeras crisis. Pequeñas... Pero más adelante empezaron otras, más fuertes, y con ansiedad. Hasta que se presentaron los ataques de pánico.

Una bomba.

—No, pero no es nada... —dijeron.

Empecé a buscar en psiquiatras, en medicinas alternativas, en prácticas orientales...

—Es hereditario...

—Es un problema químico...

—Es para toda la vida.

—Es una tontería.

Fue largo. Fue arduo. Tuve que parar mi vida. Dejar la televisión. Dejar los guiones. Dejar de escribir por completo. Dejar de ganar dinero.

«La nena escribe para la "tele"... Y se gana muy bien la vida.»

Era lo mismo que...

«Inés se ha casado con un ingeniero. Un chico muy majo, y con dinero.»

Yo quería ser poeta. Como mi tía Inés. Inés que amaba a Roberto, pero se casó con Ignacio que era un buen partido. Roberto en cambio era...

¿Restaurador? ¿Y eso... qué es: chino, o japonés? Pero qué cosas más raras querer ser poeta o enamorarse de un asiático que encima es cocinero. No era cocinero. Diseñaba platos... ¿Dise-qué...?

En los años cincuenta, en este país, el diseño —y ya no diga-mos en cocina— era como el sushi, los haikus o los koalas de Aus-tralia. O sea, una rareza, como Inés y luego la sobrina, que fuimos las ovejas oscuras de la familia. Pero nadie tuvo la culpa. Ese tipo de educación, de creencias, ese sistema está en el aire y respiramos contaminación sin darnos cuenta. Y si te ahogas, además de pasar-lo mal, eres rara.

Aún me acuerdo cuando, entre ataque y ataque de pánico, yo iba diciendo, desesperada, que quería ser «normal.» Era cuanto me habían inculcado, o yo me dejé inculcar: la normalidad era lo correcto. Aun ahora, no sé bien a qué corresponde esa normali-dad, pero sí empiezo a saber qué es correcto. Para mí. Y también Inés lo está descubriendo porque están aflorando rosales llenos de interrogantes que quedaron hace tiempo en el aire.

Uno de ellos era si Roberto habría sido el marido perfecto.

Perfecto.

Cuando conoció a Ignacio, todos le dijeron:

—Ese hombre es perfecto para ti.

Todo el mundo se lo dijo. Y ella escuchó a todo el mundo.

Ahora que se escucha a sí misma, Inés me dice:

—No sé si existen muchos hombres como Roberto... También puede ser que yo le haya idealizado porque, con el tiempo, los buenos recuerdos se agrandan, como si llevaran levadura... Y ya sé que la mayoría, de príncipes no tienen nada... Y si tienen algo, después de algunos besos, se vuelven ranas... —Inés se para—. ¿Te has fijado que en la realidad se invierten los términos? Pero Roberto era... distinto... Tenía una sensibilidad especial y... hu-mildad. La mayoría de hombres están tan ahogados por su orgullo...Yo lo veo en Ignacio que toda su vida ha estado con una especie de... coraza. Y yo he luchado tanto para que mis hijos no cayeran en lo mismo...

Inés sonríe. Luego se entristece. Y al final me susurra:

—¿Sabes que he empezado a cultivar rosales?

Entonces sonríe de nuevo y su mirada se vuelve más pícara y más joven iluminando esas facciones tan suaves que hacen de mi tía una mujer bonita. Una mujer que se está preguntando cómo ha podido vivir tantos años al lado de un hombre como Ignacio tan hermético, más bien huraño, bastante machista, un poco calvo, ligeramente sensible y cada vez más ausente. Buena persona, sin duda, y padre correcto, sabe que Ignacio ha ejercido de marido impecablemente pero ya no puede negar que siempre le faltó «algo»...

Algo que no puede definir, ni concretar pero que existe y que no ha estado en estos veinticinco años de matrimonio porque, por mucho que lo dijera todo el mundo, Ignacio no era perfecto. Al menos, para Inés.

—Aún me parece mentira haber estado tan ciega... Y mira que lo de las cataratas no puedo quitármelo de la cabeza porque ha sido tan... significativo. Y ahora... es como si hubiera... no sé... cambiado de casa... o renovado totalmente una habitación que había estado cerrada durante años y, de golpe y porrazo, me aparecieran cajas, y álbumes de fotografías, y todo cuanto puede haber ahí, en el pasado, y que no habías tocado en casi treinta años. ¿Cómo puede ser?... Me lo pregunto cada día, desde la operación, porque... aún no consigo entender cómo pude ahogar todo lo que sentía y olvidarme de Roberto como si fuera tan... normal.

Aquí Inés se para.

Respira hondo y mira el ramo que he dejado sobre la mesa. La rosa que he traído con el jazmín llama su atención. La coge, la huele y, después de inspirar un recuerdo, me dice:

—No fue normal. Fue él. Y era especial...

Entonces sus ojos me preguntan cómo pudo olvidarse de querer la luna. Y las estrellas.

El sonido de un carrito con tintineo de platos y tazas nos baja de ellas.

Mamá aparece empujándolo y en él trae una cafetera que humea como la vieja y pequeña locomotora de mi recuerdo dejando, a su paso, una estela de olor. Junto a ella, croissants y bollos, leche —normal y condensada— queso y mermelada...

—Como se nota que ha venido tu hija... —le comenta su hermana.

Mamá sonríe y me mira. Quiere agradarme. Hacerme feliz. Y mientras va dejando el desayuno sobre la mesa, yo observo la escena: es como si tomara distancia y entrara en un recuerdo con levadura, como diría Inés, para ver a mi tía hace años, en esta misma galería, cuando cogía su bolso —que a mí me parecía de Mary Poppins— y sacaba de él un neceser lleno de productos de belleza. Entonces yo me sentaba a sus pies, ante el sillón orejero de piel (ahora de mimbre), esperando que ella empezara a arreglarse. Oficialmente iba a salir con las amigas, pero, incluso para una niña, aquel ritual de belleza resultaba exagerado tratándose de una salida exclusivamente femenina. Y es que Inés se entregaba de tal modo a resaltar su belleza que su esmero levantaba sospechas. Más de veinte minutos podía durar la ceremonia que rasgaba sus párpados, alargaba sus pestañas, resaltaba sus pómulos y perfilaba sus labios para colorearlos después de rojo. Pero el momento especial llegaba cuando mi tía se perfumaba...

Puedo verla como si no hubiera pasado el tiempo, sacando la botellita de cristal del tamaño de un pulgar. Contiene un líquido dorado y lleva un taponcito igualmente de oro, redondo como una canica. Brilla... Y más con los destellos del sol de mediodía. Inés coge la botella y, como el extremo de un cetro con poderes mágicos, hace girar la canica hasta que el aroma del interior se despierta. Entonces Inés incita al genio del olor para que salga y, corporeizado en varias gotas, lo deja caer sobre el dorso de cada muñeca, tras los lóbulos de sus orejas, en el centro de su escote e incluso ¡en la punta de su lengua!

Aun siendo una niña, mi intuición femenina me aseguraba que ninguna mujer se perfumaba así para merendar con las amigas. Esa lengua con sabor a rosas tenía otros planes. Era esencia de rosas, el perfume que le regalaba siempre Roberto. La misma esencia que creó su abuelo.

La misma que ahora podría impregnar el aire de nuevo porque Inés ha sacado un perfumador similar al de aquellos años y lo deja un momento sobre la mesita de la galería para buscar en su bolso —más pequeño que aquel del pasado, o será que yo soy mayor— un dispensador de sacarinas. Parece como si las manecillas del reloj hubieran dado simplemente una vuelta, o dos, como la cucharilla que mi tía empieza a mover en la taza de café que le acaba de servir mamá mientras carraspea un poquito, ligeramente, para comentar luego con forzada naturalidad:

—¿Y... dices que... Roberto... se vende el restaurante?...

La pregunta queda en el aire y después Inés da un sorbito inocente a su café con leche.

—Inesita, te lo conté ayer, al volver del aeropuerto...

—Ya... Pero... la nena no lo sabía... ¿verdad, cariño?

No. No lo sabía.

—Lo ves... —se aprueba mi tía a sí misma.

—Yo lo único que veo... —considera mamá— es que no paras de hablar de Roberto... Desde que has llegado... y desde hace semanas... porque cada vez que has telefoneado, has preguntado si sabía algo de él... Por eso ayer te conté lo del restaurante... y por eso te dije que si tanto interés tenías, podíamos hacer de niñas malas y llamarle.

«Niñas malas». Ese término lo acuñaron mi tía y mamá en sus travesuras de infancia. Y ahora, en plena madurez, mi madre pretende recuperar viejas fórmulas del pasado.

—Pero tú, no te atreves... —le censura a Inés.

—¿Qué no me atrevo...? Pero, ¿qué dices...?

—Pues que no sé qué te ha dado últimamente: parece que te derritas por volver a verle y, al mismo tiempo, tengas miedo.

La afirmación de mamá instala un silencio.

Es verdad: Inés tiene miedo. Todavía. Es la herencia de su madre, (mi abuela) y de la madre de su madre (me imagino...) Está en el ambiente de esta casa. En el aire... Hemos respirado miedo y con él. Pero, a partir de ahora, vamos a buscar la valentía necesaria para respirar con calma y a nuestras anchas.

—Pues tú verás lo que quieres hacer... —Le dice entonces mamá a su hermana—. Yo, por mí, busco el número de teléfono y le llamas...

La actitud de mamá es significativa; parece como si le estuviera diciendo a Inés:

—¿No te quejabas de no tener valor...? Pues venga...

Y, para añadirle condimento a la propuesta, mamá comenta:

—Además, ya te dije que Matilde Vallecas le había visto. O sea que está por aquí.

El silencio corre de nuevo como respuesta de Inés. Mamá espera y entonces ve que necesito azúcar para mi café con leche. Ha olvidado traer el azucarero porque ella y tía Inés toman sacarina. Así que se levanta para ir a la cocina y, cuando ya no está, mi tía me confiesa:

—No sé qué me está pasando... Es... como si se hubiera destapado algo dentro de mí y los recuerdos con Roberto estuvieran presentes a cada momento... Y el viaje en avión fue... El hecho de venir sola me dio una sensación como de... estar soltera... y entonces aún pensé más en toda aquella época... Pero es que, además, sólo aterrizar, lo primero que me plantifica tu madre es que Roberto se vende el restaurante y entonces ya... fue como una señal o... No sé... El corazón me dio un vuelco y... Es que tú no sabes cómo estaba yo en el avión... y antes...

En el avión, y antes, Inés apenas se reconocía.

Dejar la isla, viajar sin Ignacio y venir aquí sola, a pasar unos días con su hermana ya eran, de por sí, vivencias extraordinarias. Pero encima aterrizar y descubrir que Roberto corre por aquí y que Matilde Vallecas le ha visto y que está...

—Estupendo. —Mamá aparece con el azúcar—. Dice Matilde que se quedó parada de lo bien que se conserva aunque... Ya sabes cómo es ella de exagerada... Me contó que su cuñada había hecho un régimen draconiano que la había dejado más delgada que antes de casarse y cuando la vi en el mercado parecía una mesa camilla... Sí, había perdido diez kilos... y diez kilos pueden ser una barbaridad si pesas sesenta... pero si pesas noventa y cinco como la cuñada de Matilde, ya me dirás... O sea que... si queréis saber cómo está Roberto, le llamamos y punto.

Y mamá vuelve a dejar otra vez la escena porque ahora se ha olvidado las servilletas.

—No sé donde tengo la cabeza...

Tampoco es que Inés la tenga muy en su sitio. En realidad la tiene en algún lugar remoto... Podría ser Japón, pero como Roberto ha regresado no hace falta alejarse tanto, aunque el temor que siente Inés en este momento —y que se manifiesta en la inquietud de sus manos— no depende de lo lejos que esté Roberto, sino de lo remotamente lejos que ha estado ella durante tantos años.

Entonces mi tía me cuenta, antes de que vuelva mamá, la sensación que tuvo ayer al despedirse de Ignacio en el aeropuerto y que se incrementó al subir, sola, al avión pero, sobretodo, al despegar y empezar a volar...

En el aire —el ámbito preferido de Inés— empezó a sentir que los apegos quedaban atrás. No existían ataduras con sus hijos —ya casados, independientes, felices...— ni con posesiones, ni casas, ni familias y, mucho menos, con Ignacio. Pero fue al aterrizar cuando la sensación se instaló plenamente: a los cincuenta y cinco años empezaba a reconocerse. Acaba de reencontrarse con una individualidad abandonada muchos años atrás y aquella sensación, espléndida, de libertad se afianzó al abrazar a su hermana.

Luego el viaje desde el aeropuerto avivó aún más su sensibilidad al encontrarse con una niebla matinal que, al parecer, había convertido el trayecto en un gran lienzo oriental. Aquella neblina baja y fantasmagórica de primera hora, flotando sobre la tierra como humo blanco, acentuaba los trazos oscuros de los árboles y de las siluetas de algunas casas transformando el paisaje en pintura japonesa.

Dibujos de sombras grises y cobrizas... Arboles pincelados con tinta china...

Pintura...

Poesía...

—¿Fui yo quien buscó la coincidencia... O ya estaba todo preparado para que coincidiera?... Quiero decir... La operación... El olor a rosas... Estar dos meses pensando en él y luego volver y... encontrarme con un paisaje japonés.

Inés calla. Luego, inspira. ¿Una señal más en el entramado de casualidades?

—Tú sabes que Roberto siempre hablaba del Japón y de su abuelo... Y cuando no era de la ceremonia del té, era del incienso y si no de la poesía o de la pintura, porque en el Japón antiguo se establecía una estrecha relación entre las dos. Se complementaban a menudo y muchos pintores eran poetas. Y, no sé si te lo he contado alguna vez, pero Roberto quería que yo, además de escribir, probara con los pinceles para ilustrar mis poemas...

El paisaje del aeropuerto trajo los días en que Inés empezó a probar con el *sumi-e,* dibujando sólo con tinta, negro sobre blanco, trazos que fueron cobrando la forma del bambú, de una rama de cerezo o de una silueta de montaña. Y en ellos añadía una sola nota de color, como la bola naranja que rompió el mar de nubes bajas y apareció en el cielo, cuando Inés salía del aeropuerto.

—Y sólo entrar en el taxi, va tu madre y me dice que Roberto se vende el restaurante...

La cadena de coincidencias y de recuerdos fue así tejiendo una red de emociones que ahora parece culminar con la decisión de llamar, o no, a Roberto. Todo parece llevar a Inés a ese punto y, aunque le de miedo, siente que, tras ese temor, puede encontrar algo más. No es fácil, pero hacerlo forma parte de esa valentía que necesita para ir hacia sí misma, a lo más profundo; a veces, también, a lo más oscuro.

Oscuridad y luz.

Inés me mira y vuelve a acordarse de Roberto (en realidad él ya no deja de estar en su pensamiento) y de la pequeña historia sobre la flor de loto y el espíritu humano. El loto inicia su viaje en las profundidades fangosas y oscuras de las ciénagas o de los estanques, pero, cuando sale de esa oscuridad, su capullo en forma de corazón, se eleva buscando la luz solar. Entonces, lentamente, bajo el calor y la luz del sol, la flor se abre para revelar toda su belleza.

Ese viaje hacia la luz es una metáfora.

Poesía.

No nos olvidemos de ella, Inés. No nos olvidemos de los momentos tranquilos, en esta galería, cuando leíamos versos o jugábamos a crearlos, y tomábamos té aunque en casa no entendieran qué le había dado a Inés con tanta infusión rara.

Aquellos años fueron los más bonitos de mi niñez. Años divertidos, alegres porque Inés aún vivía en esta casa y estaba enamorada. Y fue así hasta que la abuela descubrió que su hija pequeña no salía con las amigas, sino que mantenía relaciones secretas con un hombre de treinta y cinco años, de nombre Roberto Gulianni, de nacionalidad italiana, por parte de padre, y japonés por parte de madre, dueño de un restaurante oriental (el primero de la ciudad) y de estado civil...

Ahí la fastidiamos.

Cuando mi abuela se enteró —y, merced a sus gritos, también los vecinos— de que su hija Inés no podía vivir sin el hombre que amaba, pero tampoco con él, porque estaba casado, estalló el conflicto. Y poco le importó que el italiano y su mujer Antonella —¿o era Antonietta?— vivieran en países diferentes desde hacía tiempo y que él estuviera tratando de conseguir el divorcio. Como tampoco quiso saber si había sido la distancia el motivo del desamor o la falta de amor la causa de su separación. Pero, sobre todo, quiso ignorar que Roberto e Inés se amaran tanto como para irse a vivir juntos sin el sagrado vínculo. Mi abuela no quiso ni oír semejante aberración. Y durante los meses siguientes se dedicó a sembrar dudas y cizaña para que su hija, no sólo no se atreviera a compartir su vida con aquel «Casanova» oriental, sino que le dejara para siempre. El «qué dirá la gente» fue el eslogan inicial de una campaña pensada para desacreditar a Roberto con afirmaciones tan contundentes como... «Este hombre sólo te quiere para pasar el rato, y lo del divorcio es una mentira para no comprometerse...» «Cuando se canse, te dejará, y volverá con su mujer...» O «Tú eres tonta y te quedarás para vestir santos...»

Inés empezó así a dudar cada vez más de Roberto pero, sobretodo, de sí misma. Sabía, sin embargo, que Roberto no lucharía nunca «contra» su mujer para conseguir un divorcio que ella no quería darle por convicciones religiosas. El tenía que esperar. Aprender de aquella espera. Se había equivocado al casarse con una mujer que le llevó a confundir el deseo con el amor.

Aquel error le demostró que a los veintiséis, —cuando se

casó— aún persistía en él la inmadurez amorosa de los dieciocho, pero, sobretodo, le hizo sentir la razón que tenía su abuelo cuando le dijo:

—Si amas a una mujer a través del deseo, el deseo tarde o temprano se apagará y ese amor, falso, lo hará con él. Pero si amas con todo tu ser, el deseo crecerá porque lo alimenta el amor verdadero.

Aquel amor verdadero lo encontró en Inés.

Pero ella empezó a dudar, y pudo más el mundo que su universo, incluso cuando Roberto le propuso marcharse juntos al Japón, a una cultura totalmente distinta de aquella que censuraba sus relaciones. A las afueras de Kyoto tenían una casa donde aún vivían los abuelos de Roberto. Su abuelo había cumplido los ochenta como un gran ciervo, sin haber perdido olfato, ni fuerza y comprendería y apoyaría su relación porque aquel era el amor del que tanto le había hablado. Sólo tenían que hacer unas maletas, cortar amarras y... ¿Qué lo impedía...?

Aquella pregunta estuvo suspendida en el aire de Inés durante días.

Su alma le decía: «Haz las maletas, déjalo todo, márchate... El valor nunca te pasará factura.»

Pero su mente le ordenaba: «Quédate. Eso no es valor, es inconsciencia y las locuras se pagan.»

Las dudas desataron entonces una tempestad interior. De un lado, empezaron a soplar los vientos del sentimiento; del otro, los de la razón y en aquel torbellino de emociones se levantaron los miedos, aunque también apareció la confianza pero, lentamente, la lucha fue agotando a Inés hasta que, por primera vez en tres años, decidió hablar con su padre.

Mi abuelo era un hombre formidable. Vivía en la luna de Valencia y yo creo que por eso mi tía y yo tenemos un carácter con tendencia lunar. Con Inés se entendía de maravilla y, al ser la pequeña, la tenía algo más consentida que a mamá —lo cual siempre creó algunas rencillas entre las hermanas— pero lo cierto es que mi abuelo se llevaba bien con todo el mundo. A Inés la mimaba; a mamá, la adoraba. Y a las dos les había permitido una considerable libertad teniendo en cuenta la época. Claro que aquella tolerancia nacía de una cierta ignorancia (en parte voluntaria) porque el abuelo vivía y dejaba vivir sin enterarse de nada. Era su manera de ser y también la mejor política para estar con una mujer como mi abuela que, a diferencia de él, siempre estaba metida en la vida de todo el mundo.

Pero cuando Inés decidió pedirle consejo, al abuelo le diagnosticaron un enfisema pulmonar. Llevaba días ahogándose —también él— y tuvo que dejar el bufete, y luego guardar cama, y finalmente ingresar en una clínica y...

Japón se convirtió en un sueño que Inés no se atrevió a pedirle a la luna.

Entonces llegó la invitación de unos amigos para hacer un crucero por el Mediterráneo. El abuelo había tenido una ligera mejoría e Inés aceptó después de una acalorada discusión con Roberto motivada por el divorcio que no llegaba y el viaje al Japón que no harían nunca pero agravada, sobretodo, por el apremio desesperado —aunque esperanzado— de mi abuela:

—¡Ay, hija, acepta esa invitación, y a ver si encuentras un buen partido y te casas!

En alta mar encontró a Ignacio. Ingeniero, atractivo, de buena familia, treinta años. Y soltero. A los diez días de crucero y ante un sugerente atardecer, él le pidió:

—¿Quieres ser mi mujer?

Y ella telegrafió a la península notificando:

«Me caso. Con un ingeniero. Se llama Ignacio. Stop. Enviarme el mantón de la abuela para la boda.»

97

Cuando su madre leyó el telegrama se desmayó. Pero aquella misma tarde, en cuanto se recuperó, se fue a la catedral a ponerle un cirio a Santa Rita. Al parecer, la patrona de los imposibles había hecho el milagro y, para mi abuela, era un señor milagro porque mi tía se casaba con casi treinta años.

El enlace fue en la isla balear donde había nacido Ignacio y, después de una corta luna de miel por el archipiélago canario, pasaron por la península para saludar a algunos familiares y amigos que no habían podido asistir a la precipitada ceremonia. Y, en aquella visita, Inés se escapó una tarde diciendo que iba a la peluquería aunque, en realidad, iba a una cita clandestina.

Él la esperaba.

Llevaba semanas esperándola. En realidad, su espera se remontaba al mismo día en que ella se había marchado. No sabía nada de su matrimonio con el ingeniero. Pero del suyo tenía una noticia, una extraordinaria y conmovedora noticia: había logrado, ¡al fin!, convertir en realidad el deseo de Inés de legalizar su relación. Su mujer Antonella —¿o era Antonietta?— le daba la nulidad porque quería casarse con otro.

Y, emocionado, Roberto le entregó a Inés el certificado de su libertad.

De repente, ella rompió a llorar y, por un momento, él pensó que las lágrimas de la mujer que pronto sería su esposa eran de alegría... Instantes después comprendía que aquel papel, mojado por el llanto, era el testimonio de una ruptura tan absurda como definitiva.

Inés acababa de darse cuenta del gran error que había cometido, pero no sólo por no haber sabido esperar a Roberto, rompiendo su relación con él por culpa de la desconfianza de mi abuela, sino por haberse casado con Ignacio, un hombre al que no quería y con él que iba a pasar el resto de su vida. Y entonces, durante un segundo de lucidez, sintió la condena que ella misma se había impuesto en aquel matrimonio de conveniencia porque tampoco Ignacio se había casado enamorado. Pero como Inés empezó a decir tiempo después...

—Él buscaba una mujer; yo, un marido y nos encontramos un roto con un descosido.

Un roto y un descosido que jamás llegaron a nada y en cuyo espacio vacío quedó Roberto como una neblina matinal que, lentamente, tenía que difuminarse aunque, en el fondo, no pudo desaparecer nunca. Y en aquella eternidad suspendida quedaron grabados los últimos momentos, antes de la despedida, cuando, tras un silencio que agarrotaba el sentimiento, Roberto le pidió a Inés un último beso. Y ella, accedió.

Él se arrodilló entonces ante la mujer que iba a perder para siempre, levantó suavemente su vestido, deslizó sus medias hacia los tobillos, desnudó luego su sexo y, con absoluta desesperación, hundió sus labios en aquella flor cuya aroma quedaría eternamente guardado en su memoria. Aquel fue el beso más devastador que Inés llegaría a conocer jamás y, por él, a punto estuvo de dejarlo todo y... Perdió la noción de sí misma, como la primera vez, en la playa, y la reencontró en brazos de Roberto que, en el último instante, volvió a mirarla, una vez más, la última ya, con aquel destello oriental esperando que ella se atreviera... Pero Inés no pudo y él la abrazó con todo su ser para confesarle, para susurrarle, para inmortalizar en ella el deseo y la voz de su alma diciéndole:

—Tu sexo será mi perfume. Siempre. Aunque nunca nos volvamos a ver...


Inés ha llevado aquella mirada prendida en el alma desde entonces y en ella gravó también aquel último beso aunque quisiera borrarlo todo con un mar de cataratas, e incluso un océano. Pero,

¿cómo olvidarlo? ¿Cómo desterrar aquellos ojos, aquel deseo, aquellos labios amándola? No se hizo el olvido para los amores eternos.

Será por eso que mamá cansada ya de oír la misma nostalgia, le estampa a su hermana que...

—Mira, Inesita, si Ignacio es un pesado, le dejas... Y si tanto añoras a Roberto, le llamas. ¡Que ya está bien de dar la lata!

—¿Pero... qué dices...?

—Que ahora mismo cojo el listín y busco su número...

—¡Ay, por Dios, no digas tonterías!

—Inés, cállate, ¿quieres...? Vamos a ser niñas malas, al menos una vez en la vida...

—A la vejez viruelas...

—Viruelas no sé, pero tú no puedes vivir más con ese hombre metido en la cabeza... Por no decir otra cosa...

—Desde luego, como eres...

—Antes, una tonta, como tú y ¿de qué nos ha servido...?

Inés me mira...

—Y tú, ¿qué dices, hija...?

¿A qué se refiere? ¿A la travesura que están a punto de cometer o a lo tontas que, supuestamente, han sido ella y mamá toda la vida? De repente, el gallinero de las emociones y de los recuerdos se ha revolucionado como si hubiera entrado un lobo voraz en ese espacio que, hasta hace nada, parecía cerrado. Pero mamá se ha aliado con las rosas, con las cataratas y con Matilde Vallecas, si hace falta, para que Inés haga, después de mucho tiempo, lo que siente. Mamá está en su papel. Disfruta. También ella se ahogó en un mar de esquemas que ahora, a la vejez viruelas, quiere dejar atrás aunque sea moviendo a su hermana.

Esto es mucho más divertido de lo que esperaba.

—Pero nena, di algo... —me pide mi tía.

No puedo: tengo la boca llena. Con tanto ajetreo emocional

aún no había empezado a desayunar. Pero acabo de hincarle el recuerdo a una deliciosa y crujiente punta de croissant.

—¿A que están ricos...? —me pregunta mamá y luego, puntualiza—. He bajado a comprarlos a primera hora. Expresamente.

No añade «para ti», pero es como si lo hiciera. Ha remarcado el adverbio para que me dé cuenta, para que sepa cuánto me quiere.

—Coge otro... —insiste—. Los he comprado por ti.

Ahora sí. No ha podido evitarlo.

Cojo otro croissant. Para que mamá no me diga:

—¿Y para eso he bajado, «expresamente»?

Con este segundo croissant, mamá no tiene nada que decir. Yo, en cambio, acabo de iniciar un particular monólogo con este olor, y con todos los que han ido apareciendo, porque están actuando en mí como «flashes» de una cámara que, al dispararse, iluminan una imagen de mi vida (básicamente pasada).

Y ahora mismo estoy aquí, con la historia de mi tía con Roberto y, de repente, instantáneamente, el aroma a croissant se dispara y se convierte en protagonista del aire. Estos benditos croissants forman parte de la maravillosa ceremonia de una mañana, como aquellas, antiguas, de luz dorada, en esta galería. Son los mismos que mamá me compraba para merendar y que, a punto de salir del horno, se barnizan con una pincelada de agua azucarada. Dulce es también la nubecilla que emanan cuando, al partirlos por la mitad, se evapora el aroma caliente de su cuerpo regordete. Desde siempre mamá los pone en el horno unos segundos antes de servirlos para que estén bien crujientes.

Este aroma está ensalivando mi memoria y me conmueve. Me conmueve por mamá... Porque ahora siento que ha hecho cuanto ha podido, mejor o peor. Como todos. Y si hoy ha bajado a la panadería de la esquina a comprarme estos croissants «expresamente», (los mismos de mi infancia, los de siempre, los de toda la vida) es porque me quiere.

Me ha costado mucho ver a mamá de este modo. Comprender sus errores. Su distancia. (O mi propia interpretación equivocada...). Pero hoy, envuelta por el aroma rollizo de esa miga caliente, siento que mi amor hacia mamá es, un poco, como este instante con olor a croissant. Como el mismo croissant, incluso. Cálido, tierno...

Reconciliador.

# EL OLOR A CROISSANT

Hay olores que producen una particular e íntima alegría. El de croissant va unido a la imagen festiva de la merienda o de los desayunos del domingo y cruje, en el recuerdo, como sus puntas tostaditas y se estira como un tirabuzón desenroscando la memoria al igual que su barriga oronda y llena de esa miga tan tierna, tan blanda, tan apetitosa que, capa a capa, va formando un incitante y dulce bocado. El olor a croissant caliente en una fría mañana de invierno es la aspiración a todo cuanto soñamos y aún no hemos realizado; del tiempo que se nos escurre entre ilusiones y desánimos, entre la rebeldía y la desesperada búsqueda de esa felicidad que puede atesorarse en un croissant, sobre todo si le acompaña un delicioso café con leche, con su punto justo de leche y de azúcar. En él se bañará el croissant mojando primero un brazo, luego el otro y, finalmente, zambullirá todo su cuerpo para su deleite y nuestro placer hasta llegar a sentir, en la brizna de un instante, que todo, en el fondo, (e incluso en la forma) es mucho más sencillo... Sí, tal vez lo sea. Aunque para llegar a ello tenga que repetirse. Casi eternamente. Hasta recuperar el olor de los días inocentes...

* * *

—Bueno qué... ¿Llamamos o no a Roberto...?

Se instala un silencio. Un espacio vacío, muy vacío.

Inés no quiere telefonear aunque en realidad se esté deshaciendo por coger ese auricular y materializar un pensamiento que no ha dejado de tener en mente en dos meses, y veinticinco años. Sé que está pensando en Roberto, pero también en Ignacio y en todos los intentos para que su marido fuera de otro modo y comprendiera que la vida era algo más que trabajar, ganar dinero y pasar la Navidad con la familia y una semana en verano en la playa, como máximo. Luchó para que él lo entendiera. Para que lo sintiera. En realidad, luchó para que Ignacio fuera como Roberto.

Ahora, sin embargo, después de lo vivido y recordado, ha comprendido su error. Pero no por querer que su marido fuera como el amor de su vida, sino porque ella se casó con el hombre equivocado. Por eso, desde el primer día de matrimonio, no aceptó a Ignacio. Le utilizó. Para huir de Roberto, pero, sobretodo, para huir de sí misma. Quiso creer que en el interior de su marido había un hombre como aquel que la convertía en perfume. Un loto en las profundidades que buscaba la luz... Pero Ignacio no era un buscador. Y aunque Inés trató de educarle en aquella sensibilidad, fueron pasando los años, naciendo los hijos, pasando más años, creciendo los chicos hasta que ella se dio cuenta de que no estaba en su mano cambiar a su marido entre otras cosas porque su marido no tenía intención alguna de cambiar. Ni necesidad. ¿Para qué? El tenía genio y figura —pero sobretodo genio— para mantener sus convicciones y estaba harto de que su mujer le diera la lata cada dos por tres con unas cosas que a le sonaban a chino...

O a...

Pero fue en la boda de su hijo pequeño, cuando algo empezó a moverse en Inés al escuchar aquellas palabras del sacerdote sobre la promesa de amar en lo bueno y en lo malo, en la riqueza y...

Amar fue el verbo que le trajo el olor a mar, un olor de playa que le llegó desde muy lejos en el tiempo. Venía de la casa de Roberto, de las olas, del primer beso en el puerto...

Pero no fue consciente de ello hasta la operación y luego, al volver a la isla, el olor marino se intensificó, tanto que estuvo a punto de confesarle a Ignacio cuanto había sentido... Pero desistió. Sabe cómo es su marido y, a buen seguro, él le habría dicho:

—Tonterías...

Y es que Ignacio es como de la familia. Con los años incluso ha llegado a convertirse en un pariente, cada vez más lejano. Distancia que se fue acentuando desde la intervención aunque él no se diera cuenta de nada. Así no reparó en que ella hablaba cada vez menos, ni que se pasaba horas encerrada en la salita escribiendo o leyendo poesía, sobretodo, japonesa. Como tampoco vio que su mujer salía temprano a pasear por las calles de la isla, ni le sorprendió que el pequeño jardín que rodeaba su casa y las dos terrazas empezaran a llenarse de rosales. Ignacio vivía en su mundo y, si salía, lo hacía a navegar, pero sólo por Internet. El barco que tenían se lo había dado a su hijo pequeño como regalo de bodas al considerarse ya mayor para aventurarse por los mares de verdad. Y en su aislamiento nunca supo que Inés había llegado a sentirse como una tierra seca y aunque él dejara ir, de vez en cuando, alguna gota de atención o de cariño, ella habría necesitado de un mimo constante que fuera calando en ella día a día para olvidar de verdad a Roberto. Sólo así, tal vez, ningún olor habría despertado su recuerdo. Pero Ignacio no era un hombre cariñoso y, para protegerse de una necesidad de amor que sólo colmaba con sus hijos, Inés se había cerrado. Pero la grieta que acababa de abrir en las últimas semanas había dejado al descubierto un corazón enamorado que seguía esperando. Descubrirlo fue empezar a llorar.

Inés me contó que, de vuelta a la isla, fue como si las cataratas que le habían quitado de los ojos se hubieran convertido realmente en agua: durante días, las bocanadas de llanto la sorprendieron en los momentos más inesperados pero, gracias a ellas, pudo ablandarse y aclarar no sólo los errores cometidos, sino los sentimientos atragantados para empezar a despejar un cielo que, en realidad, seguía estrellado.

No se atrevió a ir al Japón con Roberto. Tampoco se atrevió a esperarle; ni a dejar a Ignacio en el último momento, pero ahora, siente, que tiene que atreverse a llamarle. ¿Es acaso una locura, una estupidez, una «tontería made in familia» pensar en telefonear a un hombre casi media vida después de dejarle?

Puede que sí. Sí. Es una locura. Una estupidez. Una tontería... «made in familia» o «Made in Japan». Pero, ¿de qué tipo de cordura estamos hablando? ¿Es acaso aquella que nos educó para silenciar preguntas y no aspirar a las estrellas? Pues bendita locura, como dice una amiga mía. Así que déjate de corduras Inés y haz lo que sientas.

Mi tía me mira:

—¿Tú crees?

—¿Y tú? —le digo—: ¿Qué crees?

—Ay no sé, hija, no sé...

No saber está bien. Le recuerdo que hace días me telefoneó y me dijo:

—Puede que me esté volviendo loca pero, ¿acaso la cordura me dio la felicidad?

Eso es lo que le pregunta su corazón desde la grieta que abrió hace unas semanas. Pero su mente lleva más tiempo entrenada en el «¿pero qué dices? Ni se te ocurra...» y aún la escucha. Claro que ahí está mamá para romper viejos esquemas. También ella ha estado demasiados años ahogada por los miedos y el qué dirán y, después de quedarse sola, desde que nos dejó papá, ha empezado a atreverse porque se ha dado cuenta de la cantidad de estupideces que pueden mutilar una vida. Así que las dos hermanas están preparadas para saltar...

«Escucha tu corazón, Inés... ¡Y lánzate!»

Ese momento está ahí. Y lo sentimos las tres. No está en las palabras, ni en los diálogos, ni tan siquiera en las miradas o en los silencios.

Está en el aire...

Inés tiene que comprometerse: con un sí o con un no. Y depende de ella. Quedarse con las dudas y con las ganas o dar un paso hacia las estrellas. Porque es una estrella la que está ahí arriba, suspendida en ese cielo encapotado desde hace más de veinticinco años. Pero ha empezado a llover y la tierra, endurecida, se está ablandando.

Telefonear a Roberto es provocar una tempestad. No hacerlo, también.

Porque ahora el corazón que esperaba en silencio ya no calla. Así que, le llame o no, Inés sabe que un temporal se avecina... Pero ya no hay excusas. El miedo reclama valentía. Entonces Inés siente que será mejor llamar, aunque pueda parecer una tontería —según silben los vientos de la familia— e incluso un atrevimiento con pinceladas de adulterio —según soplen los aires conyugales— pero da igual. Todo eso son...

—De acuerdo, sí... le llamamos.

Inés acaba de lanzarse. La miro: está seria, muy seria, como envuelta por una cierta solemnidad, pero, al mismo tiempo, es como si acabara de hacer un triple salto vital.

Ha cogido aire y se ha atrevido.

—¿Llamamos...? —reacciona entonces mamá—. ¿Quién le va a llamar?

—Pues... ¿quién va a ser...? Tú. —le contesta Inés.

—Ya me parecía a mí... Hasta de abuelas tengo que hacer de hermana mayor...

—Oye guapa, que yo de abuela, nada.

—Pues ya me dirás qué somos, tú con dos nietas y yo con gemelos... Pero no vamos a discutir... Venga, trae el listín y a ver si damos con el chino...

—Que no era chino, puñeta.

—Japonés. Ya lo sé... —Y mamá abre el listín para empezar a buscar el número de Roberto cuando se encuentra con mi mirada.

—Nena, cariño, ¿no comes?... Que los croissants de un día para otro no valen nada y yo no puedo tomarlos por el colesterol y tú tía menos, por el azúcar.

Es curioso, siempre me ha ¿sorprendido? —no tendría que sorprenderme después de casi cuarenta años— pero sí, aún me sorprende que mi madre intente, como sea, terminar con toda la comida que pueda haber en una mesa. Que no quede nada es como una especie de consigna que siempre ha estado presente en esta casa. ¿Otro esquema o tal vez un miedo de postguerra?

—Bueno pues venga, vamos a llamarle...

—Espera... Espera un momento... —Inés se levanta. Inspira... Está visiblemente alterada.

—Pero, ¿qué quieres esperar, treinta años más? Además, sólo vamos a telefonear...

—¿Sólo...? ¿Te parece... «normal» lo que vamos a hacer?

—Ay, Inés... ¿y quién quiere... «normalidades» a estas alturas?

No reconozco a mamá. Tan lanzada. Tan atrevida. Ella, precisamente, que me inculcó el concepto de «normalidad» cuando yo me iba por las nubes, por las ramas y por las estrellas y cuando bajaba y preguntaba por el sentido de la vida, me contestaba:

—Ay, nena... ¿Qué sentido va a tener?... Las personas normales viven. Y punto.

Pero ahora el punto se ha multiplicado en suspensivos, e incluso puede transformarse en interrogantes o exclamativos aunque también me hace ver que mamá, en el fondo, tampoco andaba tan desencaminada: ella apelaba, en cierto modo, a una sencillez, a un no caer bajo las torturas de la mente y ser víctima de ellas. Y tenía su razón, pero había que recorrer un camino, de puntos, sobretodo interrogativos...

—Voy a complicarme la vida. —afirma Inés de repente. Aunque rápidamente matiza—. Pero, ¿qué necesidad tengo yo de meterme en un lío que...? Que tampoco es un lío porque, total, es... llamar a un señor que... Que no es un señor, que es Roberto... Pero bueno que tampoco hay para tanto. Le llamo o no le llamo, y ya está. Y si no le llamo pues no pasa nada. Y lo mejor será no llamar porque a estas alturas... a estas alturas... Ni sé qué quiero hacer... Ni...

Inés se para al ver a su hermana buceando por el listín telefónico.

—Oye... Que no... Que no le llamamos... Déjalo...

Mi tía le ordena a mamá que selle la puerta del pasado, pero mamá, tozuda, quiere abrirla para cruzar al otro lado. Y es que mamá tiene tanta necesidad de atreverse como su hermana. E incluso más.

—¿Se llamaba Guliani... Con «G...» verdad...?

—Ni con «G...» ni con «J...» Que lo dejes...

—Pero, ¿por qué...?

—Porque no puede ser. Suponiendo que esté... que le encuentres... ¿qué le dirás...?

—¿Yo...? Eres tú quien tiene que hablar con él.

—Sí... Claro... Pero eres tú quien está decidida a llamarle.

—Desde luego... Parece cuando teníamos que telefonear a los chicos para las fiestas... Pero entonces teníamos dieciocho años... ¡Claro que tú aún los tienes!

—Y ¿qué vas a decirle? ¿Que estábamos hablando de él y, de repente, hemos comentado: «Mira, vamos a llamar a Roberto, a ver qué hace después de tanto tiempo...» Tanto tiempo que... nada... sólo son... ¡Veinticinco años!

—¿Y si le decimos la verdad?...

—¿La... verdad?... —a Inés le tiembla la voz—. ¿Qué... verdad?...

—Pues... que te operaron y que... desde entonces, no has dejado de pensar en él.

Inés me mira. Cree que yo le he contado algo a mamá y yo, con la mirada, le hago entender que no, que no le he dicho nada, ni media sílaba. Pero mamá sabe que Inés no es la misma desde la operación; además, el nombre de Roberto —silenciado durante años— lleva semanas en el aire... Y, ante la consideración de mamá de decir la verdad, Inés se queda pensativa. Sabe que el camino para llegar a Roberto es la honestidad. Y sabe también que el tiempo, la distancia y el silencio no han significado nada para el amor que había entre ellos. Ese amor permite que pueda llamarle y decirle simplemente:

—Hola. Soy yo. Me gustaría verte.

Todo lo demás... —¿qué pensará? ¿qué le diré? ¿cómo quedaremos?— son...

Aquí sí. Aquí el eslogan de la familia queda de maravilla y, gracias a él, Inés puede telefonear a Roberto y decirle que hace dos meses su vida cambió de repente aunque, en el fondo, —el fondo del lago donde el loto emerge en busca de la luz— nada había cambiado.

Pero necesita ordenar su existencia. Y lo primero es verle y decirle:

—Lo siento.

A él nunca le costó conjugar ese verbo y, aun suponiendo que estuviera distinto —que no lo cree— necesita decírselo y necesita hacerlo mirándole a los ojos, aquellos de chino-japonés, aquellos que la embrujaron para que no dejara de ver nunca a través

110

de ellos. Ni tan siquiera cuando un velo de cataratas llegara a cegarlos.

Sí, ahora siente que puede. Le llamará, le dirá que ha estado ciega, que él tenía razón, aunque no importa, porque la razón no da la felicidad, ni se cotiza en bolsa pero que ahora necesita volver a verle para mirarse en sus ojos y reconocerse. Ahora tiene cuanto le faltaba: una inspiración de valor pero, sobretodo, de amor. Hace días, semanas que sabe que está enamorada (porque nunca dejó de estarlo.) Y lo transmite en su mirada ya limpia de cataratas: hay tanta felicidad en sus ojos... Es como si una luz se hubiera encendido en su interior y el destello se expandiera con chiribitas del alma.

Y en ese momento, mamá encuentra un nombre en el listín de teléfonos.

—¡Guliani! ¡Aquí está!

Su dedo índice acaba de aterrizar sobre las señas de Roberto y a Inés se le incendian las mejillas como aquella primera noche cuando se conocieron.

—Sigue teniendo el restaurante a su nombre...

Y, sin más tregua, mamá coge el auricular, descuelga y se dispone a marcar, acortando el camino hacia el reencuentro, cuando, de repente, Inés le ordena:

—¡Cuelga!

Mamá se para un segundo y, antes de pulsar el primer número, mira a Inés. Espera otro segundo y luego, sin dudar, se arranca a telefonear a Roberto después de decirle a su hermana que ya está bien de tanto «arranca y marcha atrás». Y no hacen falta más palabras, ni para Inés que tanto disfruta escribiéndolas, ni para mamá que es parlanchina por naturaleza. Desde luego, no sabe Roberto los cambios que está provocando. Y los que provocará si contesta al teléfono.

Y mientras la espera se eterniza, me acuerdo de Inés contándome el final de aquella última vez con él... El camino de vuelta, a esta casa, donde Ignacio la esperaba para coger el barco de regreso y terminar así su luna de miel. Aquella media hora caminando...

Calles...

Semáforos...

Gente...

Y una voz diciéndole que lo dejara todo, que se escapara al Japón, a la China o al Polo Norte, pero que lo hiciera aunque fuera la decisión más irracional de su vida (aparentemente). Aún estaba a tiempo, y él a pocas manzanas... en la misma ciudad... en el mismo país... en el mismo mundo donde los dos podían ser, todavía, felices. Y dependía de ella. Él se lo había dicho en cada beso, en cada abrazo, en cada caricia y en todas y cada una de las miradas que le había dado como ofrenda, como regalo y como súplica para llegar a su alma. Y ella lo había sentido. Y había reconocido en aquellos ojos el deseo y la voluntad de marcharse juntos.

Sin palabras, él entró en su corazón para decirle:

«Ven, ven conmigo... Déjalo todo y sigue la orientación de tus latidos...»

Era tan fácil... Tan sencillo...

Era tan difícil... Tan complicado...

Cada inspiración de amor fue un «sí» y cada expiración, un «no». Y a medida que él la iba amando, y su cuerpo se volatilizaba entre sus brazos para convertirse en perfume, y su alma cogía la fragancia de las rosas más perfumadas, desde un lugar remoto, más allá de sí misma y de él, de todo cuanto eran y podían ser, llegó una sensación de unidad radical que Inés no había sentido jamás, ni volvería a sentir nunca: dejó de ser ella para ser Roberto y no ser nada y serlo todo al mismo tiempo.

Recuerdo haber abrazado a tía Inés aquella tarde, cuando se fue. Con Ignacio. Lo recuerdo porque temblaba. Yo tenía ya once, casi doce años, y le pregunté, muy bajito, mientras seguíamos unidas por el abrazo de despedida, si tenía frío... Y ella, unida a mí, me contestó muy bajito también que no, que temblaba porque tenía miedo. Pero que era un secreto.

Ahora mismo, veinticinco años después de aquella despedida, miro a mi tía: tiembla de nuevo. Pero esta vez no tiene miedo.


—Sí... Perdón... ¿El señor Guliani?

Mamá acaba de preguntar y el corazón de mi tía se para.

Respira, Inés, respira... Coge el ramo y aspira la rosa entera si hace falta, pero coge aire.

—No está... ¿Y cuándo puedo encontrarle...?

Inés está blanca como la leche.

—Es que... Soy... una amiga de Roberto... Una íntima amiga... Inés... Inés Casas...

La palidez de mi tía acaba de incendiarse. ¿Pero qué dice su hermana? ¿Cómo puede ser que hable por ella?

—Es que vivo fuera... —prosigue mamá sin inmutarse—. Pero he venido a operarme... de la vista... y, después de mucho tiempo sin saber nada de Roberto, voy y me entero que se vende el local... Y me gustaría verle... Pero me voy mañana... ¿Cómo?... No... no lo tengo... Uy, qué amable... Si... un momentito que cojo un bolígrafo y... Dígame... Sí...

Mamá empieza a anotar...

—Seis... tres... cinco... ocho... ocho...

Inés me mira mientras mamá sigue:

—Cinco... cuatro...

Y dos números más.

—Estupendo. Pues muchísimas gracias...

Y después de un adiós y otro gracias y de nada, mamá cuelga entusiasmada.

—¡Me han dado el móvil! ¡Su móvil, Inés...!

Pero Inés no dice ni una palabra.

—¿Se puede saber qué te pasa? —le increpa mamá.

—¿Qué me pasa? —Inés coge aire y luego suelta—. ¿Te parece bien hablar por mí?...

—¡Ay, Inés, no seas ridícula! Encima que te hago un favor...

—¿Un favor? Yo no te he pedido que hicieras nada. Tú te has metido porque te ha dado la gana. Pero es mi vida, no la tuya.

—Serás... —Mamá se contiene y luego añade, con rabia—. Pues, ¿sabes qué te digo? Que cojas tu vida y hagas con ella lo que quieras, pero luego... ¡no me des la lata con tu chino del alma!

Y, ofendida, sale de la galería pero, antes de entrar en la cocina, le llega el grito de Inés:

—¡Es japonés!

La réplica de mamá es un portazo.

Inés podría romper a llorar. Son demasiadas emociones, demasiados cambios, demasiada intensidad concentrada en poco tiempo después de años de desierto.

—¿Me he equivocado?...

Me lo pregunta y me mira con lágrimas contenidas.

—Me equivoqué entonces y me sigo equivocando ahora.

Lo afirma sin esperar mi respuesta y luego añade:

—¿Qué estoy haciendo? ¿Qué puñetas estoy haciendo? —Coge entonces el papel donde mamá ha apuntado el número de Roberto—. ¿Será posible que nos compliquemos tanto la vida?

Y dejando el interrogante suspendido en el aire, le llega un recuerdo...

—Ser uno mismo... —le había dicho Roberto— sería sencillo si no nos dedicáramos a complicarlo.

Al recordarlo, dos lágrimas silenciosas se desbordan. Llevan tristeza. Inés parece una niña, mimosa, necesitada de afecto y de alguien que le diga:

—No importa... Todos nos equivocamos a cada momento...

—He vivido con tantas mentiras... —me confiesa—. Y me estoy dando cuenta de... En la clínica vi... algo... Pero sólo era una parte. Ahora... es como si lo viera todo. —Aprieta el papel donde está escrito el teléfono de Roberto y añade—: tú puedes entenderme... Todo lo que has pasado te ha quitado tanta carga que no sirve para nada... Y tienes la suerte de ser joven todavía y de haberte casado con el hombre que querías y que te quiere... Pero yo... Ni he escrito poesía, ni he vivido con el hombre que quería, ni...

Inés mira el papel. Luego a mí.

—¿Te das cuenta del desastre que ha sido mi...?

La palabra «vida» queda inundada por dos ríos de lágrimas.

Me acerco a Inés. La abrazo. Le digo que no debe haberse equivocado tanto porque tiene unos hijos maravillosos que la adoran. Pero ella sigue llorando. Oigo a mamá trastear en la cocina amparada en su enfado y pienso que estaría bien que saliera y presenciara esta escena. Ella también forma parte, no sólo de esta historia y de esta familia, sino de todos los nudos que nos han complicado la vida. Porque así fue, aquí, durante años... Y creímos que había que levantarse por la mañana, desayunar, ir al trabajo, al colegio, estudiar, comer, seguir trabajando, estudiando, volver del colegio, del trabajo, cenar, y de nuevo a la cama para... ¿descansar?

Para mí, el tema del descanso nocturno no fue nunca fácil: en cuanto oía la canción televisiva de la familia Telerín que invitaba a los pequeños a irse a la cama, yo ya deseaba que fuera de día. Tenía tanto miedo por la noche... Y apenas dormía. Sólo podía conciliar el sueño si me iba a la cama de Inés. O a la de mi abuela, cuando se fue mi tía. Pero, por la mañana, mi abuela se iba de la lengua diciendo que no había dormido en toda la noche porque...

—La nena ha venido a mi cama y...

En ese momento yo quería desaparecer: me avergonzaba de mi miedo y me dolía que mi abuela lo aireara. Yo quería ser «normal», como mis amigas que, suponía, dormían toda la noche de un tirón sin problemas. Pero debía aguantar la mirada severa de mi padre sumada al comentario de mamá:

—Pero, ¿de qué tienes miedo...? Qué tontería... El miedo no existe.

Entonces papá sentenciaba:

—Esto se acabará un día, y se acabará mal.

Y dicho esto, todos a sus puestos. Al trabajo, al colegio. Y de vuelta a casa, todo otra vez en su sitio. Ordenado. Limpio. Bien colocado. Papá en el sillón. Mamá en la cocina. La abuela en la galería. Y la nena en la habitación, haciendo los deberes. Que no pregunte. A menos, claro, que sea algo de historia o de geografía...

Mantengamos las formas. Siempre. Aunque en el fondo existan tempestades de miedos, de dudas, de inquietudes que se debaten día y noche no sólo en ti sino también en ellos, en esos seres que rodean tu existencia, y la comparten, y la orientan... Y te quieren.

Pero no. Hay que callar, tragar, disimular...

A papá le sale la tristeza por los poros de la piel a causa de una depresión que acabará con él. Pero no pasa nada.

Mamá se ahoga. Y tose. Pero no pasa nada.

Inés se ha casado con un hombre que no ama. Pero no pasa nada.

Y yo no sé qué me pasa. Pero no diré nada. Durante años no me atreveré a decir nada.

El silencio ya lo llena la televisión. Y así comemos, cenamos, vivimos mientras la pequeña pantalla no calla y yo me pregunto: Quién soy... Qué hago en este mundo... Qué sentido tiene mi vida... Por qué tengo miedo...

Me tragué tantas cucharadas de preguntas y de lágrimas.

Inés ya no estaba, y luego nos dejó el abuelo. Y papá, después de años de levantarse puntualmente a la siete para ir a trabajar, un día dejó de hacerlo porque sus piernas no le respondieron. Los médicos empezaron a hacerle pruebas sin encontrarle nada por lo que alegaron «un problema de nervios». Ignoraron la depresión que había empezado a ahogarle mientras su corazón se cansaba de recibir cada vez menos aire... Y yo empecé a sentirme un ser ficticio que salía al mundo con mi cara pero no con mi espíritu y sólo podía respirar con libertad mirando aquel cielo que Inés me había dejado como recuerdo.

«Esta niña, con este carácter, nunca será feliz... —decía entonces mi abuela—. Ni encontrará a ningún hombre que la quiera...»

Sí, esa sentencia se repitió y repitió durante mi infancia y, sobretodo, a lo largo y ancho de mi adolescencia. Mi carácter, buscador, cambiante, a veces raro, no encontraba muchas veces en casa la respuesta esperada. Visto con la perspectiva del tiempo, de una cierta ¿madurez?, y también de la comprensión que me ha ido dando mi proceso, ahora siento que tanto mis padres, como mis abuelos, hicieron lo que pudieron, lo que sabían y, mi abuela —que me adoraba, como todos en la familia— sólo deseaba mi felicidad pero, a su modo de entender la vida, yo no encajaba en sus esquemas. Y era su miedo, el miedo una vez más, a no verme feliz, ni casada, el que dictaba sus sentencias que me llevaron a buscar, casi desesperadamente, a un hombre que me quisiera.

Lo encontré. En un plató de televisión.

Yo entraba a hablar con el productor de mi programa en aquel momento y él salía. Chocamos. Y —casi como Inés y Roberto— yo me tiré por encima el café con leche. Fue un momento y un intercambio de...

—Lo siento... Perdona...

—No, no pasa nada...

—Es que no te he visto...

—No, ya...

—No, bueno... Sí que te he visto... La verdad es que...

Con el tiempo me confesó que estuvo a punto de decirme:

—La verdad es que es imposible no verte...

Pero se contuvo y sólo me miró. Luego, se fue. A la semana siguiente volvimos a coincidir en un pasillo y entonces supe que iba a asesorar los guiones de la serie sobre...

—¿Gaudí?

—Sí, estoy haciendo el doctorado de arquitectura en la cátedra Gaudí y...

—Yo soy una de las guionistas.

Se quedó mirándome, unos segundos, sólo unos segundos, pero en aquella brevedad de tiempo, su mirada, verde, se volvió radiante:

—Me alegro... Creo que nos entenderemos.

Nos entendimos. Me asesoró de un modo muy personal en los capítulos que me correspondían y, desde la primera reunión de programa, yo traté de llegar la primera para ver si él también se presentaba más pronto y así podíamos tener unos minutos de privacidad.

Los tuvimos: en la tercera reunión, antes de que llegaran los demás, yo comenté que no estaba demasiado bien... Me gustaba mi trabajo pero no acababa de... No acabé. Los labios de Carlos besaron los míos y desde aquel día no volvimos a separarnos.

La serie no se hizo, pero nosotros nos casamos seis meses después de habernos conocido y con aquel matrimonio, rompí el maleficio que, según mi abuela, iba a pesar sobre mí por ser como era.

Por ser como era...

De eso se trataba, precisamente: de ser yo, tal cual. Pero había que hacer un camino, y desenmarañar algunos nudos hasta empezar a conectar con esa verdad íntima de la que Roberto hablaba.

—Sí... Perdón... El señor... Guliani... Roberto... Guliani...

La voz de Inés me devuelve, de golpe, a esta realidad. Estaba buscando en mi bolso un pañuelo de papel para dárselo a mi tía cuando la descubro llamando por teléfono a...

—¡Inés! ¿Qué haces?...

Mamá acaba de salir de la cocina tan sorprendida como yo al oír la voz de su hermana y su reacción intimida a Inés que, de repente, cuelga.

—Pero, ¿qué haces...? —vuelve a preguntar mamá.

—¿Que qué hago...? ¿Que qué...? —Inés se levanta de la butaca—. Hace un momento iba a telefonear... y un momento después he dejado de hacerlo. Y si el primer «¿Qué haces?» te lo hubieras callado, puede que no habrías preguntado el segundo porque habría seguido con el teléfono en la mano y no habría colgado. ¡¿Te queda claro ahora lo que hago y lo que no hago?!

Un segundo de silencio. Y luego...

—Oye mira Inés esto no puede ser... Estás fatal desde que has decidido llamar y no llamar a este hombre. Así que te lo pido por favor: una de dos, o le llamas tú o le llamo...

¡¡¡Riiiiiiiiig!!!

Había otra opción, no contemplada. Instintivamente mamá descuelga y, de golpe se pone blanca, roja y luego un poco más blanca.

—¿Ro... berto...?

Ahora es Inés quien palidece. Pero del blanco pasa al rojo y, del susto, de la emoción, del vuelco que acaba de darle no ya el corazón sino todo el cuerpo, termina pasando por una completa «arcoirisación».

—¿Eres... Roberto...? —pregunta mamá con un hilo de voz entrecortado—. Soy... soy la hermana de Inés... Sí... Es mi número... Es que te estábamos llamando... —y mamá enfatiza el «estábamos» mirando a su hermana—. Pero se ha cortado... Por eso te ha salido el número de mi casa... Claro... Es que esto de los móviles es... Oye, pero ¡qué alegría de oírte...!

Miro a Inés: se ha quedado como si la hubieran reproducido en cera. Incapaz de rebelarse, de decir o hacer nada, sólo consigue dejarse caer en uno de los sillones de la sala —el que habitualmente ocupaba papá— y quedarse ahí, como flotando en el aire que es su ámbito natural. No sé si acercarme a ella o dejarla en esa burbuja que ahora mismo se debe estar llenando de emociones, de recuerdos y de una fragancia.

Roberto...

—Cuánto tiempo...

Inés ha vuelto a entrar en aquella esfera cristalina y mamá no se da cuenta de nada: está tan entregada hablando con Roberto que parece estar en el papel de su hermana.

—No sabes cuánto me alegro de oírte...

Y se sienta en el sofá sin dejar el auricular que la conecta a un pasado que, aun siendo de Inés, la lleva, también a ella, a aquellos años, de locuras, de ilusiones... Por un momento, la escena parece estar fuera del tiempo y del aire surge una pregunta: ¿qué fue de nosotras? Es como un soplo. Y en él Inés vuelve a ver a Roberto, tan guapo, tan elegante, tan caballero, tan...

—Es que lo tenía todo...

Pero han pasado más de veinticinco años y su imaginación no abarca el cambio, seguro, que la edad habrá subrayado en el hombre que la convirtió en perfume. ¿Cómo estará? se pregunta y con el interrogante, Inés se mira, de refilón, en el espejo del comedor comparando su actual imagen con aquella que amó Roberto. Pero, de golpe, sus ojos se giran, alterados, al oír a mamá decir:

—Es que no sabes la de veces que hemos pensado en ti.

Mamá inicia así una ronda de explicaciones, algunas falsas, porque le cuesta entrar en esa verdad sencilla y llana que es el único camino para llegar al gran amor de su hermana.

—Pues verás... Es que el otro día me encontré con Matilde Vallecas... ¿Te acuerdas de Matilde...? Sí, aquella chica... Bueno, digo «chica», pero ya debe de tener mi edad...

Y mamá se ríe, coqueta, femenina. Parece como si telefoneara a Roberto todos los días, o como si la trascendencia de este momento —no ya importante, sino solemne para Inés— para ella fuera... una diversión... un aliciente... o un juego de niñas malas simplemente.

—No, te cuento todo esto porque... mi hermana está aquí... Sí, en mi casa.

Lo ha dicho. Mamá le acaba de decir a Roberto que Inés está aquí y, al oírlo, mi tía se levanta y va a servirse un poco más de café (que no se toma) y, movida por la necesidad de escuchar todo cuanto está ocurriendo al otro lado del teléfono, para sentir a Roberto, se acerca a mamá y, defendiendo un territorio que le pertenece, se pega al auricular. Pero mi madre parece no querer compartir su protagonismo con nadie y se aparta para decirle a Roberto que Inés...

—Ha venido a la ciudad para una revisión médica... No, nada grave... De la vista...

—¿Nada grave...? —Inés entonces se aparta—. ¡De ésta me ingresan!

Y, alterada, se deja caer en el sofá. Entonces me mira y se levanta para acercarse a mí...

—No tenía que haber llamado... —me dice entonces—. No, no tenía que haberlo hecho...

—Pues, como te decía... —prosigue mamá sin inmutarse— que al venir Inés y comentarme Matilde que te vendías el restaurante, pues hemos empezado a hablar... Bueno, la verdad es que hace tiempo, pero mucho, que mi hermana y yo hablamos de ti...

Con la coletilla, mamá mira a Inés y comprueba que su hermana podría darle con el listín telefónico en la cabeza, y luego colgar el teléfono. Pero mamá sabe que no lo hará y por eso se extiende y se extiende en su charla. Le encanta hablar. Todo lo contrario de papá que era el hermetismo en persona. Y es que se juntaron el hambre con la inapetencia.

Durante años vi, a diario, la misma escena: mamá sentada en la galería haciendo media. Papá sentado a su lado, casi siempre sin hacer nada. Mamá hablando. Papá en silencio.

Hasta que mamá empezó a guardar sus palabras en la cesta de la media. Con el tiempo llegó a tejer kilómetros de monólogos que fueron cayendo en el vacío donde papá estaba inmerso desde que dimitió de su trabajo. Y mamá se fue cansando incluso de hablar sola y entonces empezó a callar y a toser cada vez más, y a tejer día y noche como una Penélope desesperada aunque, a diferencia de la mujer de Ulises, mamá ya no tenía ninguna esperanza.

Y ahora habla con Roberto de un modo desbordante e incluso se atreve a citarle para...

—... ¿tomar café...? Sí... ¿Te parece bien...? Pues no sé... ¿Hoy...? ¿Sí...? ¿A las cuatro, aquí en casa?...

Inés acaba de saltar, como si el sofá tuviera un resorte, y se pone frente a mamá para mover con insistencia el dedo índice delante de ella negando con el gesto pendular cualquier posibilidad de quedar.

—Pues muy bien: a las cuatro nos vemos.

En este preciso momento Inés se altera todavía más y su dedo se dispara, pero mi madre no se da por enterada.

—Ah, Roberto, una cosa... ¿Te acuerdas de la dirección...?

—No... —salta Inés dominándose para no gritar—. No vamos a quedar...

122

—¡Sí! Qué memoria... No sabes lo contenta que se va a poner Inés...

—Inés se va a poner ahora mismo al teléfono porque...

—No, ahora no puede ponerse... Está... en la ducha...

—¡Mentirosa!

—Muy bien, Roberto... Ya se lo diré...

—Se lo diré yo... Trae...

—Gracias... De tu parte... Hasta la tarde.

El auricular se acopla al teléfono. Mamá acaba de colgar y tía Inés está a punto de gritar. Se miran. Parecen dos niñas a punto de pelearse. Y lo hacen.

—Pero, ¿se puede saber qué puñetas te pasa?... —mamá se levanta del sofá indignada.

—¿A mí? ¡¿Y tú por qué cuelgas cuando yo quiero hablar?! Pero, ¿quién te has creído que eres para dejarme con la palabra en la boca? Como si fuera tu historia.

—Eres lo que no hay...

—¿Yo? ¿Te has oído tú con ese tono de MariPili? «Qué alegría... Qué contenta...»

—Pero, ¿qué dices?...

—Nada. Eso es lo malo. Que no he dicho nada.

—Claro, ahora hazte la víctima. Como siempre. La culpa es de los demás, siempre de los demás...

—¡No! La culpa es mía por no quitarte el teléfono y hacer lo que sentía.

—Y ¿qué sentías, que tenías que esperar treinta años más?

—¿Por qué me dices eso?

Las miro. Pelean igual que dos crías. No hay duda: hemos vuelto al pasado.

—Es que Inés, parece mentira que te pongas así... Te deshacías por saber algo de Roberto y cuando quedo con él...

—Eso: tú has quedado. Tú solita, con esa voz de servicio-contestador-de-telefónica: «¿Hoy? ¿A las cuatro?... Estupendo...» Y a mí, ni preguntarme.

—Te repites más que el ajo. Además, es que no te entiendo... ¡¿Se puede saber por qué estamos discutiendo?

Como respuesta se manifiesta un silencio, hasta que Inés reconoce:

—No me has dado tiempo a pensar, ni a decidir si me iba bien o no... si quería o no... Has quedado. A las cuatro... ¡A las cuatro! ¿Y sabes qué hora es?... Entre pitos y flautas casi mediodía... ¿Y tú has visto los pelos que llevo?... Y encima... ¿qué me voy a poner?...

Detrás de toda esta ristra de interrogantes está el miedo ante la idea de volver a ver a Roberto. Pero Inés no quiere pararse a sentirlo y lo encubre con esos temas de coquetería femenina que resuenan como un pistoletazo de salida cuando la mirada de mamá, la de Inés y la mía confluyen en el reloj del comedor que marca las doce menos veinte.

Entonces la carrera para llegar al café de las cuatro se inicia.

Bullicio general.

Zafarrancho de combate.

Todos a sus puestos.

—Nena... ¿puedes ir recogiendo mientras llamo a la peluquería... Porque... ¿querrás ir a la peluquería, verdad Inesita?...

Evidentemente Inés quiere ir. Y mamá también. No sé cuál de las dos está más nerviosa. Observo a mamá mientras empiezo a recoger las tazas del desayuno y la veo correr hacia el teléfono, descolgar, marcar el número de la peluquería, mirar el reloj y me parece ver a una chica preparándose para una fiesta con la emoción, los nervios, la ilusión de algo nuevo, diferente, especial que va a pasar en el día de hoy.

Un café, un simple café, puede ser una gran aventura.
Y una estrella que pedirle a la luna.

124

* * *

—Inés... Me dicen en la peluquería que pueden cogernos enseguida... Así que arréglate... ¡ya!... que nos vamos.

Y sin un minuto que perder, mamá cuelga el teléfono, recoge algunos platos y, antes de entrar en la cocina, tropieza con Inés que se ha embobado ante el espejo.

—Pero, ¿todavía estás así? Venga, deja de mirarte y espabila... ¡Espabila!

Pero Inés no está. Sólo cuando mamá nos deja solas, vuelve del otro lado del espejo y me susurra:

—Acabo de recuperar su olor... Sí, no te rías, pero al ver lo fea que estoy he cerrado los ojos y, de golpe y porrazo, el olor de tu rosa me ha llevado al recuerdo y... ¡Ay hija, es que tú no sabes cómo olía Roberto!

—Pero, ¿qué cosas dices Inés? —Mamá acaba de salir de la cocina con prisas—. Roberto olía a cocido...

—¡¿A... cocido...?! Mira que llegas a ser bruta... —Mi tía se indigna y reclama mi complicidad—. Desde luego tu madre es lo que no hay... Roberto olía divinamente. Era... una maravilla... una maravilla...

Y como si fuera tras el rastro de aquel aroma, Inés se pierde por el pasillo hasta llegar al cuarto de baño mientras mamá mueve la cabeza como diciendo «exagera» para, a renglón seguido, matizar que tiene razón al decir que el «chino» olía a comida porque se pasaba el día, y parte de la noche, en la cocina de su restaurante controlando los platos que él mismo diseñaba. Hasta que conoció a Inés, que una noche fue a cenar con unos amigos y...

—Bueno, el resto ya lo sabes...

Y dicho esto, mi madre desaparece otra vez.

Me quedo sola, un momento. Aunque es una soledad relativa —Inés está en el cuarto baño, mamá en la cocina— es la primera

125

sensación de intimidad con esta casa desde que he llegado y casi me atrevería a afirmar que desde hace años.

Es sutil, sin embargo... Un sentimiento muy frágil que parece escaparse cuando lo percibo. Apenas puedo retenerlo en mí pero siento que es bueno, que no hay miedo en él, que no me hace daño. Entonces miro por la ventana... Y me emociono: los patios de mi infancia siguen adornados con geranios, con buganvilla y hay alguna bicicleta suelta y otros juguetes y cajas viejas, arrinconadas, que a saber lo que guardan mientras los mismos edificios, tan altos y vigilantes, parecen menos soberanos con sus collares de ropa tendida. Y la vecina de enfrente sigue cosiendo —mañana y tarde, me imagino— como la desdentada inquilina del principal que persiste en seguir alimentando a todos los gatos del vecindario o el chico del garaje de abajo —que será otro, supongo— aunque también escucha los cuarenta principales de la radio.

Mi mundo, mi pequeño decorado infantil, apenas ha cambiado.

Tampoco este lienzo azul que permanece sobre la isla de casas. Cielo parcelado de infancia, de noche, sin embargo, al iluminarse de estrellas cambia y se hace más profundo y más amplio hasta que mis ojos de niña no ven nada más que su inmensidad. Me fascina el cielo: azul, nublado, al alba, al atardecer, de noche, con sol, con luna, menguante, creciente, llena... Con estrellas. Pero he necesitado tiempo para volver a mirarlas y creer en lo que siento. Tiempo para volver... No sólo a esta casa, sino a mí. Entrar en mis miedos, en mis esquemas, conocerlos, aceptarlos.

Ha sido un proceso largo. Un proceso que empezó aquel día de invierno, en la cocina de casa, cuando sentí que debía parar mi vida porque corría demasiado y me ahoga. El miedo y los sueños no realizados se aliaron para hacerme sentir que algo no funcionaba en mí; el miedo llegó para detenerme, incluso paralizarme, pero gracias a él empecé a mirar en mí con calma, sin poder huir hacia el exterior porque los ataques de pánico me clavaban en casa (y en mi interior). Y, entretanto, mis sueños sobre la vida se iban manifestando hablándome de un paraíso perdido, lejano pero recuperable.

Empezó así un día a día distinto, sin poder trabajar, sin apenas poder ver a nadie que no fueran mi marido, mis hijos o algunos amigos muy íntimos y preguntándome, no sólo por el sentido de mi vida, sino qué hacía yo antes de que la crisis estallara porque, de repente, cada jornada era una hoja en blanco sin (aparentemente) nada. Aquellos días, aquellas semanas, aquellos meses, aquellos años fueron una eternidad en el no hacer. Sólo podía estar en mí, conmigo, momento a momento.

Y tuve que aprender a levantarme cada mañana con una ansiedad que me ahogaba y andar hasta la ducha para deshacer el sudor frío con agua caliente y seguir luego hacia la nada. Porque mis días y mis noches fueron un desierto durante mucho tiempo. Mi marido y mis hijos han estado siempre a mi lado. Con todo su amor. Con toda su alma. Pero a mi lado. Junto a mí. En mí sólo pude estar yo. Sola. Y cuando te desconoces, cuando no has estado contigo misma, la soledad es tan radical que te aplasta.

Y el supermercado empezó a llenarse de carritos repletos y abandonados por los ataques de pánico... La nevera vacía ante la imposibilidad de salir a la calle a comprar... La cama casi siempre deshecha de tantas horas tumbada en ella buscando en el techo una grieta por donde escapar aunque, en esa desolación, ni tan siquiera la huida tenía sentido. Todo dejó de tenerlo. Fue como si los paisajes de mi vida se desdibujaran como acuarelas bajo el agua.

Y entonces la mente empezó el más furioso de sus ataques. Durante meses no dejó de atosigarme día y noche diciéndome que me estaba volviendo loca, que debía medicarme, que cuanto me ocurría no era normal. Normal...Yo no buscaba ser normal. Buscaba ser yo.

En su momento creí que perdía la razón. Claro que se trataba de eso, en el fondo: mi mente me llevaba al límite para que rompiera la barrera de todos los esquemas y de aquella ruptura empezara a brotar la verdadera esencia.

Fue un parto. Cruzar un túnel, oscuro, para salir al otro lado.

Casi nadie habla de ello. No forma parte de lo establecido. Descubrimos grandes avances en todos los campos, pero apenas hemos avanzado en descubrirnos a nosotros mismos. Ese dolor, esa locura, esa ansiedad radical que te lleva a viajar al fondo de ti mismo y hasta la última estrella del universo para encontrar lo que buscas parecen formar parte de los agujeros negros, de los misterios del mundo, del silencio.

Callemos. No removamos nada. No preguntemos. No nos compliquemos la vida.

«Las personas normales viven y punto.»

He tenido demasiado miedo. Aún lo tengo en algunos momentos. Pero pasará...

Ya no tengo ataques de pánico.

Ya no sufro crisis de ansiedad.

Ya no temo volverme loca.

He pasado por algo que acostumbra a quedar en el silencio. Pero yo quiero hablar de ello. Alguien me escuchará. A alguien le servirá...

Uno está muy solo en el camino de regreso a casa.


—Nena... ¿Puedes traer lo que queda en la mesa...?

Mamá me llama desde la cocina.

Recojo la cafetera y la cesta con los croissants pero antes de terminar, mi madre aparece con sus prisas.

—Venga... Que me voy a la peluquería con tu tía...

Pues vete. Ya lo haré yo.

—Pero... ¿qué dices...? —mi afirmación frena a mamá—. ¿Vas a quedarte sola... aquí...?

Entre el «sola» y el «aquí» mi madre ha intercalado una pausa. Como si ambas palabras no pudieran ir juntas. Pero yo las uno diciéndole que puedo quedarme perfectamente «sola aquí».

Mamá me mira. No me reconoce: hay temor en su expresión; temor ante lo desconocido, a todo cuanto no es «normal». Y, para mamá, no lo es que yo quiera quedarme.

—Bueno... Tú misma... —Se va hacia la cocina y antes de entrar grita—. ¡Inés... Venga, vámonos que la nena dice que se queda recogiendo!

Entonces vuelve a mirarme, para comprobar que no he cambiado de opinión.

No, no he cambiado: me quedo.

Mamá siente mi determinación y se altera. Tanto que al ir a coger la cestita de croissants para guardarlos en la bolsa del pan, está a punto de tirarlos. Entonces yo, que acabo de entrar en la cocina, recojo la cesta de sus manos.

Es un nuevo instante. Fugaz como un suspiro, pero intenso porque en ese gesto instintivo acabo de percibir a mamá de un modo distinto. Ha sido algo así como «deja, mamá, ya lo hago yo...» pero sintiendo en esta mujer a mi madre.

Si aun corrieran por esta casa los viejos esquemas podría escuchar, en un momento así, el lema familiar que ya conocemos. Pero es mi sentimiento. Me pertenece. Está en mí. En cada poro de mi piel y de mi alma (aunque la más drástica de las lógicas pueda asegurar que el alma nunca fue porosa.) ¡Y qué más da! En este momento, en este sutil, intenso y sentido instante, mi piel, mi alma, y todo mi ser acaban de entregarse a la sencilla y extraordinaria vivencia de cogerle una cesta de croissants a mi madre y emocionarme.

Ella se ha dado cuenta. Y, esta vez, no ha huido del sentimiento. Yo tampoco. Nos quedamos así un momento, mirándonos.

Queriéndonos.

No hubo momentos así en esta casa. Al menos, que yo recuerde. Claro que, la memoria puede ser amnésica. Pero el corazón no olvida fácilmente. Dejar libertad a las emociones, a los sentimientos, a las dudas, a los temores, a los te odio, a los te quiero, a los no sé y a tantos y tantos lo siento habría sido bueno. O, si más no, sincero. Pero fue como fue...

Y ahora mamá, mi madre, me mira enternecida, incluso emocionada, porque he cogido unos croissants de sus manos, tocándolas con cariño, porque he venido a desayunar, porque me quedo y porque...

—¡¿Nos vamos...?! —Desde el otro lado del pasillo llega la voz de mi tía.

Entonces mamá recupera su tono habitual y me pide que guarde los croissants en la bolsa del pan. Está colgada, como siempre, detrás de la puerta de la cocina que se cierra al salir mamá porque Inés la ha vuelto a llamar mientras yo me quedo con una sensación de amor dulce como la miga de un croissant. Ahora mismo saldría para darle un beso a mamá y la abrazaría diciéndole cuánto la quiero... Nuestra relación ha sido escarpada en ciertos momentos pero, a medida que va pasando el tiempo, voy comprendiendo que todo cuanto me marcó también se puede soltar... Sólo es cuestión de aflojar el nudo y... soplar.

Coloco los croissants en la bolsa de cuadritos blancos y verdes que lleva la palabra «PAN» cosida en el centro como un gran corazón y, al abrir esa boca arrugada de tela, el olor de la barra que mamá ha comprado para comer se evapora. En realidad es para tía Inés porque mamá apenas lo prueba. Por no engordar. Claro que, por mucho que uno no quiera, hay olores que alimentan...

# EL OLOR A PAN

El olor a pan es una tentación suculenta. Cuando llega recién hecho de la panadería, su rastro incita a la gula y al hurto rápido y a escondidas de ese trocito que sobresale de la bolsa —la punta, el cuscurro...— y que sabe a gloria bendita. El pan caliente huele a hogar y a bondad y lleva prendida la imagen de esa nubecilla de humo apetitoso, casi imperceptible, que se eleva al partir la barra como niebla de primavera.

Esa niebla lleva prendidos tantos momentos...

El pedazo de pan con chocolate de la merienda... La puntita robada con disimulo antes de comer... La de después de comer... Y el gusto de esa miga, blandita, tan rolliza que incita al mordisco cariñoso como si fuera la mejilla o la nalga sonrosada y tierna de un bebé. Cuánto bienestar atesorado en un trozo de pan crujiente con una onza de chocolate. Cuánto mimo en ese desayuno o merienda servido como un manjar. El pan, blanco, y sobre él, ese pedazo oscuro de cacao. Esa imagen y esos olores juntos, mezclados, tienen algo... De amor... De felicidad... Aunque la niebla del pan caliente lleve temores que la enturbian...

«No comas pan caliente que te dolerá la tripa...»

Pero ese pan tibio, crujiente, es un placer tan tentador que invita a romper con las normas. Además, ¿no dicen que aquello que se come con ganas no hace daño? ¿Entonces...? ¿Por qué tantos

131

temores? Alimentamos el miedo con miga de pan. Y el miedo, en casa, se convierte en el pan nuestro de cada día. Pero ese olor es tan bueno, tan apetitoso. Está diciendo «cómeme...» Y, cayendo en su tentación, vas y te lo comes.

Así empieza la rebeldía. La libertad. Creyendo en lo que sientes. En lo que deseas... Tan sencillo como un trozo de pan. Olor blanco que huele a buenos momentos, entrañables, cálidos. Mi abuelo es ese olor. Le encantaba el pan. Recién hecho, de barra, de payés, de máquina (sobretodo)... Olerlo es recordar su cariño, su barriga oronda, su cara afable, su pelo tan blanco y su porte elegante, y hundir mi nariz en la miga de su recuerdo es... como entrar en sus brazos y arroparme en una nube de bondad.

Una nube blanca y blanda como miga de pan.

\* \* \*

Cierro la bolsa después de guardar en ella los croissants y mis recuerdos, cuando la puerta de la cocina se abre y aparece mamá abrochándose la gabardina.

—Tu tía y yo nos vamos... Si quieres, tómate otro café con leche y come algo más...

¿Más?

—Es que has desayunado muy poco...

Mamá siempre teme que yo no coma lo suficiente. Supongo que le ha quedado esa tendencia de cuando yo era pequeña.

—Es que eras más mala para comer... Y tu padre se ponía enfermo al mediodía viendo que no acababas y os teníais que ir, tú al colegio y él al despacho. Es que nada te gustaba... Lo único, las ensaladas. Pero uno no puedo vivir de ensaladas. Y menos un niño. Claro que un día el pediatra me dijo: «No se preocupe, cuando tenga hambre ya comerá.»

He escuchado ese monólogo decenas de veces pero, hace

poco, cuando mamá volvió a repetírmelo, sentí algo distinto: ¿cómo era posible que mamá me explicara con tanta tranquilidad que yo era una niña que apenas comía?

—¿Y qué querías que hiciera...? —Me miró entonces y, defendiéndose del miedo con un ataque, me preguntó—. Porque a ver... dime tú, ¿por qué no comías...?

La respuesta me llegó sin pensar.

—Supongo que para llamar tu atención, mamá.

No logré mi propósito. Peor aún: me quedé a comer en el colegio.

Y aún ahora, cualquier olor a guiso, a puchero, pero sobretodo a lentejas como el que serpentea desde no sé qué ventana del patio de vecinos, me trae un potaje de recuerdos alimenticios que se están intensificando por momentos...

# EL OLOR A COMIDA DEL COLEGIO

Dulzón, pastoso, denso, pegajoso, el olor de las bandejas de carne guisada y de los pucheros de legumbre inunda el aire y se pega incluso en las batas.

Es el aroma del comedor del colegio.

Mis amigas y yo nos divertimos al servirnos una nube de lentejas que esparcimos por el plato fingiendo que ya hemos comido. Pero la tutora del comedor es un sargento. Alta, robusta y con voz de trueno, descubre nuestro engaño y nos atiza dos buenos cazos de legumbre condimentada con amenazas.

—Y pobre de ti que no te las comas...

Obligarme a comer esas lentejas puede provocarme un trauma pero, sobretodo, una úlcera gástrica.

—¡Cómetelas!

Al ordeno y mando estoy a punto de gritarle:

—¡Si, señor!

Pero callo para sumergir la cuchara en el lago oscuro que contiene mi plato.

La primera cucharada es... ¿Cómo describirlo? Primero llega el tufillo, «ese» que casi está en consonancia con el color marroncillo y de textura caldosa, un poco blanda, del potaje. Todo, absolutamente todo —olor, color, densidad...— determinan lo que es obvio: voy a comerme una...

* * *

—Nena... ¡Nena! Cariño... Te estoy hablando...

¿Mamá? Ah, sí... Me está diciendo algo pero el humo aromático del patio de vecinos me había llevado a...

—Te he preguntado si... quieres... si te gustaría... quedarte... a comer...

¿A comer?

De repente despego del comedor del colegio y aterrizo en esta realidad: mamá asoma por la puerta de la cocina y la pregunta que acaba de hacerme tiene un valor incalculable, para ella y para mí. Las dos sabemos la incomodidad que siento cuando vengo a esta casa, pero las dos sabemos, también, que hoy ha cambiado algo importante. He aceptado venir a desayunar e incluso me he quedado un ratito más y ahora mamá percibe que podría comer con ella y con Inés. Que tal vez me gustaría... Porque está mi tía y porque va a venir Roberto y...

Se atreve. Me lo dice. Aunque le cueste, se atreve.

Y yo me sorprendo aceptando su invitación.

Mamá no puede creerlo.

—¿Has oído? —le dice a Inés—. La nena se queda a comer... con nosotras. —Entonces se gira hacia mí y añade—. ¿Tus hijos no salen del colegio a las cinco...?

No te preocupes mamá, Carlos irá a buscarlos. Ahora mismo le llamo...

Y mientras salgo de la cocina, busco mi móvil y tecleo un mensaje, mamá no sabe qué decir, ni qué hacer, ni cómo reaccionar. Está incómoda y contenta a la vez. Emocionada. Hace tanto que no como en su casa. Entonces a la alteración causada por la visita de Roberto, se suma la preocupación de «¿y qué voy a darle a la nena que le apetezca...?»

—Iba a hacer caldo y luego un poco de carne a la plancha para

136

tu tía y para mí, pero como a ti la carne no te gusta, si quieres, cuando salgamos de la peluquería me paso por el pescado y te traigo un poco de rape o si prefieres en el congelador tengo unos langostinos... O no, mejor... ¿quieres una tortilla de gambas...?

Respira mamá. Comeré lo que sea. No importa. He crecido. Aunque a veces tú no lo creas.

—Bueno pues... Tú misma... Oye, ¿por qué no haces un poco de verdura?

Prometo hacer verdura. Y comeré carne. Sin hacer «bola». Palabra.

Mamá está tan desconcertada que es tía Inés, ahora, quien debe sustraerla de la nube en la que se encuentra.

—Venga... Tanta prisa, tanta prisa y ahora eres tú la que se encanta...

Mamá reacciona pero, antes de ir hacia la puerta donde la espera su hermana, me aclara:

—La verdura está en la nevera... Y la olla de vapor en el armario que hay debajo del fregadero y...

Mamá... No te preocupes, seguro que lo encuentro. Estará en el mismo sitio de siempre y si no, ya lo buscaré.

—¡Que llegamos tarde! —Le grita Inés impaciente desde el final del pasillo.

—¡Ya voy! —Mamá acelera su paso hacia la puerta—. Y luego no te quejes, eh Inesita, que tú también eres una señora prisas...

—¡Tendrá cara! Yo te hago lo mismo que tú me haces.

—Claro, la culpa siempre la tengo yo que soy la mayor.

—¡Bueno, basta! ¿Nos vamos o no?

Inés tiene ganas de irse. Pero también de haber llegado. Claro que en cuanto llegue, tendrá ganas de marcharse de nuevo y, cuando Roberto llame a las cuatro a esta misma puerta, entonces puede que sólo piense en salir corriendo. Está como un péndulo.

En su interior el trajín de emociones vienen y van de aquí para allá y pararse es sentir esa agitación que no le permite estar bien en ninguna parte.

Y cuando mamá sale al rellano para llamar al ascensor, Inés se acerca a mí para preguntarme:

—¿No crees que es una locura?

Miro a mi tía, a los ojos, y sonrío.

—No, tienes razón... —se responde a sí misma—. No lo es.

En ese momento llega el ascensor. Mamá abre las puertas y, antes de entrar, me comunica:

—Si necesitas algo, el número de la peluquería está en mi agenda... En la mesa del despacho. Pero si quieres me llevo el móvil.

Otra indicación. Como si yo fuera una niña y mamá temiera dejarme en esta casa. Sin ella. ¿Ahora, cuando soy mayor? El pensamiento cruza mi mente tan rápido como un correcaminos. Resultan curiosos ciertos mecanismos... He necesitado a mi madre durante años y ahora es ella quien teme ser indispensable por una ausencia de un par de horas. O no. Pueda que sea yo. Mi interpretación, mi susceptibilidad. Mi carencia de mamá durante toda mi vida.

Prácticamente.

Mamá me mira antes de entrar en el ascensor como si aún no creyera que estoy ahí, al otro lado de la escena, quedándome en esta casa mientras espero que se marche ella. Resulta extraño, sí. Habitualmente ha sido al revés. O no ha sido. Pero, sin duda, esta imagen mía, en el rellano despidiendo a mamá es extraordinaria. Claro que tampoco es frecuente la presencia de Inés y aún será más excepcional verla junto a Roberto.

Sin duda esta mañana es singular: mamá está alterada, Inés también. Y yo... Yo intento mirarlo todo como si acabaran de operarme de cataratas.

—La que hemos organizado... —me dice Inés antes de entrar en el ascensor.

Y yo me río. No puedo evitarlo al ver, de golpe, toda la escena, como en un plano secuencia. Desde que Roberto ha confirmado las cuatro como hora de llegada, las tres mujeres de esta casa hemos empezado a correr, de aquí para allá, que si recoge, que si date prisa, que si la verdura, que si los croissants, que si no sé qué me voy a poner, que si la peluquería... Y todo aliñado con sentimientos, emociones, recuerdos...

—Gracias por quedarte.

Me lo dice Inés antes de cerrar las puertas del ascensor y desaparecer con mi madre.


Y ahora sí... Este es el primer momento de soledad en esta casa. Una soledad particular. Extraña. Una sensación de individualidad, sin lazos, ni conexiones maternales.

Me siento adulta en casa de mi madre.

Y cuando el ascensor empieza a bajar, me quedo mirando las dos puertas de enfrente: el segundo tercera y el segundo cuarta. Vecinos nuevos y anónimos que no conozco. Pero estoy en este rellano como si viviera aquí, como si no me hubiera marchado, como si el presente fuera pasado. Y, detrás de mí, hay una puerta. Abierta...

Tengo que entrar.

Y lo hago.

Sin más solemnidad. Ni trascendencia. Entro y ya está. No es que me sienta de maravilla, pero tampoco voy a echarme a llorar. Esta casa me provoca muchos sentimientos, todavía, pero los acepto. Tal vez tengo una cierta tendencia a complicarme la vida... Ahora mismo, qué necesidad tenía yo de quedarme para ejercitar la memoria, preparar unas judías y espiar al antiguo amor de la hermana de mi madre en el capítulo trescientoscincuentayocho de una vieja historia que...

Ninguna.

Aunque... puede que sí exista una cierta necesidad: me falta el guisante de la princesa; la pieza del rompecabezas. O tal vez quiera buscarle el quinto pie al gato cuando resulta que tiene cuatro. O es deformación de cuando escribía culebrones para televisión. Da igual: me he quedado. Lo necesitaba. Y no me estoy complicando la vida. Bien al contrario, creo que llevo mucho tiempo tratando de simplificarla deshaciendo nudos del pasado.

Así que aquí estoy. En el recibidor. Y cuando cierro la puerta me veo en el espejo que está encima de la consola.

Hola... Eres tú. Aquella y ésta. La de quince y la de casi cuarenta. Hay un puente de tiempo entre ambas y, sin embargo, no hay diferencia. Alguna arruga, tal vez, y algún kilo de más, también, pero en el fondo esta mujer, aquella muchacha e incluso la niña, se reencuentran. Estamos las tres aunque sólo una, en el fondo (aunque cambie la forma), y desde él siento que mi vida ha empezado a limpiarse, de muchas tonterías, sí, sin duda, y de tantas interpretaciones dañinas y de esquemas que me limitaban (y aún me limitan) y de una coraza blindada que no sólo no dejaba que saliera mi verdadero ser, sino que impedía también mi relación abierta y sincera con los demás.

Sí, mi vida está empezando a cambiar...

Yo lo voy haciendo, lentamente, tomando conciencia de la sobrecarga que he llevado conmigo durante años... Cuánta complicación para darme cuenta del valor de la sencillez.

Y recuperar a la adolescente es importante para mis sueños, para mis ideales románticos, para la escritora de versos que ahora —después de meses de excedencia en televisión— se plantea si volverá a la ficción o escogerá la realidad que brilla en las estrellas. Pero también la niña es de suma importancia. Volver a ella es entrar en un lugar lejano y, en según qué aspectos, casi abandonado. Esa niña, pequeña, bonita, me resulta una desconocida.

Por eso estoy sintiendo ahora, ahora mismo, que venir a esta casa, pero, sobre todo, quedarme en ella y, además, sola, aunque sea un momento, es vital para mí. Aquí está la niña y están, también, los mismos sonidos de la escalera, los mismos muebles de siempre, el mismo ambiente de aquellos días y...

¿Otro olor?

No puede ser... ¿Estoy en un festival olfativo? Pero así es: huele a pimientos asados. Otro aroma del patio de vecinos y de mis recuerdos que me instala, de golpe, en una secuencia de mi pasado, llegando del colegio... Ese olor me dice que para cenar habrá pipirrana, la ensaladilla que hace mi abuela y me encanta. Es el plato favorito de mi infancia.

Curioso: mi abuelo es el pan. El pimiento es mi abuela.

Mis abuelos son un bocadillo de pimientos escalibados.

# EL OLOR A PIMIENTOS ASADOS

«Pipirrana». Es el nombre del plato que más me gusta. Lo hace mi abuela. Lleva tomate, cebolla y pimiento asado. Todo cortado muy pequeño y aliñado con sal y aceite. Mucho aceite. Para mojar pan. El pan que tanto le gusta a mi abuelo.

Cuando llego del colegio y la casa huele a pimiento, me embarga una sensación de bienestar que me ensancha el alma y me abre el apetito. (Yo que lo tengo cerrado casi siempre.)

Hoy para cenar, de primero hay «pipirrana» y de segundo...

—Sesos... Rebozados.

¿Cómo? Mamá ha dicho... ¿«sesos»?

Estaba supercontenta con el bendito olor a pimiento y aún no he cruzado medio pasillo, que ya me fastidian la alegría.

—Tú no sabes el alimento que tiene...

No quiero saberlo. Además, ya tengo bastante con alimentarme a base de pimientos, (por no recordar las lentejas del colegio...)

—Se ha de comer de todo.

¿De... todo? Entonces ¿por qué no comemos caca de vaca... o...?

—¡A que te doy un bofetón!

Vale. Me callo. Pero no lo entiendo. Hay tantas cosas que no entiendo...

—Y si no te comes los sesos, no hay pipirrana...

No entiendo, por ejemplo, que, encima de no respetarte, te amenacen. Pero se lleva el «ordeno y mando». Es una moda cómoda y fácil. Cuestiona poco y resuelve, drásticamente, cualquier problema.

—O te comes los sesos, o te vas a la cama sin cenar.

Estupendo: pues me voy a la cama. Sin cenar. Y sin la comprensión de mamá.

—Desde luego, parece mentira... Hambre tendrías que pasar...

Mi abuela acaba de entrar en escena. Si no tenía bastante con una mano dura, ahora tengo dos. Y que conste que me adoran, pero...

—Es que esta niña tiene un carácter...

¿Y todo por unos sesos?...

—No, pero ya se lo encontrará, ya...

Y, ¿qué se supone que me voy a encontrar? ¿El castigo divino? ¿La mano justiciera...? ¿La penitencia que lleva adherida el pecado en su código de barras original?

—Con el hambre que hay en el mundo... Vergüenza te habría de dar.

La culpa y el miedo están siempre en el menú familiar. Como los sesos que, a la mañana siguiente, mamá me presenta tratando de darme una segunda (y generosa) oportunidad. Los sesos, fríos de la nevera y marchitos como la piel de una vieja, aparecen como desayuno. Tengo hambre —llevo horas sin comer— pero el asco es mayor que mi apetito. Claro que mamá no entiende que ese plato me parezca vomitivo.

—Pero si ni siquiera lo has probado...

Da igual. Tampoco he probado el culo de mono y sé que no me gustaría.

—A que te doy...

Vale. Otra vez. Nunca aprenderé...

—Tú sabes el alimento que tiene...

Y dale. Mamá tampoco aprende. No ve que, por más publicidad que haga a favor de esa asquerosidad rebozada, no voy a probarla. Prefiero las inyecciones de hígado de bacalao, aunque me taladren el glúteo y vea todas las constelaciones cuando el manazas del practicante me las pone una vez por semana.

—O te comes los sesos o...

Ya estamos. A ver... ¿Qué no habrá...? ¿Cuál es el próximo chantaje que se avecina?

Lo único que temo perder es el amor de mi madre. Necesito a mamá. Necesito que esté. Cuando tengo miedo, por la noche, cuando soy muy pequeña, cuando llegan las vacaciones y veraneo con mis abuelos, pero no con mis padres. Mamá no está en mis recuerdos de niña. Y yo no lo entiendo.

Pero como me dicen que no hay nada que entender, termino por hincarle el diente al maldito seso para que mamá me quiera. Lo hago, sin embargo, con la condición de poder acompañarlo con un poquito de «pipirrana». Aun y así, mi sentido del gusto detecta con increíble precisión esa consistencia blanda, viscosa, de sabor ligeramente dulzón, que se deshace en mi boca. Me imagino lo que estoy comiendo y entonces, por más que desee que mamá me quiera, mi garganta se cierra.

Escupo los sesos. Y rezo para que mamá no se enfade. Pero, sobretodo, para que no se marche.

*  *  *

Respiro. Inspiro presente y expiro viejos recuerdos.

Todavía estoy en el recibidor pero, desde aquí, tengo una perspectiva de mi casa de mi infancia... Y, al mirarla, siento que aún —¡aún!— me da miedo. Y tiene sol y se ha modernizado en algunos muebles, en la pintura de sus paredes, pero yo... ¿Quién soy yo? Niña, muchacha, esposa, madre, amante, creadora de palabras, buscadora de estrellas... ¿Quién soy realmente? O sin realidad alguna. ¿Quién soy? Sin todos los calificativos, sin ninguna de las etiquetas, sin ni tan siquiera sustantivos. Sin nada. ¿Quién? ¿Soy aire, acaso? ¿Soy poesía? ¿Soy una burbuja, tal vez? ¿De cerveza, de champagne francés, de refresco americano? O, ¿una gota de perfume en un océano? ¿Madre de dos niños? ¿Esposa de arquitecto? ¿Hija de una madre ausente en ciertos momentos y de un padre que se olvidó de sus sueños? ¿Nieta de un abuelo afiliado a la «dolce vita» y de una abuela militante en un amor de cambio: o haces esto o...?

¿Quién?

¿Sobrina de una Inés eternamente enamorada de un don Juan japonés?

Reviso en un instante la burbuja de mi vida, como hizo mi tía hace dos meses y, sin intervención de cataratas, ni alteración de la química, vuelo en mi existencia hacia la dimensión de los segundos eternos y compruebo que soy un montón infinito de seres, de energías, de sustancias, de sueños, de miedos, de ilusiones, de estrellas, de océanos, de ríos, de desiertos, de esquemas y libertades, de temores y soledades, de orgasmos y contracciones, de silencios, y palabras...

Palabras. ¿Me definen ellas?

Da igual. Tengo que entrar en la cocina. Lavar los platos. Preparar la verdura y esperar que vuelvan mamá y mi tía. Esta parece ser la realidad, la que define la supuesta normalidad de una vida.

Pero se puede entrar en la cocina y lavar los platos y preparar la verdura y, por supuesto, esperar que vuelvan mamá y mi tía, aunque la actitud interna es la que modifica la apariencia. Puedo ser feliz lavando unos platos o sentir la más furiosa de las rabias. Y la mayoría de veces depende de mí aflojar la tensión, aquietar la prisa o enfrentarme al miedo que aún me domina.

Así que...

Cruzo el río: soy la princesa del viejo castillo. Y así quiero sentirme aunque exista un dragón dispuesto a devorarme. En el mismo miedo se encierra el valor, y la llave está en caminar por este pasillo y, al escuchar el sonido de las baldosas que oscilan cuando las piso, volver a entrar en el temor infantil de tantas noches viendo, desde mi cama, este mismo espacio a oscuras y sentir terror, pánico. Y silencio.

Calla. No digas nada. Ni se te ocurra decir nada... Y menos llamar a mamá. En todo caso a la abuela, porque tía Inés ya no está... Pero si sales de tu cama y papá se entera, se enfadará. No salgas. Quédate. Calla. Tápate hasta arriba y calla. Trágate el miedo, trágatelo y no digas nada.

Acabo de llegar a la cocina.

Entro y abro la ventana para que corra el aire, aunque sea del patio de vecinos y lleve olor a guisos, a pimiento, incluso a humedad... Pero es el patio de mi casa y... es particular. Cuando llueve, como ahora que está empezando a chispear, se moja (pero no es como los demás...) Y la lluvia, la fina lluvia que va cayendo, parece intensificar los recuerdos y al mirar por la ventana hacia el quinto, hacia el sexto, hacia el cielo del que se va desprendiendo este chaparrón de mayo cada vez más intenso, siento.

Cuánto me ha costado conjugar ese verbo.

Lánguida lluvia otoñal. Hermosa. Poética. Como el azucarero que mamá ha traído antes a la mesa y que ahora está en su estantería de siempre, junto al reloj de cocina, acompañando a dos tazas de porcelana blanca. El viejo azucarero sigue roto, como hace veinte años, por la tapa que antes era automática. De acero inoxidable, al bajar el asa, su boca se abría entonces dejando al descubierto una duna de azúcar. Pero el eje se rompió hace tiempo y mamá conserva el azucarero roto. Descubrirlo exactamente igual, para mí, es poesía. Para mamá no tiene importancia. Entre otras cosas porque ella toma sacarina.

Llueve y estoy sola, en esta casa. Llueve y mi pasado me inunda para que lo libere.

Yo quería escribir poesía. Incluso letras para canciones... Palabras con música para trovadores, pequeños relatos en un escenario para comunicar, expresar. Soñar realidades...

Suena el teléfono y me despierta.

Salgo de la cocina y descuelgo: es mamá.

—Nena... Que igual nos retrasamos un poco porque tu tía se quiere teñir... ¿Puedes ir sacando las cosas para el café...? El tapete y las servilletas están en la habitación del fondo... Bueno, tu habitación... Busca en la consola, en el primer cajón... Es un mantel azul claro, de hilo... Y luego saca las tazas del armario del comedor y si puedes, les pasas un agua... Si te va bien... —Y va a decirme «hasta luego», pero antes añade—: te quiero.

Últimamente mamá me dice a menudo que me quiere. (O será que yo la escucho de un modo diferente.) Y yo, después de colgar, me quedo un momento junto al teléfono...

Mi mente vuelve a los recuerdos en esta casa y busca en ellos el amor de mamá. Aparece en mi adolescencia, a partir de los trece, catorce años, pero antes sólo están mi abuela, y tía Inés hasta que se casa, e incluso papá y el abuelo... pero mamá...

Mi infancia con ella son fotografías, como las que decoran el mueble infinitamente largo del pasillo y en las que ahora me fijo al ir a buscar el mantel que me ha pedido.

Es como ir en tren y ver desfilar por la ventanilla el paisaje de la memoria...

La foto de mamá y papá cuando eran novios... Tan jóvenes, tan guapos y, sobre todo, tan llenos de ilusiones. Aparecen sonrientes, luminosos. Casi diría que felices.

Y luego está esa foto mía con mamá. Yo tengo dos o tres años y llevo en la mano una palma, con un lazo enorme de color rojo. La palma abulta más que mi cuerpo. Mamá está muy guapa. Y elegante. Lleva un abrigo blanco, con los puños y el cuello de piel, también blancos y un sombrero tipo casquete, a juego. El bolso y los zapatos también son claros. Como mi abriguito y mis zapatitos de charol. Y los calcetines de perlé. Todo a juego con mi mamá. Soy una niña diez. Para una mamá perfecta.

¿Quién es esa niña?

No hace mucho, hablando con una amiga, sentí que en esos tres, cuatro años de mi vida, que corresponden precisamente a la fotografía, había un nudo en el que aún no había soplado. Y me pongo ante la niña que fui y la miro, y trato de sentirla cuando me llega la imagen, repentina, de un día en el colegio... En párvulos. Tengo cuatro años y es carnaval. Todos los niños tienen que ir disfrazados y todos llegan con sus disfraces. Yo, sin embargo, aparezco con un gorro de cartón y un collar de papel que mamá ha aprovechado de la fiesta de fin de año. Soy pequeña, pero la vergüenza se manifiesta. Y se queda. Estoy ahí, en un rincón de la clase, sintiéndome ridícula porque todos los niños juegan y yo soy ¿distinta?.

Creo que es la primera vez que la apariencia, lo externo, me parece importante: yo me siento un patito feo y entonces no sólo siento la necesidad de llamar la atención de mamá, sino también la de los demás para que me quieran. Que todos se fijen en mí, pero que vean al cisne. Quiero, necesito, destacar. Pero, en el fondo, muy en el fondo, algo me dice que no es por mamá, ni por el disfraz.

El disfraz...

Si yo hubiera sido de otro modo, tal vez aquel collar de papel y aquel gorro no habrían hecho mella en mí. Nos marca, sin duda, aquello que no tenemos resuelto y debe empezar muy pronto, incluso en el útero materno.

El disfraz...

Sí, sin duda en la apariencia, en lo externo, determiné una necesidad de reconocimiento. Y tenía que ser una niña diez, perfecta y encubrir al patito que yo había etiquetado como feo.

Y sigo por el recorrido fotográfico para topar, un poco más allá, con la iglesia: en marco de plata, el retrato de mi primera comunión exhibe a una niña buena de larga y ondulada melena.

—Es que la nena tiene un pelo...

Pasada la comunión, el pelo de la nena servirá para que mamá se haga una peluca y papá se vaya a la cama sin cenar. Tal es su disgusto que, al verme con ese corte a lo chico, no sólo se le quita el apetito, sino que al día siguiente me pone el gorro del chubasquero para ir al colegio. Con un sol intenso.

Así son en casa.

El tren avanza y el paisaje de la memoria me va mostrando las imágenes de mis dieciocho años, de mis veinte, de mi boda, de mis hijos... El desfile de mi vida. El escaparate de casi cuarenta años en apenas cinco metros de pasillo.

Y llegó al andén de mi cuarto. Debo apearme en esta estación después de mucho tiempo pasando de largo. Pero hoy tengo que entrar. Así que me paro y enciendo la luz. El interruptor cede bajo la presión de mis dedos y lo primero que ven mis ojos son esas flores naranjas, enormes, —¿rosas... dalias...?— que llevan casi treinta años en estas paredes. Casi el mismo tiempo que Inés sin ver a Roberto... Pero no puedo seguir mirando porque, otra vez, suena el teléfono.

Será mamá...

No es mamá.

—¿Hola?...

Es... ¿Él?

Su voz. Perfumada.

Roberto...

Tiene el mismo timbre, grave, varonil, que yo recordaba. Y su primera palabra ha sido entre interrogantes porque al descolgar yo con un «dígame» creo que ha confundido mi voz con la de Inés. La duda en el «¿hola...?» me ha parecido un «¿Eres tú...?» pero, al contestarle yo, rápidamente ha preguntado por mi madre.

Le digo que no está, que volverá dentro de un rato.

Entonces él deja escapar un silencio y luego, sin atreverse a pedir por Inés, carraspea, duda y finalmente me dice que sólo llamaba para avisar que se retrasará un cuarto de hora. Su castellano aún tiene un sutil acento extranjero, con algo de japonés y un poco de italiano, y resulta melodioso, envolvente. Cálido. Le escucho hasta que un nuevo silencio recorre el hilo del teléfono. Y es que Roberto acaba de recordar que yo soy aquella niña...

¡La sobrina de Inés!

Hace tantísimo que no nos vemos. Parece mentira... Yo soy una cría para él. Todavía. Porque él está hablando con alguien que tiene voz de mujer pero que recuerda con rostro de niña. Ahora no me conoce, sólo puede recordarme como era yo entonces. Esa es la imagen que tiene de mí en su memoria. Si nos cruzáramos por la calle, pasaría al lado de una mujer que conoció de pequeña sin darse cuenta del vínculo, importante, que tuvimos en otro tiempo cuando él amaba a mi tía (tal vez no ha dejado de amarla...). El pensamiento me llega como una estrella fugaz y otro, aún más veloz, me indica que incluso Roberto me está llevando a mi infancia.

A través de su voz, pero sobretodo del tono amable que manifiesta al recordarme, vuelvo a verle aquella mañana de verano cuando le conocí: él y mi tía me llevaron a la playa donde pasamos el día juntos.

Entonces, de un modo inexplicable, la voz de Roberto me huele a mar...

El bosque son las setas recién cortadas, pinos, tierra húmeda y blanda.

El mar son ostras recién abiertas, algas, arena perfumada por la espuma de las olas.

Y mientras Roberto, todo amabilidad y ternura, me pregunta si nos veremos esta tarde, yo descubro que las voces pueden llevan olor. O voz ciertos olores...

# EL OLOR A MAR

Domingo de julio.

Nueve de la mañana.

Hace calor.

Me despierto en mi habitación de flores naranjas. Uno de los regalos de mi comunión fue este dormitorio. No sé si me gusta... Según mamá es práctico. Según mi abuela, muy feo. Ella quería algo parecido al dormitorio de Laurita, mi amiga y vecina del quinto: lacado, blanco, muy de princesa. El mío es de color marrón oscuro, ribeteado de crudo, con tres módulos: uno con la cama empotrada, otro con pupitre y cajones, y el tercero con un armario. No es bonito... Pero es nuevo.

Me despierto en mi cama desempotrada con la ilusión de ir a la playa.

—¿A la playa...?

Papá no está de humor y mamá no tiene ganas.

Pero está mi tía Inés... Ella si tendrá humor y ganas. Así que mamá telefonea a su hermana: está en un «apartamentito» que ha alquilado con unas amigas, en la costa, cerquita... De julio a septiembre. Es lo que ha dicho en casa para que mi abuela se lo crea. Pero mamá sabe que las amigas se llaman Roberto y el «apartamentito» es su casa delante del mar. La única verdad es que está cerca. Por eso mamá puede llamar a su hermana y decirle que venga a buscar a la nena. Una cosa va por la otra: mamá le guarda el secreto, e incluso le hace de tapadera, y tía Inés se ocupa de mí. Está encantada de venirme a buscar y pasar conmigo todo el día y una semana si hace falta, porque me quiere como a una hija.

—¡Venga, nena, espabila que te vas a la playa con tu tía!

Automáticamente soy feliz.

Corriendo me ducho, me peino y me visto. A las diez tía Inés pasará a recogerme. Pero estoy tan impaciente que, aunque falten unos minutos, quiero bajar ya a esperar a mi tía en la portería. Pero mi abuela no quiere. Le recuerdo que ya soy casi una mujer y entonces mi abuela considera que eso aún entraña más peligros que ser una niña. Como siempre no entiendo los razonamientos de esta casa y por eso me rebelo.

—Esta niña tiene un carácter...

Y todo por querer bajar cinco minutos antes. Al final, para no oírme, mamá consiente (aunque mi abuela, por detrás, vaya diciéndole que ya se lo encontrará, ya...)

Un sol de julio radiante me saluda sólo llegar al portal. Su mimo, cálido, es un regalo. Cierro los ojos y me quedo en la entrada notando su caricia. El portero arregla algo en el sótano que hay debajo del ascensor. Le oigo trastear mientras espero a mi tía tras el portal. Pero el sol me invita a cruzar la frontera de cristal. Dudo, sin embargo... Sólo pensar en salir a la calle, me llega la voz de mi abuela avisándome de todos los peligros que están fuera, acechándome. No lo entiendo. Sigo sin entender tantas cosas: tratan de frenar con miedos mi deseo de empezar a volar y luego argumentan que el miedo que yo siento no existe.

¿En qué quedamos?

Yo quiero ser valiente.

Así que abro la puerta de cristal y salgo a la calle.

En un sábado de julio, a las diez de la mañana, la ciudad empieza a despertar... A mí me parece una maravilla. Este rincón de mi calle es especial y yo soy una niña en una inmensidad. La esquina de mi calle, solitaria pero inundada de sol, huele a libertad. Y a felicidad. Entonces me atrevo un poquito más. Camino unos pasos y la manzana se abre con más sol y más silencio.

Espero.

Y mientras mi tía no llega, me entretengo en mirar los edificios altos, antiguos... Algunos tienen las fachadas un poco deterioradas por el tiempo y sucias por la polución, pero son esbeltos, regios y familiares como las tiendas donde me conocen desde que nací. Pero mis ojos miran sobretodo el cielo de esta mañana de verano. Azul. Intenso. Limpio... Ayer llovió. A cántaros. A cubos. A palanganas. Llovió tanto —en apenas una hora— que limpió la ciudad y el ambiente denso, pegajoso que se había instalado por el calor se disolvió con el agua. Esta mañana, sin embargo, aunque luce un sol potente, huele a lluvia. Las pequeñas parcelas donde crecen los árboles de mi calle —plátanos en su mayoría— regalan el perfume de la tierra mojada. Huele a bosque en la ciudad. Incluso el aire parece campestre. Y yo sigo mirándolo todo mientras espero: observo esta mañana, observo los segundos, observo este momento de mi infancia y este cielo.

Dos toques de claxon me hacen bajar de las nubes.

Descubro entonces a mi tía saliendo de un coche, llamándome. Me acerco y, cuando voy a darle un beso, veo a un hombre en el asiento del conductor. Moreno, guapo, me llama la atención su aspecto oriental. Tiene los ojos rasgados, aunque grandes y oscuros, y el pelo liso y brillante, ligeramente mojado por la ducha de la mañana. Pero también tiene un aire latino. Es fuerte y me parece alto, aunque esté sentado.

Cuando entro en el coche, mi tía nos presenta. Yo sé quién es. Y él también me conoce. Inés no ha dejado de hablarle de mí y yo comparto algunos de sus secretos. Así que nos saludamos con un beso como si nos conociéramos desde hace tiempo.

A partir de ese momento, Roberto pasa a ser un amigo.

Durante el trayecto se interesa por mis estudios, por mis aficiones, por mis sueños... Tiene la voz grave. Profunda. Y, de vez en cuando, salpica sus frases con alguna palabra italiana pero, a renglón seguido, deja ir una expresión que parece chino. (Japonés, en realidad.) Y es divertido. Distinto. Me fijo en su ropa: pantalón claro, camisa blanca, pero diferente a las de papá. La de Roberto tiene el cuello recto, como de sacerdote. Averiguaré que tiene un nombre: cuello mao, por no sé qué jefe chino comunista. Le pregunto a Roberto si ha estado en China y él me contesta que no es fácil visitar ese país, pero que Japón —el país de su abuelo— seguro que me encantaría... Me cuenta todo esto y, al hacerlo, mueve las manos, sobre el volante, con gestos pausados. Son manos fuertes, grandes... Seguro que son cálidas, pienso. Como él. Destila bondad y huele a papá: a barba recién afeitada, a ducha, a colonia, a primera hora de la mañana, a dulzura... Inés, a veces, dice que huele a hombre y mamá la critica diciéndole que parece un anuncio. Pero es verdad: el olor de Roberto es masculino. Y acogedor, como el de mi padre.

Durante todo el trayecto no dejo de observarle y él también me mira por el retrovisor, sobretodo cuando hay algún silencio en nuestra conversación. Entonces sus ojos de chino se encuentran con los míos y los dos sonreímos. En pocos minutos hemos establecido una complicidad extraordinaria y, antes de llegar a la playa, pienso que me encantaría que Inés se casara con él. Sería estupendo tener un tío como Roberto... Y más cuando me comenta que, más adelante, cuando sea un poquito más mayor me invitará al Japón.

¡¿Yo... al Japón?!

Me parece tan maravilloso que le digo, rápidamente, que ya

soy mayor. Casi. Según mi abuela soy una mujer. Casi. Nombro a mi abuela, y automáticamente, imagino su reacción al decirle que me han invitado al país de las geishas. Aunque mi imaginación no puede volar demasiado porque llegamos a la playa.

Es una cala preciosa, rodeada de algunas casas. En el garaje de una de ellas aparcamos el coche. Es la casa de Roberto. Y cuando salimos al exterior lo primero que me llega es el olor.

A mar...

Amar.

En esta playa Roberto le dio el primer beso a Inés.

Mi tía me lo cuenta después, mientras él se cambia en el cuarto de baño y nosotras en el dormitorio. Mi tía está un poco nerviosa. Acabo de conocer al hombre de su vida y tengo que guardarle el secreto: la abuela cree que ella veranea con unas amigas en un «apartamentito». Prometo no decir absolutamente nada. Pero no lo entiendo. Roberto me parece maravilloso. ¿Por qué tía Inés tiene que ocultar esa relación?

—Es... complicado, cariño... Ya te lo explicaré más adelante...

¿Más adelante?... ¿cuándo? ¿Cuándo sea... un poquito más mayor? ¿Más o menos cuando tenga la edad de ir al Japón? Pero, ¿qué les pasa a los adultos? No puedo bajar sola a la calle, no puedo viajar todavía a un país lejano y no puedo entender por qué mi tía tiene que vivir una relación clandestina con un hombre de envidia. ¿Tengo edad para algo? Porque, encima, para tener miedo —que no existe, pero bueno...— resulta que soy muy mayor. Según dicen en casa, vergüenza me habría de dar, a mi edad.

A mi edad. ¿Cuál?

Me pongo el bañador y voy a dar una vuelta por la casa, antes de bajar a la playa.

Pero tía Inés dice que nos vamos a bañar enseguida. Roberto considera, sin embargo, que puedo mirar lo que quiera, que no hay prisa. Que estoy en mi casa.

—Bueno, pero un momentito... —apunta mi tía—. Que hemos venido a bañarnos...

Veo entonces como Roberto la mira y, con delicadeza, le coge la mano para apretársela disimuladamente como diciéndole «tranquila... No pasa nada... Es tu sobrina...». Y el gesto, ese simple gesto que es como una caricia, cambia a Inés por completo.

Entonces puedo conocer el lugar donde vive Roberto.

Al entrar por el garaje, sólo había visto la parte trasera que corresponde al dormitorio y al cuarto de baño, pero ahora Roberto me invita a pasar y a conocer su casa.

Lo primero que veo es espacio... Una sala grande y bastante vacía. Muy vacía en comparación con la de nuestra casa, atiborrada de muebles, de cuadros, de figuritas, de jarros, de puntillitas. Esta sala es preciosa. Un gran ventanal que va de pared a pared enmarca un gran cuadro azul pintado por el cielo y el mar. Este inmenso paisaje natural está dividido por una línea central de horizonte delgadita, como perfilada con un pincel muy fino de acuarela y, en medio de la imagen, hay una gran bola naranja y brillante de sol de mediodía. Nada se interpone a esa imagen. Todos los muebles que hay en esta gran sala —los pocos muebles— son muy bajos. Me fijo en una mesa, en el centro, de madera clara, rectangular y casi tan grande como el ventanal. Y un par de asientos a cada lado, también bajos y de madera, con unos cojines rojos. En un rincón hay dos plantas, altas como árboles que casi rozan el techo; detrás, una lámpara estilizada de pie de madera y pantalla blanca, como de papel parece un vigilante. Y luego está el sofá que apenas se nota a un lado del ventanal, junto a las plantas, algo disimulado por ellas. Es grande pero muy sencillo, por eso no destaca, y también por su color tostado muy pálido que armoniza con el suelo de madera.

También hay libros en unas cuantas librerías no muy altas que rodean la sala y más cojines, rojizos, y una gran alfombra y...

—Bueno... ¿nos vamos a bañar?...

Mi tía quiere ir a la playa. Está incómoda, nerviosa con ganas de salir de la casa.

Aunque Roberto le haya cogido la mano, aunque ahora la mire y sugiera tomar algo porque igual yo tengo sed o prefiero seguir mirando, Inés dice querer bañarse. Y Roberto acepta su deseo.

Salimos entonces.

Hace un día espléndido.

Por unas escaleras de madera bajamos a la playa que hay debajo de la casa. Es pequeña, como una cala, pero sin rocas. Hay gente aunque no demasiada. Extendemos las toallas sobre la arena y entonces Roberto me anima:

—Venga... va... al agua...

No sé por qué pero, de repente, me da un poco de vergüenza quitarme el vestido y quedarme en bañador. (Nunca tuve ese sentimiento con tío Ignacio.) Argumento no tener ganas de bañarme todavía y me siento en la toalla, sin desvestirme. Sé que Roberto me está mirando y sabe lo que siento. Tiene una mirada tan especial... Pero yo disimulo y me tumbo al sol, con vestido, y hago como que no miro mientras él y tía Inés se quitan la ropa y se quedan en traje de baño. Y entonces me doy cuenta de que forman una pareja extraordinaria.

Roberto es un hombre guapísimo y tía Inés es la mujer ideal para él. Es bonita, femenina, única para entrar en esos brazos que ahora la rodean y la estrechan con delicadeza.

Es... No sé... Como si mi tía estuviera hecha a la medida de ese hombre. Se acoplan el uno al otro perfectamente. Y, sin embargo, al observarles un aire de libertad corre entre ellos. Están juntos pero no pegados. Inés es Inés. Roberto es Roberto. Tal vez ella dependa un poquito de él, pero él —con una sutileza heredada de su abuelo, el japonés— no permite que esa dependencia se instale; bien al contrario, la utiliza para que Inés comprenda que no debe olvidarse, en ningún momento, de ser ella siempre. Por eso él le permite hacer lo que siente.

Y así, uno se baña, el otro lee.

Uno toma el sol, el otro se baña.

Pero cuando coinciden es poesía. También cuando se distancian.

Yo no puedo dejar de observarles. Su amor es especial y desconocido para mí. Puede parecerse a algo visto en las películas, pero no, es diferente...

Es real.

Cada vez que Roberto se acerca a Inés, cada vez que la toca, la acaricia o la mira, cuando despeja dulcemente el pelo de su frente o deja que sus labios se unan en un beso inicialmente suave que el deseo aviva, en cada uno de esos instantes, hay como partículas de amor que se desprenden en el aire... Y lo perfuman.

Yo quiero ese aroma para mi vida.

Aroma de amor...

Sí... Pero... Un momento... Un momento...

Hay belleza, hay poesía, hay amor pero también hay problemas: ese día, al atardecer, después de recoger las toallas y volver a la casa, estallan.

Me estoy cambiando en el baño cuando escucho, en el dormitorio, la voz de Inés que aumenta de volumen y grita:

—¡No! Yo no puedo esperar toda la vida...

—Pero, ¿quién habla de toda la vida? Inés, por favor...

Roberto intenta un tono conciliador, pero Inés no está para treguas.

—¿Cuánto tiempo llevamos con el dichoso divorcio?... ¿Cuánto?... Pero tú no te enfrentas, Roberto... Estás esperando que ella te lo dé todo en bandeja...

—Estoy haciendo lo que puedo, y lo sabes.

—No, perdona, pero no lo sé... ¿Por qué no te vas a Italia? ¿Por qué no hablas con ella, cara a cara? ¿Por qué no le dices que has encontrado a alguien que amas?

—¿De verdad crees que no le he dicho todo eso?

—Sí, por teléfono.

—Inés, tú no conoces a mi mujer...

—¡Tu mujer! ¡Yo soy tu mujer! Pero, ¿lo ves? Si hasta tú mismo reconoces que es ella y no yo quien...

—¡Basta! No quiero discutir contigo.

—Pues discute con ella.

—No quiero discutir con nadie. No quiero pelearme...

—Claro... Y que todo te caiga del cielo... Con esa filosofía tuya de... «la no resistencia»... Pero aquí no sirve tu... jiu-jitsu...

Identifico la palabra: por Inés sé que Roberto ha practicado ese arte marcial japonés basado en sacar y agotar la fuerza del enemigo mediante la no resistencia, al tiempo que conserva la propia fuerza para obtener la victoria final.

Pero a mi tía, las artes marciales no le sirven para resolver el conflicto que tiene Roberto con su ex y que se interpone entre ellos hasta el punto de provocar discusiones que van creando distancia...

—Inés... ¿qué te pasa? —pregunta él.

—No sé qué me pasa... No lo sé... Pero... cada día estoy más...
Un silencio.

—¿Más qué?...

—Nada. No me hagas caso, Roberto... Perdóname.

—Ven...

—¿Por qué no puede ser más sencillo?

—Lo es, pero lo complicamos...
Otro silencio.

—Dichosos papeles...

—No son los papeles, Inés... No son los papeles...

Luego pasan varios silencios.

Más tarde salen del dormitorio, aparentemente reconciliados. Inés ha llorado.

Me llevan a casa, pero antes me compran un helado. Y, al bajar del coche, Roberto sale a despedirme.

—Tienes que venir a comer a mi restaurante... —me dice.

Y al Japón, pienso yo, cuando sea más mayor. Entonces Roberto se acerca y me da un beso. No huele a comida como dice mamá. Pero tampoco a ducha, a colonia, al abuelo como dice Inés. Su pelo, todavía húmedo, y la piel de su mejilla caliente del sol, huelen a mar pero, sobretodo, a felicidad.

\* \* \*

El reloj del comedor me anuncia con una ristra de campanadas seguidas que ya son las doce del mediodía.

¡¿Ya...?!

Además de la voz del tiempo, me parece estar oyendo la de mi madre:

—Pero... ¿aún no has puesto la verdura...? ¡Si son las doce y este hombre vendrá a las cuatro...!»

A las cuatro y cuarto, mamá.

Pero preparé la verdura.

—Pon también una cebolla que así está más melosa.

Pondré una cebolla.

Entro en la cocina, busco una cebolla, unas patatas, las judías... Luego pongo una olla llena de agua al fuego, cojo un cuchillo y empiezo a pelar la cebolla... Al quitar la primera capa noto un irritante escozor en los ojos y me entran ganas de llorar. Por esa acidez que desprende la cebolla. También por todos esos recuerdos que están volviendo del país de nunca jamás. Lágrimas para ir quitando las capas hasta llegar al corazón de la cebolla.

«Pero... ¿se puede saber por qué lloras...?» —diría alguien de esta familia.

Pues... Porque lo siento, porque me libera, porque me ayuda, porque me da la gana, porque estoy pelando una cebolla y... ¿Hacen falta razones para el sentimiento?

La cebolla abre. Descongestiona. Y estas lágrimas, además, me llevan a una sensación particular de sencillez. Se trata de una intimidad sutil, conmigo misma, que ayer mismo sentí.

Estoy en el parque, a primera hora de la tarde... Son las tres y media... O las cuatro menos cuarto. Estoy haciendo tiempo —¿cómo se «hace» tiempo?— hasta las cinco para recoger a mis hijos del colegio. Sentada en un banco empiezo a sentir el viento, más bien fresco, de un mes de mayo que aún no anuncia el verano. Pero el sol ya calienta. De cara a él, dejo que sus rayos me abriguen y cuando se presenta una ráfaga más fría de viento, su calorcito es un mimo. Ante mí, a contra sol, la hierba brilla y tiembla. Se estremece y ondula como un mar verde. Cada brizna se mueve como si tuviera frío o cosquillas... Miro hacia el sol. Es una delicia. Al fondo se recortan las siluetas de algunas casas no muy altas y de grandes edificios que, a contraluz, adoptan toda la gama de grises.

Observar es pintar con sensaciones.

Pinto ese momento y entonces, como en un soplo de ese viento que le hace cosquillas a la piel de hierba, veo ciertos errores. De mi vida. Míos. Sólo a mí me pertenecen, y entonces siento que ahora mi presente soy yo. Yo con mis propios errores. Con mi egoísmo. Con mi vanidad. Con mi tendencia a juzgar... Yo. Sin pasado. Delante del sol y de una hierba que tiene cosquillas.


Preparando la verdura siento la tarde de ayer ahora.

El viento, el frío, la hierba, el solecito y ese profundo, profundísimo sentimiento, de estar frente a mí. Con una conciencia que no había tenido nunca. La ignorancia fue. Y aún es en muchísimos aspectos, pero algo está cambiando. Se me escapa, sin embargo, cuando trato de ir a ese punto, a ese guisante que no encuentro... Es mi ego, me imagino, o una parte de él oculta como la otra cara de esa luna receptora de sueños. Me he equivocado mucho creyendo que estaba en lo cierto. Y ahora es como si estuviera notando en mí un antes y un después de venir a esta casa: hasta ayer era yo y mi pasado. Hoy sólo soy yo. Los «demás», el mundo, la familia, la educación recibida, lo establecido han quedado... atrás. Ya no hay «demás».

Ahora estoy yo.

Sola.

Y mis errores ya no puedo cargárselos a un pasado. Algo se está transformando: yo y una manera de verme distinta, con una perspectiva de mí, desde dentro y hacia dentro. No sé definirlo todavía, pero algo está en plena ebullición. En mí y en la olla que he puesto al fuego para hervir la verdura.

Echo las patatas, las judías, la cebolla y contemplo como brincan dentro del agua caliente mientras van dejando en ella su perfumada sustancia. Bajo entonces el fuego y salgo de la cocina para ir a buscar el mantel que me ha pedido mamá.

El mantel está en el que fue mi dormitorio.

Inspiro para deshacer la nubecilla de angustia que acaba de aparecer y, al coger aire, noto la apetitosa fragancia de la verdura que llega con él.

Pulgarcito echó migas de pan para encontrar el camino de vuelta a casa; yo voy sembrando olores para no perderme y el de verdura, tan familiar, me acompaña para coger otra vez el tren del pasillo hasta llegar al andén de mi cuarto.

# EL OLOR A VERDURA HERVIDA

En el fuego de la memoria hierve esa olla que emana el vapor perfumado de las judías verdes con patatas y cebolla. Agitada por el calor, la tapadera «castañuelea» y va saltando entre hervores hasta que termina la cocción.

Hace un día perezoso. Húmedo y con algo de niebla. Los cristales de la cocina se empañan con el vaho que la olla va desprendiendo, como la locomotora de un tren de vapor, y esa atmósfera invita aún más al recogimiento y a las ganas de no hacer nada. Días así son una maravilla y sirven para disfrutar del simple y extraordinario placer de una verdura cociéndose y del particular deleite de inspirar y mirar, simplemente. Mirar el rastro del humo que serpentea desde la cocina por toda la casa perfumando cada rincón con ese aroma a hogar.

Verdura... En cierto modo es como decir «mamá...»

Y, a la hora de comer, el olor se transforma en imagen.

En un plato de cristal, las judías verdes con patatas y cebolla esperan. En el recuerdo resalta, en particular, ese verde. Intenso. Crujiente. Brillante. Y sus destellos aumentan cuando reciben el hilo de aceite que empieza a caer sobre ellas suavemente. Es como una caricia de oro, sutil, deliciosa, que va entonando el verde con el dorado creando una armonía entre ambos. También las patatas, cortadas a dados, se van impregnando de esa fina cascada que huele de un modo ácido, penetrante y cuya mezcla despierta los sentidos y ensaliva el apetito. Con un poco de sal todo estará bien: el día de niebla, la verdura en la mesa y una particular sensación de gratitud. Aunque existan inquietudes, temores, incertidumbres... Sueños que convertir en realidad.

Así es la magia que nos permite revivir la intensidad de otro tiempo. Distinto, aunque no necesariamente mejor.

Una mañana gris y una verdura, un olor y una luz pueden conjugar pasado y presente con un mismo verbo: a veces sueño, a veces temo. A veces creo. A veces no sé. Nada. Cada vez más. Casi siempre...

\* \* \*

Acabo de llegar. Parada en la estación de los recuerdos más íntimos. Me apeo. Entonces recuerdo a papá. De golpe. ¡Pam! Es como un bofetón de la memoria. Ahora mismo, así, en directo. Dejas una verdura, vienes a por un mantel, estás en la puerta de tu antigua habitación y, de repente...

Tu padre:

—Esto se acabará un día y se acabará mal.

Se acabó fatal.

Se refería a mis miedos y al hecho de ir a buscar seguridad en la cama de mi abuela. Seguridad... La buscaba fuera. Esa es, al parecer, una tendencia humana: todo fuera. Hasta que algo empieza a cambiar. Pero tenía que recorrer un camino hasta empezar a darme cuenta de que yo podía hacer algo por transformar mi realidad. Durante mi niñez, sin embargo, no sólo no se terminaron sino que seguí teniendo pánico aunque papá quisiera zanjar el problema y lo intentara, de forma drástica, aquella noche, en este pasillo, cuando me pilló saliendo de excursión hacia la habitación de mi abuela...

166

—¡A tu cama!

Y...¡Pam! La puerta que se cierra. Luego, lágrimas. Y la puerta que se abre.

—Pobre de ti que llores.

Encima. Encima del miedo, de la puerta cerrada y de la bronca, ¿no puedo llorar? Pues no. Pero como sigo llorando... ¡Pam! En el trasero. Es la primera vez, y la única, que papá me pega. A decir verdad, es la primera, y única vez, que alguien me pega. Por eso lloro más. Aun y así la puerta se vuelve a cerrar.

Pero antes papá me alecciona:

—A ver si así aprendes a dormir sola.

No aprendí. Pero descubrí la claustrofobia.

El mantel... Me olvidaba. Un mantel me conduce al dormitorio de mi niñez. Y voy a entrar. A abrir la puerta. (La misma que papá me cerró de un portazo aquella noche.) A encender la luz. (Aquella que papá me arrancó de la pared obligándome a dormir a oscuras.)

Abrir una puerta y encender una luz es un acto de lo más normal. Aparentemente.

Para mamá no tiene ninguna importancia. Aunque conoce los terrores que han inundado mi vida. También sabe lo eterna que fue para mí aquella noche. Pero no ocurrió nada. Salvo que yo me convertí en una niña avergonzada por sentir algo que, según me dijeron, ni tan siquiera existía.

«¿Miedo...? ¡Qué tontería!»

Luz...

Debo encontrar el interruptor de esa luz que ha permanecido apagada durante años. Pero al ir a abrirlo me llega como una ráfaga de calor, de rabia, de una fuerza contenida casi diría que durante siglos. Comprendo —lo he comprendido con el tiempo— que papá quisiera sacarme del miedo. Como fuera. Pero fue de aquel modo. Y, no sólo no me salvó, sino que me provocó otros temores. Me sacude como un huracán, pero al sentirlo me hace notar —antes de encender esa luz— que estoy hasta las mismísimas narices (esas que canalizan todos los olores que llevo aspirando en el día de hoy) hasta las narices, digo, de una forma de vivir que ya no soporto, que me ha caducado, que tiene que saltar por los aires para transformarse.

Algo tiene que cambiar. Algo va a cambiar. Está cambiando...

Quiero respirar libremente. Olores, sí. Pero del presente.

Y entonces, al inspirar en este momento, en el aquí y el ahora, percibo como una especie de dualidad. Sí, de repente, siento el pasado, y mi interpretación de él, pero existe otra manera de ver.

Sin cataratas.

Y, al mirar desde ese otro punto de vista, siento, comprendo que todos en mi familia deseaban lo mejor para mí. Es una sensación, como una oleada, y trae una nueva perspectiva: mamá quería que yo fuera una niña valiente e independiente; papá quería salvarme del miedo. A su modo, ambos pretendían —quizás sin saberlo de forma consciente— liberarme de algo que a ellos les había marcado. Mamá durante su embarazo; papá cuando perdió la fuerza para seguir caminando. Y también mi abuela, a su modo, quería protegerme. Todos ellos hicieron lo que pudieron y en sus acciones —acertadas o no— siempre hubo amor, por encima de todo.

Ahora lo veo.

Dentro de mí se ha encendido algo. Y está ocurriendo en este momento, cuando estoy ante la puerta de mi antiguo dormitorio a punto de darle a la luz. A oscuras, empiezo a ver. Primero la cara antigua de la moneda, la conocida. La de mi pasado de niña. Pero después veo la de adulta. Entonces la luz de fuera ya no importa porque se ha encendido la que realmente necesitaba para ver y el guisante, el *yugen* no identificado, parece definirse para ser encontrado.

Así puedo entrar en mi habitación de niña como mujer.

—Atrévete...

Me llega la voz de Inés, aunque no esté...

Sus dos maletas de piel blanca con el neceser a juego, abierto sobre la mesita camilla son lo primero que veo. Luego un par de botas, un abrigo, una bata... Pero hay muchas cosas de mi vida en este cuarto, todavía...

Lo primero que reconoce mi memoria son los tres cuadros, con marco de color blanco, de tres fotografías de un viejo calendario. Las hice enmarcar en mi adolescencia. Me parecían bonitas. Lo son. Esas imágenes representan un paisaje nevado al atardecer, unas prímulas silvestres y un castillo en medio de un frondoso bosque. Están frente a la que fue mi cama. Yo me dormía mirándolas. Y soñaba... También tenía que mirar debajo de la cama, y detrás de la puerta, y en el armario para comprobar que nada podía amenazarme. Aun y así no me tranquilizaba y, al acostarme, necesitaba combatir el miedo con conjuros personales. Mi mente empezó entonces a crear pequeños rituales obsesivos tales como alinear perfectamente las zapatillas junto a la cama, mirar debajo de ella un número de veces concreto —seis, creo que eran— o repasar las tablas de multiplicar mentalmente como si fueran mantras de matemáticas capaces de alejar mis terrores.

A los cinco, seis, siete años yo tenía miedo.

A los doce, trece o catorce ya era pánico.

A los treinta eran ataques en plena calle...

Mi vida ha tenido —y a veces aún tiene— un surtido variado de paliativos contra la inseguridad.

Cogerse a algo...

Tengo miedo, pero como no puedo decirlo, me lo trago y para que no me devore, como no sé qué hacer, mi fantasía se inventa sortilegios que me permitan creer que todo está en orden, ya sean las zapatillas, la tapa de una cajita, el tapete centrado al milímetro o el frutero en su sitio. Tal vez los seres humanos hayan inventado muchas de sus ceremonias por lo mismo... Pero sólo puedo conocer lo mío, y ahora sé que todo el ritual de manías repetitivas y obsesiones diversas eran salvavidas para mantenerme a flote en un mar de miedos en el que estuve a punto de ahogarme.

Tomar conciencia fue un paso importante. Y la forma de concienciarme ha sido ir una y otra vez, y miles de veces a lo mismo: al miedo, a las manías, a las repeticiones obsesivas, a la ansiedad, al techo de oscuridad que aplastaba mi verdadera manera de ser.

Una y otra vez, como el agua que va puliendo la piedra. Una y otra vez... Desesperándome... Preguntándome... Tratando de ponerle humor a la aparente locura y volver a desesperarme buscándole un sentido a todo aquel proceso, devastador.

Renovador.

Voy a buscar el mantel. Mamá dijo en el primer cajón. Pero en el primer cajón hay ropa de cama. Busco entonces en el segundo... No se abre. Hay demasiado ropa apretada. Así que voy al tercero para desbloquear el segundo. También cuesta. Está tan lleno que tengo que tirar con fuerza hasta conseguir una rendija, introducir una mano para bajar la montaña de ropa y tirar del cajón con la otra. Estiro y, al hacerlo, no sólo estoy a punto de romper el cajón sino que casi arranco la tapa de una caja de cartón, cuadrada, bastante grande y de color azul que había en el interior.

Una caja de cartón cuadrada bastante grande. Y de color azul noche, con estrellas...

Me dejo caer sobre la pequeña alfombra de lana blanca...

No puedo creer que ese tesoro esté ahí.

Saco la caja. Pesa y abulta como una de zapatos. Zapatos de invierno, incluso de montaña, más grandes y aparatosos. La caja es voluminosa y, al ponerla sobre mi regazo, cubre todo el hueco que hay entre mis piernas cruzadas. La tapa ha quedado medio desmantelada y deja entrever el interior. No me atrevo, sin embargo, a abrirla del todo. Esa puerta de cartón oculta todo un pasado. Pero entreveo algo...

Es una pluma, blanca. ¡La pluma de nácar que tía Inés me regaló para mi comunión! ¿Estaba aquí? Y veo... veo también un cromo antiguo de algo que no identifico todavía y... La esquina de un libro. Y papeles... Muchos. Poemas. Seguro. De tía Inés, y míos. No sé qué pensar... (¡No hay que pensar!) Son recuerdos. (Y nada más.)

Abro por tanto mi tesoro... Pero antes que mis ojos, es mi nariz la que identifica un universo que me emociona hasta las lágrimas. Por eso no puedo ver nada. Sólo huelo...

A palabras.

# EL OLOR DE LAS PALABRAS

Es un olor a antiguo, a tiempo, a neblina...

Olor a poesía.

Cuando Inés me habla de ella, recita y me enseña, nuestro rincón literario huele a libros. Viejos, en su mayoría. Son libros de mis abuelos, algunos, y sus autores se desperezan en esas páginas amarillentas con bocanadas de versos, de palabras que saben a tiempo. Olor particular de vieja biblioteca, el olor de esas palabras es alegría. En su estado más puro, más sencillo, más íntimo... Y cuando tía Inés me las lee, en cada nombre, en cada adjetivo, en cada verbo siento algo especial que no puedo descifrar pero que me pertenece. O, más bien, a quien yo pertenezco. Y ese algo lleva prendido el olor de un sueño...

El olor de las palabras.

Fritas. Y en salsa, y también con mayonesa, en tortilla, con pollo, con pimiento y tomate. En puré. O a dados, a cuartos, a tiras... De churrería, onduladas o paja. Y saladas y dulces y picantes y bellas, lascivas y hermosas, divertidas... Tonificantes, extraordinarias, sencillas, deliciosas, preciosas, maravillosas, estupendas, geniales, memorables, olvidadas...

Recuperadas.

Mi sueño es cocinarlas. A mi gusto. Y para todos.

Haikus a la española, en tortilla o en paella.

Poesía del día.

Recién hecha.

Con el corazón.

Y ya que Roberto tiene un restaurante, le llevaremos guisos caseros de versos.

Menús de palabras...

Sencillas, pero bien cocinadas.

Hechas con amor.

Para ser amadas.

* * *

Llueve.

Desde la ventana de mi dormitorio oigo como vuelve a llover...

Si en lugar de croissants, fueran magdalenas, ya casi tendría el ajuar de la nostalgia proustiana al completo para una fotografía que podría quedarse en el mueble del pasillo.

Pero está bien. Con magdalena o sin ella. Está bien esta nostalgia, está bien este olor a palabras, y bien está esta lluvia. Divina. Celestial. Bendita. Sí, después de mucho, muchísimo tiempo, está bien. Incluso estos rosetones de la pared; incluso el miedo... Porque, en el fondo, y en la forma, todo me ha llevado... a mí. De eso se trata, me imagino...

Conócete a ti mismo.

Es una frase gastada, pero, realmente, ¿cómo puede vivir uno ignorándose? Eres el ser con quien convives todo el día, toda la vida y ¿te desconoces?

Llueve y es una maravilla poder estar aquí, sentada, con esta caja en mi falda, con tantos recuerdos encima, alrededor y en el aire, mientras el pasado que guarda esta casa se evapora lentamente dejando, al fin, una fragancia agradable. Resulta extraordinaria esta vivencia; impensable, inimaginable hace meses (y eso que mi imaginación tiene crédito para inventar desde series de televisión hasta películas privadas de terror.) Pero ya está. Punto.

Y a parte.

—¡Qué día...! Ya vuelve a llover... Y nosotras recién salidas de la peluquería...

Mamá y tía Inés acaban de llegar.

Inmersa en mí, no he oído la puerta, pero sí la voz de mi madre y los pasos que avanzan hacia la isla de mi dormitorio. Cierro mis recuerdos y los dejo detrás de la butaca justo cuando mamá pasa y me ve sentada en el suelo.

—¿Qué haces?

Sonrío.

—¿Has encontrado el mantel?

Curioso: acabo de sentirme como cuando era pequeña y mamá me descubría jugando a algo que yo no quería que viera: por ejemplo, a las películas. Yo era la heroína y me disfrazaba, me pintaba y ponía música para darle banda sonora a mi imaginación... Y entonces... ¡zas!... mamá abría la puerta sin llamar, rompiendo, no sólo mi fantasía, sino también mi intimidad. Pero no se daba cuenta porque lo importante era que yo fuera a comer o a cenar, o... Iba a decir o que me lavara los dientes pero... no... No recuerdo que mamá estuviera en eso... No... Nada de...

—Lávate los dientes...

O...

—Dúchate cada mañana...

No, mamá no se preocupaba mucho de esas cosas... O, al menos, yo no lo recuerdo.

—¿No me dices nada del moño que me han hecho?...

¿El moño? Ah, sí, muy guapa. Es un recogido «favorecedor». (Siempre me ha gustado esa expresión de mamá, también de mi abuela: «Este peinado (o este color o ese vestido...) te favorece...») Este moño es un poco como de boda, pero supongo que la visita de Roberto merece un peinado de «altura». Mi tía, en cambio, luce su media melena de siempre sólo que el tinte, habitualmente castaño, con algunas mechas, es algo más claro. Pero no digo nada, salvo que Roberto ha llamado.

—¡¿Roberto...?!

Tanto mi tía como mamá saltan sobre el comentario con un susto tremendo. Ese nombre entre interrogantes y exclamaciones suena —sobretodo en boca de Inés— con temor, como si algo estuviera a punto de frustrarse.

Ese «¡¿Roberto...?!» lleva implícito en el tono algo así como...

«¿Que ha llamado?... ¿Cómo que ha llamado? ¿Qué pasa?... ¿No viene?»

En esta familia siempre ha habido una predisposición patológica al desastre. No puede ser que Roberto haya telefoneado para decir que se ha olvidado del número de la calle después de tantos años o que no recuerda el piso o simplemente...¡Que se retrasará quince minutos!

—Ah, bueno...

Ah... bueno...

Por un momento, el mundo se hunde. Pero al siguiente, el Apocalipsis ya está superado. Así eran ciertas actitudes en esta casa. Papá, incluso, pensaba que «todo el mundo es un mal nacido. Y si encuentras a una buena persona, habrás tenido suerte.»

Ah, bueno...


Mamá me da una bolsa con algo dentro...

—Los he comprado por ti.

¿Expresamente?

—Encima que pienso en mi hija...

176

Vale. No caigamos en lo viejo. Abriré la bolsa, y me pondré muy contenta. Me pongo contenta: mamá me ha traído melocotones. Deben ser de los primeros, primerísimos, porque no es fruta de primavera.

—Son los primeros... —certifica mamá.

De niña me ilusionaba con la llegada de las primeras frutas de cada temporada. Pero, sobretodo, con las de verano. Los primeros fresones que anunciaban el final del invierno... Y los nísperos que ya auguraban la llegada del calor dando paso a los albaricoques, a las deliciosas cerezas, mis pendientes favoritos, y al rey del verano: el «melotón». Así lo llamaba de pequeña...

Aunque algunas cosas cambian con los años.

Melocotones en mayo... Y sandias en enero o cerezas en diciembre. Algo se ha alterado. Los ciclos, las estaciones, los sabores, los olores... Incluso el de las rosas. Si no son de jardín, como la que le he traído a mamá, no huelen apenas. ¿Qué está ocurriendo? Estamos contaminando los ríos, los mares, el aire... ¿también nuestros recuerdos...? ¿Tendrán nuestros hijos, nuestros nietos, la posibilidad de recuperar el olor a rosas, a madera, a tierra, a hierba... A «melotón»?

# EL OLOR A MELOCOTÓN

El melocotón huele a verano.

Es la fragancia del calor, de la siesta, de la pereza.

Sensación de modorra bajo la buena sombra de un pino que sacude, también él, su vagancia provocando una lluvia de agujas con las que hilvanar las horas sin hacer nada. Ausencia de obligaciones y de despertadores; tiempo de descanso y de calor que invita a comerse un jugoso melocotón disfrutando de cada mordisco. Un hilo de azúcar, un riachuelo de almíbar se desprende de cada bocado.

Aroma dulzón, dulcísimo de pleno verano.

Momentos no contaminados.

*  *  *

Mi sensibilidad olfativa se ha vuelto imparable. ¿Me estaré convirtiendo en una «mujer nariz» como esos creadores de perfumes que viven pendientes de la afinada percepción de su pituitaria? Músicos del olor, consideran cada esencia primaria una nota olfativa y su combinación da lugar a acordes que, sabiamente armonizados, generarán la sinfonía de un perfume.

Olor...

A momentos, a pequeños placeres, a bellos recuerdos... Algunos con levadura, como dice mi tía. Y la memoria olfativa se vuelve aventurera para entrar, a través de un aroma, en el laberinto de los recuerdos avivándolos de nuevo. El olor a café, a pan caliente, a melocotones o a pimientos abre el camino hacia esos pasadizos secretos en los que presente y pasado se confunden cuando se despierta ese olor a recuerdo, intangible, etéreo...

¿Existirán los olores para conectarnos con lo más profundo de nosotros mismos?

Viajamos al espacio exterior, pero una fragancia puede ser el vehículo más rápido y directo para descubrir un universo. Aunque buscar el sentido de todo ello con la mente es como tratar de inspirar un perfume por las orejas y luego asegurar que el aroma era inexistente.

—¿Comemos?...

Mamá tiene hambre. El olor a verdura le ha abierto el apetito. Mi tía, en cambio, dice no poder comer nada. Está más nerviosa que el día de su boda, pero no porque se casara con Ignacio... Dejar a Roberto fue entrar en el desierto.

—Dejé de hacer... De sentir... —me confesó aquella tarde en la clínica.

La primera noche con su marido se sintió extraña en su piel y en sus emociones. Pero fue después de estar con Roberto la última vez que dejó de reconocerse para siempre en los brazos de aquel ingeniero que había prometido amarla en la bueno y en lo malo, en la riqueza y en la pobreza, en la salud y en...

No, no se reconoció a sí misma nunca más.

Ella, tan apasionada en el amor, dejó de sentirlo aun cuando su cuerpo se entregara puntualmente a su marido.

*Wu wei.* Aquel era el término oriental que se usaba para describir el hacer sin hacer... *Wu wei.* Dejar pasar... Dejar fluir...

Dejar que la vida haga como el agua del río su curso hacia el mar, entre las rocas, entre la tierra... Como el aire entre las hojas de los árboles.

Dejar que el movimiento se haga sin hacer nada.

Así pudo vivir Inés todos los días de su matrimonio desde que dejó a Roberto, parada por dentro, como un velero en medio del océano. Parada sin el viento de aquel amor que le daba alas. Ser madre le dio un nuevo aliento. Pero duró sólo hasta la boda de su hijo pequeño. Entonces empezó a sentir que el nido vacío la empujaba también a ella a volar...

—Pues yo voy a comer... —decide mamá—. Que luego vendrá este hombre y nos va a pillar con los platos por...

Teléfono.

¿Quién será? Mi tía se asusta. También mamá. Y mientras las dos temen que sea Roberto, yo descuelgo.

Es tío Ignacio.

—¿Tu tío?... —me pregunta Inés sorprendida. Y, sin salir de su asombro, se pone al teléfono.

—Sí... Dime. No... Sí... Bien... ¿Qué pasa...? ¿Cómo...? ¿Ella...? Pero sí... ¡No es verdad! No, Ignacio, ayer yo sólo te dije que... ¿Quieres hacer el favor de escucharme? No grito... pero si tú no me escuchas... No, tú sólo oyes lo que te conviene... Te dije que ella... No... yo no dije eso... no... Tú... ¡Ay, mira, déjalo! No, da igual... Tú quieres tener razón y no hay manera... ¿Cuándo? Pues... Igual cambio el billete. Sí, y me quedo una semana... O dos. ¡O seis meses, coño!

Con el término popularmente destinado a nombrar el sexo femenino, mi tía le cuelga el teléfono a su marido y nos deja a mamá y a mí con la boca abierta: ese no es un vocabulario propio de Inés.

181

—¿Qué pasa? —pregunta mamá saliendo de su sorpresa.

—¿Pasar?... Nada... No pasa nada.

—Mujer...

—Nada.

Pero algo debe pasar porque tía Inés se deja caer en la butaca que hay junto al teléfono y, de golpe, rompe a llorar. Con rabia.

—Es que soy idiota... Idiota. Lo he sido toda mi vida... Pero me está bien empleado, por imbécil.

—Pero vas a decirnos qué pasa, ¿o no? —le apremia mamá.

—Pues qué va a pasar... Que tengo un marido que va al derecho de sus narices, que sólo mira por él y por lo que le interesa... Pero esta vez la diferencia es que la burra de su mujer, que soy yo, le ha dicho que naranjas de la China.

—¿China?

—No le pongas ironía, ni fantasía, que ya te conozco. De China, nada.

—¿Pues qué, puñeta?

—Pues que estoy harta: de su egoísmo, de su malhumor, de su exigencia y de su hermana.

—¿De Teresa? ¿Pero qué tiene que ver tu cuñada...?

—Hace quince días que la tengo en casa. Y, ¿sabes qué? Que siento rabia, sí, rabia. Por ser tan idiota, por caer en la misma trampa una y otra y otra vez y mil... millones de veces. Toda mi vida equivocándome en lo mismo: todo es antes que yo. Y ahora mi marido, mi santo marido, me lo pone más delante todavía por si no lo había visto. Y ¿sabes cómo? Enchufándome a su hermana soltera a vivir con nosotros. Primero eran quince días... porque tenían que arreglarle unas cosas del piso... Pero luego empieza a decirme que como la pobre no anda muy bien de dinero... pues que podría quedarse a vivir con nosotros... porque, total, nosotros estamos solos y en una casa tan grande... Y yo le digo que bueno... que una temporada en todo caso... Además, si hace falta, a ella se la ayuda y se le pone una asistenta porque yo, a su hermana, no la quiero viviendo conmigo... Que ya sabes cómo es Teresa, con aquel carácter de Bernarda Alba... Pero decirle a mi marido que no quiero vivir con su hermana ha sido... la revolución. Pero, ¿cómo puedo ser tan... egoísta?, me dice... Egoísta, yo. Fíjate. Tengo que oírme eso de un hombre que jamás, ¡jamás!, ha pensado en mí antes que en él. Y ahora, si no me gusta, me aguanto. Pues no... Ya no me aguanto. Ni me callo. Y se lo dije ayer, antes de marcharme...

Inés se para un instante. Ha sido tal el esfuerzo y desgaste de energía que necesita coger aire.

—¿Y qué?... ¿Qué le dijiste? —pregunta mamá.

—Pues... que su hermana... o yo.

—¿Y él... qué te dijo?

—Que nadie le ponía entre la espada y la pared, que esa casa era suya y que podía hacer lo que le diera la gana.

—Desde luego, nos casamos con dos caracteres... Porque el mío también, pobre...

—El tuyo, pobre, ya no está. Y, además, no compares...

—No... Pero...

Ahí mamá se queda suspendida un segundo. Y entonces reflexiona en voz alta cuando dice:

—¿Por qué teníamos que casarnos?

Inés mira a mamá con expresión de...

—Pero, ¿qué estás diciendo ahora...?

—¿Por qué aquella... obsesión de... encontrar marido?

—Porque así estaba establecido, si no querías quedarte a vestir santos que... desde luego... eso de «vestir santos»... ¿de dónde vendrá?...

—Igual era como ser monja... o eran tareas que hacían las solteronas... Pero hay que ver el miedo que tenía mamá de que nos hiciéramos modistas de la iglesia.

—¿Y qué mal habría en quedarse soltera? —se pregunta Inés.

—El mismo que casarse con un separado... —le contesta mi madre, y con segundas, añade—. O no llegar virgen al matrimonio...

—O aguantar el misionero toda la vida en una cama con un crucifijo encima... Que cuando lo pienso... ¡Yo que había hecho el amor en la playa y a la luz de la luna!

—Inés, eso no me lo habías contado nunca.

—Y otras cosas que no sabes... Desde luego... a veces... por las noches, en la cama... he llegado a pensar que mi relación con Roberto no fue... real. ¿Yo... con aquel hombre?... Era como si... fuera otra mujer.

—Bueno, pero lo tuyo con Ignacio, ¿cómo ha acabado...?

Inés ya se iba por las estrellas, pero mamá la baja de nuevo a la Tierra.

—Ayer, antes de irme, le dije que si su hermana se quedaba, yo... igual me planteaba... unas vacaciones.

—¿De... verdad...? —Mamá se acaba de sentar—. Ahora entiendo por qué tenías tanto interés en llamar al chino...

—Pero, ¿qué dices...?

—Te peleas con tu marido y...

—Y nada... Pero, ¿qué te imaginas tú?... —Inés se impone entonces a mamá—. Oye, vamos a dejar clara una cosa, o dos, ya que estamos: una es que ni por asomo pensaba yo en volver a ver Roberto. Y dos, ¡que no es chino, coño! ¡A ver si te enteras de una vez!

Un poquito de silencio...

—Y además deja de hacer bromas con mis sentimientos.

Otro silencio chiquitito... Y luego...

—¿Alguien va a querer ensalada?

La pregunta, de diplomacia británica, es de mamá.

—Pues a mí me apetece un poco de tomate y lechuga... —mamá sigue al servicio de su graciosa majestad, para quitar trascendencia a una situación que, en el fondo, sabe que le duele a Inés —Nena, saca unas aceitunas... Están en la nevera... En un bote de cristal...

Sigue resultando curiosa, chocante, la energía que, a veces, se desprende y sorprende en nuestra familia: mi tía está emocionalmente desbordada, Roberto llegará en un par de horas y a mamá se le ocurre que yo le ponga aceitunas a la ensalada. Y por si no tuviéramos suficiente, Inés le pone un suplemento a la situación preguntándole a mi madre:

—¿Te has planteado, alguna vez, cómo habría sido tu vida si hubieras hecho caso a lo que sentías?

Sencilla cuestión, a modo de aperitivo. No hay nada como un buen interrogante existencialista para abrir el apetito. Pero mamá no contesta. Ese tema es más para Inés. Ella era la romántica, la idealista, la soñadora. Incluso habiéndose casado con Ignacio. Pero mamá... Mamá era la mayor, la responsable, la formal, la obediente. Y siempre dejó que en su vida mandara la sensatez. Más aún, lo práctico. Por eso, a la pregunta de su hermana, no sabe qué contestar, aunque puede que arrecie un ataque de tos, para empezar, porque la sensibilidad de mamá sigue estando viva...

¿Qué habría sido de su vida, si hubiera hecho lo que realmente quería?

—No te habrías casado. —le responde Inés—. Con nadie. Si te hubieran dejado, te habrías puesto a trabajar, a ganar dinero, a viajar... ¿no?

Mamá mira a su hermana y sonríe discretamente. Pero sigue sin decir nada.

Yo la observo desde la cocina: he entrado a buscar las aceitunas para la ensalada.

—Tú siempre has tenido vocación de soltera... —le dice Inés a mamá—. Como yo de romántica enamorada... Somos hermanas, pero no nos parecemos en nada. Si hasta tu hija se parece más a mí... Y con esto no te estoy diciendo que no quisieras a tu marido, sólo que...

—¿Sabes qué hora es? —Mamá corta a Inés—. ¡Nena, venga, date prisa!

La nena sigo siendo yo. Y tía Inés se queda suspendida en ese diálogo inacabado mientras mamá se interesa más por una ensalada y la hora que por sus sentimientos pasados. Es un modo de no entrar en su verdadera manera de ser donde se oculta una mujer dulce, tierna, y sentimental. Además, Roberto llegará en nada... Nada que son dos horas largas, pero como mamá hace las maletas una semana antes de salir de viaje, no es de extrañar que quiera tenerlo todo a punto en los próximos minutos.

De golpe todo parece adquirir tintes de surrealismo: el pasado, la ensalada, las olivas e incluso el matrimonio de mis padres. Pero al sacar el bote de la nevera me doy cuenta de que algo sí tienen que ver mis padres con las aceitunas que siguen guardándose en el mismo bote de siempre, el de la tapa verde. Este recipiente de cristal, grandote y orondo como un Sancho Panza, ha atesorado, desde mi infancia, aceitunas de Aragón y sevillanas. Siempre mezcladas. A papá le gustaban las verdes; a mamá, las negras. (Incluso en eso tenían gustos diferentes.)

Pero hoy, curiosamente, dolorosamente, siguen estando las dos clases de olivas en el mismo recipiente.

Juntas.

Miro a mamá al descubrir esta conmovedora evidencia: sigue comprando las aceitunas que le gustaban a su marido y entonces siento que tal vez quiso a papá más de lo que nunca ha creído.

¿Por qué aquello que no somos termina aparentando ser verdadero?

En el fondo de papá había un ser maravilloso; en el de mamá, también. Pero no llegaron a conocerse y, de no ser por estas aceitunas, ni tan siquiera yo lo habría descubierto. Ahora, sin embargo, lo sé: mamá quiso a papá. Desde lo más profundo de sí misma y de un bote de olivas. Estas aceitunas verdes conocen sus sentimientos. Después de cinco años, mamá sigue comprando sevillanas como si papá aún estuviera con ella en esta casa. Lo está. Permanece en este bote de cristal, al lado de las aceitunas negras. Parte de su espíritu, como el de un genio encantado, está ahí, junto a mamá, y ahora comprendo porque este bote persiste, invencible, a tantos incidentes caseros que acabaron con vasos, tazas, platos, cuencos y demás enseres domésticos, pero no con él: es un bote especial.

Lo cotidiano es extraordinario.


—Nena, ¿traes las aceitunas?...

La intervención de mamá me lleva a abrir el recipiente de cristal... ya sé que mi imaginación ha convertido calabazas en carrozas, manteles en prados, pasillos en ríos y entradas en castillos pero, en este momento, la fantasía empequeñece ante el sentimiento. Al desenroscar la tapa verde, el tiempo gira con ella y, por un instante, veo a mis padres... Amándose.

Curioso: aceitunas verdes y negras. Aparente diferencia. Gustos distintos, supuestamente, y, sin embargo, juntos. Más aún, mezclados, en un singular recipiente.

Nunca imaginé que mis padres pudieran unirse en el lecho de una ensalada. Tampoco que mis abuelos fueran un bocadillo de «pipirrana». Desde luego, qué familia...

La mía.

Y empiezo a verla sin cataratas y con una comprensión que me ensancha el alma.


—¡Nena... Las aceitunas!

Ya voy, mamá. Pero es que no puedo salir de la cocina, ni de la emoción que acaba de provocarme conocer esos sentimientos aceitunados. Aunque si le dijera a mamá cuanto me ha conmovido descubrir este hecho sencillamente extraordinario, incluso cuánto me ha ayudado a ver, un poco más, lo bueno y lo bello que hay en mi pasado, ella, tal vez, me contestaría que...

—Ah, no... las sigo comprando así porque el del colmado lleva toda la vida poniéndome esa mezcla...

Lo extraordinario también puede encubrirse con lo cotidiano.

Todo el pasado, incluso el presente, lleva, hoy, un aire especial.

Y de golpe, me llega un domingo... de invierno... soleado... paseando con mi abuelo después de comprar el periódico. Y ese sentimiento, recordado, encadena con mamá y me conecta a ella, a quien es en realidad: una chica de buena familia, casi única durante ocho años hasta que nació Inés, ocupada en tener una buena educación, en vestir bien, en llevar la manicura cuidada y en divertirse, siempre, eso sí, bajo la atenta severidad de mi abuela. Y conoce algunos chicos en las fiestas, y sale a merendar en grupo, y como caso excepcional van todos al teatro alguna tarde... Hasta que conoce a papá. Unas vacaciones. En la costa.

Papá vive en la ciudad, pero sus padres son de un pueblo costero donde residen todo el año. En verano, hay fiestas, y salidas en barca, y bailes en el pequeño casino... Y una noche papá conoce a mamá. Ella va en grupo, él también... Y quedan para salir en barca, a merendar.

Al día siguiente, mamá llega radiante a la cita. Lleva un vestido precioso a juego con los zapatos —unos topolinos de la época— y la pamela y el bolso...

Va a subir a la barca —del padre de papá— pero no quiere que nadie la ayude. Ella puede sola. Y sola, resbala y se cae al agua.

Por la noche, en el baile, papá se presenta ante ella para pedirle disculpas por haber estado a punto de caerse al agua, también él, a causa del ataque de risa provocado por la inoportuna caída de mi madre. Lo siente, lo siente profundamente... pero es que verla, tan puesta, tan elegante, tan conjuntada, chorreando de pies a cabeza fue...

Mamá acaba aceptando sus disculpas. Papá es tan guapo... Y ella, también. Bailan toda la noche... Un año después se casan. Dos años más tarde yo llego a este mundo.

¿Se casó mamá enamorada? Una parte de ella quiso a papá. En cuanto a él, siempre he creído que se casó enamorado aunque se fue cansando. Incluso de vivir. Pero en su fondo había amor, como en el fondo de mamá.

Y también en el de este recipiente que atesora su relación. Hay poesía en este bote de aceitunas y al abrirlo, el aroma que emana aún resulta más poético: huele a papá y a mamá. Juntos. Y a algo más que no logro descifrar... Es una sensación... Para mí. Pero si unas aceitunas pueden amarse, ¿hace falta delimitar bajo la lógica un sentimiento que tiende a evaporarse?

## «El olor de las aceitunas»

Llega un olor a fiesta, y a aperitivo también pero, sobretodo, a tertulias de adolescencia.

En el casco antiguo de la ciudad, entrando en los dieciocho años, como aceitunas y bebo cerveza. Una, incluso dos y una tapa de rellenas para disfrutar de esa bebida que convierte los pensamientos en nubes que vuelan. Lejos... El olor de las aceitunas es el hilo de Ariadna utilizado para no perderme en el laberinto de cuanto estoy buscando.

Tengo dieciocho años y creo que nadie me comprende.

Tampoco mis padres parecen entenderse. Pueden que se separen. Nadie diría que existe un amor de fondo entre ellos, uno de sevillanas y otro de aceitunas negras, por ejemplo.

Pero ellos son ellos.

Yo, en cambio, debo empezar a vivir y aún no sé qué tipo de aceitunas me gustan. Ni tan siquiera sé si me gustan algunas. Lo que me gusta es escribir. Poesía.

Y, con dieciocho años, unas aceitunas y un par de cañas, el mundo es tan comestible como una ración de sevillanas y un libro abierto donde escribir los mejores versos, por muchas dudas y temores que puedan aparecer.

Años inconformistas, rebeldes, inquietos. Años saludables drenando impurezas con litros de cerveza. Años olvidados, sin embargo, cuando llega una cierta edad donde la aceptación se confunde con el conformismo y la comodidad. Rebelarse. Antes. Ahora. Siempre. Considerar, pero no ceder.

¿Aceituneros altivos decidme, de quién son esos sueños perdidos?

\* \* \*

—¿De verdad Inés que no vas a comer?

—Que no...

—¿Ni un poco de ensalada?

—Que no, pesada...

—¡Ay, bueno, haz lo que quieras!

Desde la cocina, escucho a mamá y a mí tía.

¿Por qué somos como somos?...

O mejor, ¿por qué no somos como realmente somos?

Acabo de sacar las aceitunas del recipiente de cristal. Verdes y negras. Ahora mamá come de las dos... Desde la puerta entreabierta de la cocina la observo: acaba de sentarse a la mesa con su buen plato de verdura recién hecha. La miro y no sé por qué me la imagino, por un instante, comiendo con papá... Queriéndole...

—¡Nena... ¿vienes o qué?!

Salgo de la cocina diciéndole a mamá que sí, que ya voy a comer, pero me resulta tan extraño. Hace tanto que no como en esta casa y con mi madre...

«Aceite... Sal... Y vinagre... Y el que se ría, que lo pague...»

¿De dónde sale esa culebrilla?...

Un juego... Un juego de infancia... De muy pequeña. Miro a mamá: nunca jugué con ella. (O ella conmigo.) Jugaba con mis abuelos, con mi tía, incluso con papá pero... No tengo recuerdos de infancia contigo, mamá.

Lo descubro aquel día, después de sufrir un ataque de pánico en la calle.

No era una situación desconocida para mí. Ni para ti. Ese día, sin embargo, algo muy profundo cambió. Me atreví. Aquel día te puse delante a una hija desconocida. Pero real. Una hija que sacaba todo el miedo acumulado y te cuestionaba el pasado y el presente para despejar un futuro que merecía aclararse. Y es que con toda mi alma, mamá, con todo mi ser, necesitaba saber qué había ocurrido realmente en mi vida para que hubiera tanto miedo en ella, tanta inseguridad, tanta angustia retenida. Y también tanta distancia entre nosotras por mucho que tú trataras de creer que nuestra relación era perfecta.

No lo era.

Cada vez que entrabas en mi vida, yo huía. Cada vez que tratabas de estrecharme entre tus brazos, yo me ahogaba. Cada vez que te acercabas, yo sentía que algo nos separaba. Aquel día, sin embargo, el nudo empezó a deshacerse. Tú me diste valor sin pretenderlo. Fue aquella mirada tuya que, durante años, me había asustado tanto. Aquella mirada de aparente dureza que, en el fondo, encubría miedo... Pero, aquel día, la desesperación me llevó a enfrentarme a ti para decirte que no entendía cómo podías estar tan lejos de mí. No, lejos, no: ausente. No estabas. Y fue entonces cuando caí en la cuenta de que tu ausencia se prolongaba hasta mis recuerdos de infancia. Fue como si un cometa cruzara por mi sentimiento y su estela me dejara la conciencia, nítida, de mi vida de niña sin tu presencia.

¿Dónde estabas mamá, cuando yo era pequeña?

No obtuve respuesta. Sólo tus ojos, asustados.

Pero yo seguí hurgando... Me acordaba de los abuelos, de tía Inés, incluso de papá jugando conmigo, pero de ti... Seguía teniendo en mi memoria un agujero negro. Sellado. Entonces tú misma empezaste a tirar, sin darte cuenta, de aquel pasado. Argumentaste en tu defensa que nunca habías sido muy «criaturera» —esa fue tu expresión— porque, en el fondo, no te gustaban los niños...

¿No te gustaban? Y, entonces... ¿por qué tuviste un hijo?...

Papá quería tenerlo. Esa fue tu primera respuesta, espontánea, aunque, rápidamente matizada con un «y yo también, claro».

Así fue como un espermatozoide paterno desafió todas las leyes de la competitividad para encontrarse y fecundar un óvulo tuyo, mamá.

Y entonces empezaron los miedos.

Los tuyos.

Al embarazo, al parto, a tener un hijo... Y yo los fui absorbiendo hasta que la tensión acumulada me llevo a querer salir al mundo antes de tiempo. Tuve que aguantar, sin embargo, hasta el plazo establecido. Luego llegó la cesárea, la depresión y tu larga recuperación fuera de casa. Sin mí. Tu ausencia, mamá. Hasta tu regreso. Y nuestro reencuentro.

¿Qué sentiste, mamá, al volver a verme?

«Pues... no sé... no me acuerdo.»

Nunca hablamos de ello. Pero yo he pasado mucho miedo.

Miedo. Miedo. Miedo.

Pánico.

¿Alguien puede entenderlo?

Yo empiezo a hacerlo...

El nudo se está deshaciendo. O el guisante, que está dejando de incordiarme, porque, de repente, veo, siento, que también mamá tiene todo su pasado detrás, y sus traumas y sus ausencias y sus sueños que quiso, y aún quiere, realizar... Y siento también, de golpe, cuánto la quiero y cuánto la comprendo, porque también ella pasó mucho miedo y debió sellarlo, para no volver a sentir algo que...

Mamá...

Me quiere. No supo hacerlo mejor. O no pudo. O...

¡Que más da!


—Inés, ¿de verdad que no vas a comer nada...? Y tú, cariño, coge un poco más de ensalada...

Querida mamá... En su fondo hay tanta ternura, tanta bondad, tanto amor... Y prisa porque son casi las tres y hay que empezar a correr hacia la meta de las cuatro y cuarto. Hay tanto que hacer según ella...

—El café, la leche, las pastas, las tazas...

—¿Café...? —De repente parece como si Inés acabara de despertar—. No... Nada de café, ni hablar... ¿Cómo voy a darle café a Roberto...?

—Pues qué le vas a dar si no... —interviene mamá—. ¿Horchata?

—Ay hija, cómo eres... Horchata... Le voy a dar té...

—¿Té? —Mamá se sorprende y luego me mira—. Pues no tenemos...

—Como que no... —Inés va hacia la cocina—. Si compré una cajita en el aeropuerto...

—Ay, es verdad... Ya no me acordaba. Como yo no tomo hierbas... Bueno, alguna vez, una infusión de menta pero...

—Pero la tetera que tienes es más birria... —se queja Inés.

—Oye, guapa...

—¿No tenías una de porcelana china?

—Pero, ¿no hemos quedado que Roberto es japonés?

Inés se queda mirando a mamá con expresión de...

—Mira que llegas a ser graciosa...

—Voy a buscar la tetera... —remolonea mi madre—. Pero lo podías haber dicho antes, mona... que, con todo lo que hay que hacer... Y, por cierto, nena... ¿Has sacado el mantel?

¿El mantel...? ¿Ha dicho el mantel...? He olvidado sacarlo del cajón de mi antiguo dormitorio. Iba a hacerlo cuando llamó Roberto. Ahora voy... Voy a buscarlo mientras mamá y tía Inés recogen la mesa, friegan los platos y empiezan a conjugar a dúo el «qué me pongo...» como dos quinceañeras (lo son) a punto de asistir a su primera fiesta y yo descubro que he estado ausente en los últimos minutos. Pero ya está. El pasado, reciclado, y el presente es volver al asunto que nos ocupa. Sobretodo Inés: tiene que prepararse y preparar lo necesario para su particular ceremonia del té. Pero también ella parece ausente. Está recogiendo los cuatro platos que quedan en la mesa y veo su palidez, sus manos, nerviosas, y esos ojos que, de repente, me miran como diciendo:

—¿Por qué me he metido en esto?

A la vista de su desasosiego, le pido si puede ayudarme un momento con el mantel, y de paso, buscamos qué va a ponerse y esas cosas de mujeres.

Mamá refunfuña un poco:

—Yo también tengo que arreglarme... y tampoco sé qué me voy a poner...

Que sí, mamá... Luego estoy por ti...

—Claro, como quieres más a tu tía que a mí...

No contesto. Sólo le doy un beso en la mejilla y luego la miro con toda la ternura que siento y ese amor, cada vez más profundo e intenso que me reconcilia no sólo con ella, sino conmigo misma.

Te quiero, le digo y luego desaparezco por el pasillo para socorrer a Inés.

Desde luego, ¿quién iba a decirme que un desayuno iba a convertirse en este festival de emociones, de recuerdos y de desbarajuste general? Mi tía está como una peonza y, después de entrar en el dormitorio, vuelve a salir acordándose de la tetera, china, que mamá aún no ha buscado.

—Pues sácala, corre... —le grita Inés a mi madre que iba hacia el cuarto de baño.

—Oh, corre, corre... Pues búscala tú... Mira está ahí, en el armarito central del comedor... Y también tienes las tazas... Les pasas un agua y...

—¿Yo? Pero, ¿no están limpias...?

—Hija, limpias sí... Pero tendrán polvo... Que yo no tomo té todos los días...

Y mamá entra en el baño, mientras Inés, todo prisas, abre el armario, saca la tetera, un par de tazas y, corriendo, entra en la cocina a limpiarlas. Yo voy detrás de ella y me quedo cerca de la puerta, observando a mi tía...

Lava las tazas, la tetera; las deja que se escurran... Prepara luego una bandeja, le pone un paño encima de hilo blanco, después seca las tazas y la tetera; las coloca sobre la bandeja...

Y todo ello lo hace con prisas hasta que, de repente, se para, respira y...

—Ahora vuelvo...

Entonces sale de la cocina y yo me quedo mirando la bandeja con la tetera de porcelana clara rodeada por un dragón rojo en relieve y las tazas, a juego, sobre esa llanura de hilo blanco, como una extensión de nieve.

Inés lo ha preparado con el ritmo que acostumbramos a llevar en estos tiempos, el tiempo de la prisa... Y entonces me fijo que, en una de las estanterías de la cocina de mamá, siguen estando los viejos recetarios... «Carmencita y la buena cocinera»... «Mil y una recetas para la perfecta ama de casa»... Antes, al preparar la verdura, no me había dado cuenta. (La prisa.)

La ceremonia del té es la no-prisa.

Deleitarse y quedarse en cada instante.

Sin correr.

Ahora corremos por todo. En la era que más transportes, electrodomésticos e instrumentos se han inventado y fabricado para ganar tiempo, la gente carece de él. Vivimos acelerados en un mundo que hemos acelerado. Y, curiosamente, la misma prisa nos está parando: ayer mismo en una de las vías «rápidas» de la ciudad, decenas de coches «rápidos» estaban atrapados en un atasco.

Los viejos recetarios de la familia, de los años 50, me recuerdan cuando había tiempo para hacer mermelada, un flan casero o un pastel de chocolate, como los que tanto le gustaban a papá. Y esta bandeja, con los instrumentos básicos de una partitura oriental, me traen la melodía de Roberto...

—*Piano, piano...*

Sí, cada vez siento con mayor claridad que no quiero correr. Y mi excedencia planea sobre mí preguntándome qué voy a hacer...

La poesía es una mermelada, un flan, un pastel...

Quiero cocinar versos a fuego lento...

¿Me atreveré?

Inés entra en ese momento. Lleva la rosa que le he traído en la mano y va ponerla en la bandeja, junto a la tetera. Entonces se para y me mira...

—Faltan cosas, pero...

No termina la frase: un mohín extraño en su cara se amplia, rápidamente, a un gesto claro de retortijón de barriga...

—Ay nena... Cariño... Que creo que tengo... Ahora vuelvo...

Y, sin añadir nada más, Inés sale indispuesta de la cocina. Yo voy tras ella pero no me da tiempo a decirle si necesita algo porque ya se ha encerrado en el baño. Entonces oigo a mamá trajinar en su cuarto y yo aprovecho para ir a mi habitación.

Entro y me siento en la cama, a esperar... Esperar al príncipe, esperar que mis sueños se cumplan, esperar que me escuche la luna. La caja de estrellas que está debajo de mi butaca también espera. Aprovechando este paréntesis, vuelvo a cogerla y la abro:

papeles, cuartillas, folios, hojas sueltas de libretas... Algunas amarillentas, otras con rayas —como de caligrafía— o cuadriculadas. Y todas escritas. A mano o mecanografiadas.

Es mi mundo de los dieciocho años en papeles: hay poemas, textos de prosa, frases sueltas...

«Debe faltar mucho para decir lo que me pasa por la sangre.»

Vaya.

Luego un texto mecanografiado en una cuartilla:

«Compré un saco de tonterías la semana pasada en aquella tiendecita antigua que hace esquina con la plaza. Me las vendieron a buen precio porque, según la dependienta, hace tiempo que las tonterías están baratas.»

—¡Nena... ¿te acuerdas del mantel?!

La voz de mamá me llega como del túnel del tiempo.

Le contesto (no sé qué) y sigo leyendo.

«La lucha ya no tiene sentido. La mediocridad me condena. No saldré adelante. El camino se ha perdido.»

Sin duda, el sentido del humor no era lo mío en aquella época.

«Estoy aquí. Llevo en este mundo casi diecinueve años y todavía no me lo creo. Todavía no entiendo cómo he podido caer en este planeta. Ni tan siquiera sirve la palabra porque no sé qué quiero decir. Pero continuo pensando que, en un momento determinado, cuando menos lo espere, entre una coma y un espacio, quizás surja todo. Y entonces tal vez la máquina me parezca menos inútil y yo, menos vacía.»

—¡Nena! ¿Me traes el mantel o qué?

¿Eh...? ¿Cómo? Bajo de las estrellas.

Sí, ya voy... ahora no puedo... espera un momento.

En parte era así. Antes, quiero decir. Y ahora, también. En parte. Yo buscando algo sin nombre, entre una coma y un espacio, y el mundo exterior preguntando por un mantel, unas zapatillas, un paño de cocina... No, pero tampoco era así. Si miro el otro lado de la moneda, si levanto el colchón y saco el guisante de la princesa, puedo ver que en esta casa se respetó bastante mi privacidad y mis sueños, aunque en el aire planeara cierto temor hacia la vida bohemia. Pero también fue mi interpretación. Y había un camino que recorrer... Sí, porque a los dieciocho, cuando comía aceitunas y bebía cerveza buscando la inspiración y la vida de los grandes poetas, tal vez tenía la fuerza pero me faltaba experiencia y me sobraba arrogancia.

«Mañanas angustiosas en las que no hay nada que hacer. Y las paredes observan, curiosas como una portera.»


—Bueno, parece que ya pasó...

En la puerta, mi tía pálida como una pared encalada, me mira y...

—Ahora vuelvo...

Ni un segundo y ya está otra vez en el baño. Espero que cuando llegue Roberto esté mejor. Es curioso, además, porque la primera vez que estuvieron juntos, Inés pilló un resfriado y ahora que vuelven a encontrarse, tampoco goza de un estado de salud envidiable. Pero tal vez al verle se le pasan todos los males. (O se le acrecientan.)

Vuelve a coger mi vieja caja estrellada y, al hacerlo, veo como unos rayos de sol caen sobre ella en este momento... Ha dejado de llover y, al parecer, el rayito insistente de primera hora ha encontrado unos amigos para iluminar la tarde y, juntos, se filtran por las rendijas de la persiana de mi habitación como dedos largos de luz. Y, al mirarlos, me doy cuenta de las horas de vida que pierdo cada día por falta de conciencia...

Mi caja de estrellas guarda papeles, recortes, recuerdos pero, sobretodo, guarda un tiempo: aquel en el que no había prisa, o yo no la tenía.

No te pierdas la vida, parece decirme este instante.

Y, de repente, mirando esos dedos de luz, siento que lo importante no es lo que haces, ni tan siquiera cómo lo haces, lo importante (si es que hay algo «importante») es hacer. Y punto. Hacer con conciencia, contigo. Es un cambio de óptica. ¡Invierte! Y con doble significado: invierte en ti y cambia el sentido. La vida no es de balcón hacia fuera. Es desde ti que vives. Es cómo te mueves tú contigo, cómo actúas, cómo existes... Cómo doblas una toalla... La toalla no importa. Tampoco si está o no bien doblada. Lo único que importa es si tú estás doblando la toalla. La ceremonia de doblar la toalla. O de escribir un poema...

En el fondo, sí que había prisa en la época de mi caja estrellada. Prisa por escribir bellos versos, ser reconocida...

Quito de nuevo la vieja tapa: el olor de aquel tiempo reaparece y, debajo de los primeros papeles, hay cromos, «repes». Algunos son de «Naturaleza y Vida» (¿Te acuerdas de «Naturaleza y Vida»...?) y también de «La Familia Telerín». («Vamos a la cama, que hay que descansar, para que mañana, podamos madrugar...»)

Voy mirándolos cuando, en el fondo, descubro ¡mis diarios de los quince... dieciséis... dieci...!

El olor a cerrado se evapora de golpe. Mis viejas libretas me dan un bofetón de olor. Escojo una. No tiene tapas y su primera página, desnuda, me lleva a un viernes 11 de abril...

«Tengo 15 años, soy terriblemente romántica, sueño demasiado. Sueños... Sueños... Estúpidos o maravillosos. Desearía tanto poner en el papel lo que siento. Que mis sensaciones y sentimientos fuesen cayendo tal cual en estas páginas... Los días van pasando, tristes, alegres, soleados, lluviosos, pero van pasando y me pregunto: ¿a dónde voy a llegar? ¿qué va a ser de mí? ¿qué voy a hacer con mi vida?...»

Cierro.

No necesito seguir leyendo. Pero, al clausurar ese pasado, en la contraportada de la libreta descubro un papel pegado. Es un envoltorio casi apergaminado, medio plateado, medio rosa... ¡Un envoltorio de chicle Bazoka! ¿Olerá todavía a fresa?

Llevo el papel a mi nariz y huelo a verano.

Intensamente rosa.

# EL OLOR A CHICLE DE FRESA

Hay olores que pueden colorearse. Cómplices con otros sentidos juegan a pintar la vida. Los chicles de marca Bazoka simbolizan un mundo de color rosa como el globo, inmenso, que se expande al soplar esa goma de mascar que inunda mi boca de fresa artificial, dulzona, que ensaliva los sentidos y estimula mis sueños.

Tengo diez, once años.

Es verano y voy con una amiga por un camino de tierra, al pueblo, a comprar chicles de fresa chillona. El camino está pespunteado de pinos que la retama pinta de amarillo. Hinojo y zarzas repletas de moras, negras como aceitunas de Aragón y dulces como caramelos, aunque calientes por el sol. Grillos y cigarras. Y algunas abejas zumbonas deleitándose con la retama.

Es un mundo maravilloso, un mundo de color rosa que huele a chicle Bazoka.

\* \* \*

—¡¿Nena... Dónde estás?!

Buena pregunta.

¿Dónde estoy realmente?...

Inspiro y descubro que, aun a pesar del tiempo, este pequeño envoltorio aún huele al mundo en el que creía. En el que no he dejado de creer nunca...


—Ay hija, por Dios...

Mi tía acaba de aparecer. Sigue tan blanca como en la secuencia anterior aunque afirma:

—Estoy... mejor... Mejor...

Va entonces hacia el armario —que guardó mi ropa en el pasado— y lo abre. Se queda ante él, parada, unos instantes. Es ese momento, común a muchas personas, —sobretodo mujeres— en el que uno no sabe qué ponerse. Y menos, como en el caso de Inés, si es para recibir al hombre de tu vida. O, al menos, al hombre de tu vida en el pasado.

—¿Tú... crees que existe?... El hombre de tu vida, quiero decir... —Se gira. Me mira—. ¿Lo es tu marido?... No sé, no me hagas caso... Es que estoy hecha un lío... ¿Por qué me habré dejado engatusar por tu madre?... Qué necesidad tenía... Mira que invitarle...

Inés entonces se deja caer en la cama, encima de una blusa y una falda que se había sacado antes. Pero no parece importarle. En realidad, ni se ha dado cuenta.

—Es que... No puedo hacerme a la idea... No, pero tu madre lo encuentra de lo más normal... Te puedes creer que en la peluquería le pregunto cómo ha reaccionado Roberto y no va y me dice: «Ah, pues, bien... Contento.»

Mi tía está como perdida en sus propias emociones y cuanto más se acerca el momento, más se acelera su desorientación. Nada de lo establecido, imaginado, previsto o conocido puede servir a partir de ahora...

Estamos entrando en otra órbita, lunar... Y el aire tiene el perfume de las estrellas. Aquí no hay gravedad. De ningún tipo. Ni atmosférica, ni de importancia o seriedad. Se trata de otra dimensión en la que viajamos a la velocidad del sentimiento y hay que dejarse llevar por el corazón. Él está al mando y pregunta:

—¿Por qué no supe esperarle?

Estas palabras —que el miedo amordazó durante años— acaban de rasgar el aire. Y lo perfuman.

Me acerco a Inés. Ella me mira. Hay un interminable suspiro en esa mirada. Tantas veces se argumentó a sí misma el «no tenía que ser» para consolar las dudas y apagar el deseo prendido en aquel último e íntimo beso.

—Le quise tanto...

No puede evitarlo. No. Ya no.


—¡Inés!

Mamá. Desde la otra punta del pasillo, pregunta:

—¿Ya te has vestido?

No, Inés aún no se ha vestido. En realidad se está desnudando. Sólo así puede volver al día en que Roberto le mostró los papeles de aquel divorcio que su mujer, Antonella —¿o era Antonietta?— le concedía después de años aferrada al sagrado vínculo del matrimonio. Y no es que lo soltara por generosidad, ni tampoco por haber dejado de creer en las leyes de la santa madre iglesia católica, apostólica y romana, ni mucho menos por las persistentes súplicas que al final le lanzó Roberto olvidándose de sus principios orientales. No, Antonella, —¿o era Antonietta?— había consentido liberar a su marido porque ella misma había descubierto que su sexo también emanaba un perfume singular en brazos de un hombre distinto.

Caminos cruzados. Direcciones encontradas u opuestas. Encrucijadas o laberintos. Aquella tarde, (años atrás), Inés y Roberto se encontraron creyendo que no volverían a hacerlo nunca más.

(Aunque años después...) Pero aquella tarde, Roberto llevaba un papel de divorcio e Inés, una alianza de matrimonio.

¿En qué punto del trayecto hubo un error, un malentendido, un temor, una cobardía?

En la necesidad que tiene mi tía de despejar su vida de viejos nubarrones, empieza el aguacero de preguntas y más preguntas que caen, que van cayendo como las prendas del armario que ha desestimado porque ninguna es lo suficientemente especial como para vestir el encuentro con el hombre amado.

Amado...

Al pensar en él, Inés me confiesa que aquella última cita —aun estando casada— no le pareció nunca una infidelidad. Más aún...

—Siempre he creído que le fui infiel a Roberto casándome con Ignacio.

Pero se casó. Tal vez debía hacerlo. Tal vez el matrimonio con Roberto no habría funcionado.

Tal vez...

Pero las suposiciones abiertas no hacen una vida. Tal vez si nos hubieran enseñado a vivir siendo más fieles a nosotros mismos y a cuanto sentimos, no conjugaríamos la duda como un rosario de lamentos condicionados. Si pudiera... Si quisiera... Debería... Tendría...

Tal vez...

Los esquemas, los miedos, las falsas creencias no ayudan en la búsqueda de la felicidad.

Felicidad.

Con la palabra hemos topado. Desgastada, sujeta a burlas, a escepticismo, a conjeturas... Manipulada, deseada, buscada... Necesaria... Real, y sin embargo, perdida, olvidada, adulterada.

«La felicidad... Qué tontería... La felicidad no existe... Si tienes un buen momento, aprovéchalo...»

Con semejantes eslóganes crecimos mi tía y yo. Y mamá, y

papá, y mi abuela y mi abuelo... Pero, ¿son ciertos? Lo sean o no creímos en ellos. Hasta que algo estalla. Por dolor. Por asfixia. Porque no puedes más. O por lo que sea. Pero estalla y entonces uno se pregunta:

—¿En qué me equivoqué?...

Tal vez en nada, Inés.

Tal vez...

Pero siempre quedará esa probabilidad abierta. Ese condicional suspendido en el aire como un suspiro, o un perfume que no termina nunca de evaporarse y que, de vez en cuando, va pasando para recordarte algo, lejano, cada vez más lejano pero que te habla de ti y no dejará de hacerlo aunque selles tu alma y tu olfato. Y es que, en el fondo, no importan tanto Roberto o Ignacio, el presente o el pasado sino ese yo apenas conjugado: ¿Yo qué siento? ¿Yo qué deseo? ¿Yo quién soy?

Miro a Inés y veo una sonrisa. El hilo de la memoria la ha incitado a tirar de él para volver a la última vez que estuvo con Roberto.

Nunca le he preguntado a mi tía como le ocultó a su marido las relaciones íntimas que tuvo antes del matrimonio aunque, por lo que voy sabiendo, Roberto era un prestidigitador del sexo. Tanto que la última vez, cuando él le enseñó los papeles del divorcio, su beso, aquel, se prolongó, al parecer, más allá de todo cuanto habían hecho durante cinco años de relaciones.

—Y «todo» es decir poco. —concluye Inés.

Entonces libera un suspiro de esos que hoy están en la lista de los más vendidos.

—Ay, nena... Es que Roberto era...

¿Cómo? Inés apenas logra explicarlo. Las palabras son aire. Las palabras son perfume. Lo inexplicable no puede apresarse y menos en la atmósfera de las estrellas donde no hay gravedad. Roberto pertenecía a ella. Por eso cuando él le hacía el amor, ella sentía como sus cuerpos se evaporaban, dejando de tener peso y forma porque los límites se borraban. Sólo cobraban presencia los besos, las caricias, el baile de unión de dos conciencias y, en aquella danza, todo era posible... Incluso convertirse en perfume.

—A veces... —me dice entonces Inés— no sé si aquellos cinco años fueron un sueño.


Nos despiertan unas campanadas...
Es el reloj del comedor.
Una...
Dos...
Tres...
—¡¿Las... cuatro...?!
Como Cenicienta, Inés debe regresar de ese baile en las estrellas que tiene en el aire polvos de levadura. Con ellos, las calabazas se transforman en hermosos carruajes y las muchachas en princesas radiantes, destinadas a ser felices comiendo perdices con príncipes orientales.

Pero ahora las campanadas anuncian el retorno a este planeta. Este donde un hada madrina no puede convertir cualquier trapo en elegante vestido, ni unas zapatillas en zapatos de cristal. Así que hay que correr... Hacia el armario, y abrirlo y sacar el último conjunto que quedaba colgado, y mirarlo, y desestimarlo, y lanzarlo sobre la cama y coger luego otra blusa y otra falda o no, mejor una camisa y un pantalón aunque tampoco... Tal vez un vestido, de punto, sencillo... ¡horroroso! y volver al montón desestimado para mirar otra vez, y probar de nuevo, y no gustarse con nada, absolutamente con nada hasta que...

—¡Lo que faltaba!
Siempre se rompe una uña (o se hace una carrera en la media) cuando la prisa no espera.

Salimos casi volando hacia el cuarto de baño...

Y, cuando entramos, mamá, que está terminando de perfumarse, mira a su hermana.

—Pero... Inés, ¿aún estás así?

Sólo le faltaba a mi tía la guinda de esa pregunta para el pastel que tiene encima.

—Pues sí, aún estoy así... —salta con ironía—. Y encima me he roto una uña... ¡¿Qué te parece?! Y ya sé que son las cuatro y que tú ya estás de punta en blanco, pero no me pongas nerviosa, eh, no me pongas nerviosa que bastante tengo con lo que tengo.

Mientras Inés se enfrenta a mamá, yo busco en el armario del baño una laca de uñas pero encuentro un problema: mamá no tiene esmalte rosa nacarado como el que le han puesto a mi tía en la peluquería. Mamá siempre ha llevado las uñas pintadas de rojo. O transparentes, a veces.

—¿Y qué hago? —se desespera mi tía—. No voy a pintarme la uña como un fresón...

—Pues píntatela de color transparente. —le sugiere mamá.

—Pero, ¿qué dices?... ¿Cómo voy a llevar la uña del índice transparente y las demás de color rosa?

—Tampoco se nota... Y si no, te las despintas todas.

—¿Todas?... Pero, ¿tú sabes la hora que es?...

—Las... cuatro, y... cinco... exactamente. No, y seis...

El retintín de mamá podría desencadenar una discusión. Pero Inés sabe que no tiene tiempo para nada: faltan nueve minutos para que llegue Roberto.

—Muy bien... Nena, cariño... ¿me ayudas?

Pasando casi por encima de mamá, mi tía coge el frasco de acetona, lo abre, empapa una bola de algodón y empieza a despintarse la uña rota mientras yo agito la botellita de esmalte transparente y le busco una lima. Llevará una uña diferente, pero a estas alturas, en plena carrera a contra reloj y con el galope de la emoción a punto de desbocarse, preocuparse por un color sería...

—Una locura. Desde luego, esto es una locura.

Puede que sí. Puede que todo lo sea. Este momento, este día, haber llamado a Roberto y estar oliendo a jazmín y a judías, a aceitunas y a pimientos, a mañanas y a recuerdos. Una locura, sin duda. Pero...

¡Allá vamos! Que se levanten las alfombras de la memoria para sacudirlas al sol. Que se abran los armarios. Que se aireen las sábanas. Que vuele el polvo de lo establecido. Nos volveremos locas por una uña, y por abrir el frasco del esmalte que, en el último momento, se ha sumado —también él— a la carrera de obstáculos: en un más difícil todavía la laca, reseca, ha sellado el bote como si fuera pegamento y no hay manera de abrirlo. Entonces la prisa, apremiando, lanza soluciones improvisadas... Agua caliente... Serrarlo...¡Acetona! Un buen chorro de acetona disolverá la corteza.

El tiempo corre y ya son las ¡¿cuatro y diez?!

—¡Nena, date prisa!

Encima, soy yo quien debe correr. Pero al ver a mi tía a punto de comerse las uñas que aún lleva pintadas, decido liquidar todas las existencias de acetona sobre el callo de esmalte jurásico hasta que éste se reblandece y, con una cierta presión, logro que oscile de un lado a otro hasta escuchar un «blop» liberador.

El frasco se ha abierto. Y, con él, un inesperado salto en el tiempo...

Aun a pesar de las prisas, del caos y de estar a cinco minutos escasos de las cuatro y cuarto, no puedo evitar entrar, de golpe, en el cuadro de aquellos días cuando tía Inés me enseñó a pintarme las uñas porque yo quería llevarlas tan bonitas como mi madre.

Y ahora, cuando extrae el pequeño pincel impregnado de esmalte que gotea perlas transparentes, siento como si una de ellas empezara a crecer y a crecer, dilatándose hasta convertirse en un globo tan grande que me envuelve, como un universo de aire.

Y ese aire lleva un concentrado olor adolescente.

# El olor a esmalte de uñas

La primera escena con olor a esmalte de uñas es escolar.

Clase de matemáticas.

Las mesas en forma de «U» rompen la estructura tradicional y permiten al profesor una posición central frente a los alumnos. El de matemáticas, sin embargo, se centra en la pizarra y en los números. Hoy toca logaritmos. Pero yo no entiendo nada. Llevo bastante tiempo sin entender nada en matemáticas. Aún y así, trato de prestar atención al jeroglífico de números y de signos que monsieur Kowalski dibuja ante mí. Monsieur Kowalski es francés, de origen polaco, y entre la energía que le confiere a la disciplina matemática y su aspecto, no hay duda de que por sus venas corre un pasado soviético. Pero es atractivo. Algunas chicas de la clase lo encuentren incluso seductor con esa barba recortada a lo largo de la mandíbula, exenta de bigote, y esos ojos profundamente azules que cuando te miran tratan de evitarte enseguida porque la timidez le domina. Monsieur Kowalski es un claro ejemplo de joven científico despistado pero encantador y, merced a su encanto y a su apasionada entrega a las matemáticas, las chicas de la clase hemos convertido nuestros pupitres en auténticos tocadores de la señorita Pepis. La compañera que tengo al lado —nueva en mi curso porque ha repetido— no hace nada más que maquillarse y acicalarse mientras el polaco elucubra con el infinito. De ella aprenderé todos los trucos para pintarme las uñas en clase. (En casa me enseña Inés.) Esa temporada está de moda un rojo granate que lucimos casi todas las chicas. Tiene el inconveniente de ser un color delicado que rápidamente se descascarilla así que, a veces, las capas de esmalte se superponen hasta alcanzar un grueso considerable. Durante esa época de mi vida llevar las uñas rojas e impecables como mamá es una de mis debilidades. Mamá son esas manos, blancas, cuidadas y esas uñas que cada semana se pinta de rojo dejando, en la base, una media luna de nácar. Esas manos, a veces, me hacen mimos cuando estoy en la cama. Pero enseguida se van. O a mí me lo parece: soy tan mimosa que nunca tengo suficiente. También porque espero dormirme mientras está mamá y ganarle así la partida al miedo. Pero tengo que correr, darme prisa para que llegue antes el sueño...

Ya me apremiaba por aquel entonces... Corre, corre... Duérmete, cierra bien los ojos, apriétalos y... (La exigencia nunca ha dado buenos resultados.) No me dormía y los mimos de mamá se iban.

Una de las primeras frase de caligrafía en la escuela es:

«mi mamá me mima...»

Con sus manos, blancas. Con uñas rojas como cerezas y lunas de nácar.

Durante un tiempo me pintaré las uñas como ella. Luego las llevaré naturales, con esmalte transparente. El olor, sin embargo, seguirá siendo el de aquella clase, con monsieur Kowalski, cuando empezaba la adolescencia, aquella época especial y extraña que trae la primera regla.

«Y ahora, cuidadito con los chicos...»

Eso es lo único que me dicen en casa. La sentencia es de mi abuela. No recuerdo que mamá me diga nada. Cuando me despierto convertida en mujer se limita a darme un trozo de celulosa enorme mientras yo insisto en que necesito unos sujetadores.

«Pero si no tienes nada.»

Ese «nada» son mis senos.

Afortunadamente tía Inés me acompaña a comprar ropa interior digna de una «señorita». Mis primeros sostenes serán de color carne, con un lacito entre las dos copas y una perla diminuta en el centro. Me encanta esa sensación... De novedad. De cambio. También quiero cambiar la clase, el colegio, la sociedad, el mundo... Y enamorarme.

Catorce, quince años, dieciséis... Y pasan los días, las semanas, los meses, las estaciones, los cursos escolares y llueve, sopla el viento, caen las hojas, llega el frío, un poco de nieve, sale el sol, brotan las hojas, llega el calor, y luego el viento, y la lluvia de nuevo y el primer amor se acaba, con un beso en la boca del metro, y esa época pone fin al colegio, a la laca de uñas rojo intenso, a los sujetadores color carne e incluso a los pedazos de celulosa. Nada parece cambiar en el fondo aunque empiece la universidad, me pinte las uñas sólo con esmalte transparente, mis sujetadores sean de algodón blanco sin perlitas y la celulosa deje paso a las compresas superabsorbentes que no manchan y no traspasan, y en un más y mejor todavía lleguen las que tienen alas para que vuelen las reglas, metáfora sin duda, de todos esos esquemas que piden aire y libertad para evaporarse definitivamente.

\* \* \*

Una campanada en el reloj del comedor.

Un cuarto... De las cuatro de esta tarde de mayo.

Mamá sale disparada de la terraza...

—¡Inés... Inés! ¡Corre! ¡Es él!

Mamá sólo tiene un hilo de voz y se atraganta con sus propias palabras mientras vuela por el pasillo para notificarle a su hermana que Roberto...

—... está ahí... en la calle... aparcando...

Mamá acaba de atracar en la puerta del dormitorio donde Inés está tratando, contra viento, marea y posible naufragio, de llevar a buen puerto los últimos arreglos. Miro a mamá: después de unas horas de aparente calma está nerviosa aunque su estado parezca de absoluta tranquilidad comparado con el de mi tía que, ahora mismo, raya la urgencia de un valium. El temblor que sacude sus manos no le permitía atinar con el cierre del collar de perlitas que trataba de abrocharse, pero ahora, al saber que Roberto está a punto de llegar, no es que se haya puesto nerviosa, alterada o al borde de una crisis nerviosa. No. Es que está a punto de desmayarse.

—Me... estoy... mareando...

Y dicho esto, Inés se desploma sobre la cama.

—Pero... pero... ¡Inés! —Mamá corre hacia ella para reanimarla—. Nena, ayúdame... Trae un poco de agua... O no... Déjalo... Voy yo... y tú... tú quédate y dale aire...

Aire, precisamente.

Blanca como una hoja de papel sin escribir, Inés abre un poco los ojos al recibir la primera brisa de una revista que he encontrado junto a la cama y con la que he empezado a abanicarla.

—Gracias... Ya... ya estoy mejor... —Mi tía trata de incorporarse—. Desde luego...

—Desde luego eres lo que no hay... —Mamá entra con un vaso de agua y...¡¿un croissant?!—. Si es que no tienes nada en el estómago... ¿Cómo no vas a desmayarte? Anda, come...

—No puedo...

—Que te lo comas. O te las apañas tú sola.

—Es que soy quien tiene que... apañárselas.

—¿Sí?... ¿Pues sabes qué te digo? Que hagas lo que te dé la gana...

Y mamá se va hacia a la puerta para salir de la habitación.

—Oye, ahora no vamos a discutir... —razona Inés—. Me como el croissant, aunque me salga por las orejas... —Y empieza a masticar una punta, sin ganas—. Y me bebo el agua... ¿contenta? Y además... ¿sabes qué me iría de maravilla? Una copita de coñac. Sí, anda tráemela.

¿Cómo?

—¿Coñac? —parece sorprenderse mamá—. Oye... Pues no es mala idea... Y yo me tomaré, otra... de whisky.

No puedo creerlo: ¿mamá tomando whisky y mi tía coñac? Pero antes de permitirme reaccionar, las dos llegan a la cocina, se sirven sus bebidas y, como dos chicas del oeste americano, se chascan en un abrir y cerrar de mandíbulas, sus dos buenos tragos. Al terminar, mamá mira a su hermana y con voz ahogada por el alcohol, pregunta:

—¿Estás... bien... Inesita...?

Pero Inesita no está. Ni bien, ni mal. No se ha desvanecido, como hace un momento, pero es como si hubiera desaparecido de ese cuerpo todavía esbelto y hoy afinado por el sacrificio de una fajita que comprime aquello que los años regalan sin pedir. No, Inés no está. Y gracias a esa ausencia, antes de que Roberto llame al interfono (que será como si se disparara una alarma...) mamá, ejerciendo de director de escena, se dispone a mover y colocar a su hermana como si fuera una marioneta orquestando a su antojo el último acto de esta comedia.

—Inés... Venga, date prisa... Vamos a la galería... Corre... Ven... Ponte aquí... Siéntate... En el sillón... No, en éste no, en el otro... Así... junto a la ventana... Pero no tanto... Un poco de sol va bien, pero más no que se nos ven las arrugas... Así, quieta. Estupenda. Espera que correré un pelín las cortinas y...

Un timbre.

Acaba de sonar.

Y luego otro...

Dos llamadas seguidas en el interfono. Desde la calle. Miro a mamá: se ha quedado inmóvil junto a la cortina. Inés es una estatua. Mi madre y ella se miran mientras yo trato de decidir si voy a abrir o me quedo porque el timbre de la calle acaba de sonar de nuevo. Pero, aun sin quererlo, también yo quedo prendida en esa eternidad momentánea y veo en los ojos de Inés la alteración ilusionada de aquellos días, cuando Roberto iba a buscarla y pulsaba el timbre de la escalera que había junto al ascensor como señal para que bajara.

Aquel momento está aquí.

Y ahora Inés y mamá se miran como diciendo: es él... Pero no Roberto, sino él, el tiempo pasado. Es él quien llama de nuevo a nuestra puerta. Es él, ¿te acuerdas?

¿Cómo olvidarlo? El corazón no tiene amnesia.

Otra señal del interfono y ahora es mamá quien reacciona, de golpe, y empieza a correr mientras me dice:

—Tú quédate con tu tía...

Y a Inés le ordena:

—Ni se te ocurra moverte, que ya abro yo... Y tranquila, que estás guapísima.

Lo está. Los ojos le brillan como a una adolescente y tiene las mejillas incendiadas sin llevar colorete. Le favorece además ese vestido —finalmente uno de punto de color crudo— e incluso el pelo le queda mejor, más natural, después de tantos cambios de vestuario que le han alterado el peinado. Pero suda. Acabo de darme cuenta: mi tía está sudando como si acabara de cruzar un desierto. Entre el sol que imprime calor a las cortinas, el lingotazo de coñac y los nervios que lleva en el cuerpo, —apretado por la faja «disimulakilos»— el maquillaje pero, sobre todo, la máscara de pestañas están empezando a insinuar lo que podría ser una catástrofe.

—¡Nena, pon el ventilador!

¿El ventilador?

—Que sí... Que no ves que tu tía se nos deshace...

Mamá acaba de aparecer en la galería, después de pulsar el interfono para abrirle a Roberto la puerta de la calle. Faltan diez, nueve, ocho... y algunos segundos más para que él cruce la entrada, suba en el ascensor y llame a la puerta, como si el tiempo hubiera hibernado durante casi tres décadas y ahora iniciara, al fin, el deshielo. Claro que, si no apremia, Inés puede perder todo el maquillaje que se está desprendiendo de su cara. Y es que el calor de las emociones está acelerando un desastre que se ha hecho extensivo a mi madre. También ella suda. Casi tanto como Inés. Claro que a quién se le ocurre zamparse dos tragos de alcohol teniendo que lidiar con fajas, emociones y el regreso de un amor.

El caos está a punto de instalarse. Y se desata cuando tía Inés afirma:

—No puedo.

La duda planea un instante pero, antes de que pueda sembrar mayores incertidumbres, el timbre vuelve a sonar. Y, esta vez, ya es en la puerta.

Roberto acaba de llegar.

Entonces Inés, que iba a levantarse, se sienta. Él está ahí... a pocos metros... tan cerca.

Y el timbre insiste de nuevo.

—Siempre llamaba dos veces...

Mi tía susurra el recuerdo con referente cinéfilo. Pero hoy la impaciencia de Roberto parece dispuesta a cambiar incluso la costumbre de los viejos tiempos: un tercer timbrazo sacude el pasmo que mi tía lleva encima y hace que mi madre apriete a correr pasillo arriba como si los indios acabaran de entrar y ella fuera el Séptimo de Caballería.

—¡Voy... Voooyyy... Voooooyyyyyy...!

Mamá se da ánimos para la carrera mientras Roberto, después de tantos años, no espera.

Y mi tía... No existen palabras para pintar su retrato. Me acerco; le acaricio la mano. Parece estar en una burbuja, como hace dos meses. Sólo que ahora Roberto está ahí, al final del pasillo, tras una puerta que dentro de nada se abrirá...

—¿Sabes qué me regaló la última vez? —me pregunta Inés en este último momento de nervios.

Sonrío. No lo sé.

—Una rosa... La primera fue blanca... La última... roja.

Está a punto de...

—No, no voy a llorar.

Y, al decírmelo, levanta la mirada para mantener los últimos restos de máscara de pestañas aunque ya no le importe manifestar sus sentimientos.

—Desde luego... La primera vez, voy y me constipo... Y hoy, se me revuelve el estómago... me mareo... sudo... lloro... Sólo me falta pillar una alergia: sí, un sarpullidito... o una tanda de estornudos imparable... O podría tener una carrera en las medias... ¿Tengo una carrera en las medias? No. Gracias a Dios. Y, por suerte, tampoco me ha salido un grano. Porque mira que si...

De golpe, Inés se calla.

La puerta, y tras un segundo sin aliento, la voz de mamá dice:

—¡Roberto!

Entonces mi tía se transforma. Nunca había visto en ella esa expresión. O sí: hace veinticinco años, cuando salía con Roberto. Yo era muy pequeña. Pero en un segundo —o menos— Inés se ha transformado. En un sol. Y la luna, seguro que se alegra. Quién sabe, incluso puede que esta noche haya una lluvia de estrellas.

De repente, Inés está radiante. Y su brillo se intensifica cuando, desde la puerta, escucha su voz.

Aquella, con olor a mar.

Amar.

Llevará un tiempo resistirse al olor de los placeres perdidos, al aroma del deseo, al tentador perfume del *sake*, a la esencia de un beso, a la fragancia de su cuerpo, desnudo, sudado, de perfil erecto dispuesto a entrar en el palacio húmedo y dueño de tantos secretos.

Sí, llevará un tiempo. Y serán más de veinticinco años y algunos minutos porque será difícil conseguir que Roberto entre por esa puerta y todo cuanto era como hombre, como amante, como amor, no revuelva el mar de la vieja pasión, embravecido sólo con el recuerdo. Sí, llevará su tiempo domar al potro de las emociones que está a punto de desbocarse, pero tiene que hacerse para que el alma no sufra y el corazón se vuelva de piedra mientras el cuerpo, el cuerpo ya cansado, como un viejo abrigo usado a lo largo de tantos inviernos y otros tantos veranos, se atrinchere en una protectora actitud contra el miedo.

El miedo a despertar de nuevo.

Porque volver a ver a Roberto es regresar al paraíso pasando por el infierno.

Miro a Inés. No puede decirme nada. Después de tantas palabras —algunas incluso inventadas— el silencio es el único que habla.

Pienso en la tarde en la clínica, cuando recuperó a Roberto y ahora, él está ahí... Tan cerca. Parece imposible... Hace dos meses sólo era una idea y hoy es una realidad. No ha sido fácil... En este tiempo ha habido dudas, lágrimas y deseos de volver a lo establecido. Pero se ha atrevido. Y ahora, hay que seguir: la aventura no ha hecho más que empezar...

Las pisadas que avanzan por el pasillo así lo anuncian y aceleran mi huida.

Inés tiene que recibir sola a Roberto.

Pero antes, mi tía me coge la mano y, sonriendo, me da las

gracias. Yo se las doy a ella porque su aventura también me ha ayudado a mí... La miro en este último instante y vuelvo a verla aquel día de julio, cuando ella y Roberto me llevaron a la playa... Está igual. Extraordinariamente igual. Sólo que ahora está muchísimo más nerviosa. Le aconsejo que respire. Que no se olvide de respirar. El aire la ayudará...

Las pisadas se acercan sobre el río de baldosas y yo salgo de escena para entrar en mi dormitorio. Como una niña traviesa me escondo y entreabro luego la puerta.

—Qué alegría Roberto... Qué alegría...

Mamá pasa primero manifestando su entusiasmo. Pero a él aún no le veo.

Espero... Un segundo... Dos... ¿Cómo estará?

A quien si puedo ver es a Inés: está incendiada y respira como si fuera de parto. Sin duda, algo tiene que nacer después de una espera de tantos años. Aunque, a medida que respira, cada bocanada de aire no parece destinada a calmar su agitación sino, más bien, a buscar en ella el rastro de algo. ¿Un perfume acaso? No sé si son imaginaciones mías pero yo diría que Inés está oliendo la llegada de Roberto. Su aroma... Antes que él, que su presencia, entrará su olor. Ese que ahora, por fin...

¡Ahí está!

Acaba de pasar, pero tan rápido que sólo he podido verle a través de una rendija de medio palmo. Lleva algo en las manos envuelto en papel celofán.

Es...

Es...

No puedo verlo porque, aun abriendo más la puerta, Roberto acaba de llegar delante de Inés y está totalmente de espaldas a mí. Así que sólo veo a un señor, aparentemente mayor, que saluda a mi tía...

—Inés...

Su voz. Grave. Masculina. Con textura de seda, italiana y japonesa. Y el nombre de Inés va envuelto en ella. Su voz ha cambiado al pronunciarlo... En el primer momento, cuando Roberto ha llegado, ha saludado a mamá y ha cruzado el pasillo, parecía un señor mayor. Pero al decir «Inés», el aire se ha impregnado de un sentimiento que ha evaporado el paso de los años y, al borrar la estructura del tiempo, ha dejado el péndulo aquí y allá. Reconozco la voz que he escuchado esta mañana, cuando ha llamado por teléfono, y la misma que, hace años, me prometió llevarme al Japón cuando fuera más mayor... Identificarla es una vivencia determinante para Inés: puede cerrar los ojos, y sólo con el oído, y el olfato, recuperar el pasado. Pero se levanta. (Se ha movido olvidándose del encuadre que mamá le había marcado) Está alterada y apenas puede decir débilmente:

—Hola...

Y menos aún cuando Roberto se le acerca para darle «eso» envuelto en celofán que llevaba en las manos y que ahora puedo ver...

Es... Un lilyum. Blanco.


En el silencio parece escucharse el eco que traen los recuerdos. Aquella primera ceremonia del té...

Cada instante compartido, cada detalle, cada inspiración y cada gesto. Y el lilyum blanco esperando que Inés le escribiera unos versos inspirados en la bisabuela cuya historia podía destilarse para extraer el mejor haiku con su esencia. Ese lilyum es para Inés como una pregunta:

—¿Qué fue de tu sueño...? (De todos tus sueños...)

Y le trae, también, el olor de aquel primer día a partir del cual su vida fue un encadenado de momentos perfumados. Rosas, lilyums, jazmines... Hoy tenemos un ramo de recuerdos aromáticos y al asistir a este momento, a este particular y ceremonioso momento, siento que... a menudo... muy a menudo... nos seguimos olvidando de existir, de la conciencia de vida que significa sentir que estás aquí.

Aquí.

Coge una flor, perfumada, un lilyum o una rosa, y aspira su aroma... Aspíralo con toda tu conciencia y en este fragmento de vida, en ese instante intenso y eterno, quédate.

Quédate.

Quédate.

Ahí.

Como en un beso. Como en un orgasmo. Como en un silencio.

Quédate, date cuenta y siente.

Roberto despertó en Inés la sensualidad. Un modo de vivir como una caricia... Una caricia de lilyum... De rosa... De...


—¿Le has visto?

Con disimulo, mamá acaba de entrar desandando como los cangrejos el pasillo andado. Pretende dejarles solos, pero también chismorrear conmigo porque, en lugar de entrar en la cocina a preparar el té, se ha colado en mi cuarto.

—¿Le has visto?... —Me vuelve a preguntar.

Le digo que sólo de espaldas y de forma apresurada.

Entonces mamá se lanza a darme su versión de los hechos cuando yo preferiría centrarme en lo que está ocurriendo en este momento. Así que tengo el audio de mi madre por un lado y las imágenes de la galería, por otro.

Según mamá, Roberto ha envejecido. Es evidente, pienso yo. Difícilmente se puede rejuvenecer después de un cuarto de siglo. Pero yo quiero verle con mis propios ojos aunque mamá persista en lo suyo y me diga:

—Le esperaba mejor... No sé... Más guapo... Y más elegante. ¿Te has fijado cómo va...?

No. Aún no, mamá.

—Esa chaqueta está un poco pasada de moda... Y yo diría que se ha engordado... La verdad es que no parece el mismo. En lo que no ha cambiado es en el olor que, por mucho que diga tu tía, ese hombre ha olido a cocido toda su vida.

Vale, mamá. Ya está. Ahora, déjame mirar...

—Bueno, hija... Cualquiera diría... A ver si no podremos hablar después de la que hemos montado con el novio de tu tía...

Y dale con lo de novio. Como te oiga Inés.

—Pues el chino... Que es japonés. Ya lo sé.

No entro en ninguna réplica más. Me olvido de mi madre y me centro en la galería.

Roberto acaba de sentarse. Gracias a los cotilleos de mamá, me he perdido una secuencia. Ahora puedo verles casi de frente, el uno al lado del otro separados únicamente por la mesita auxiliar donde Inés ha dejado la flor que Roberto acaba de regalarle. La luz del sol, intensa después de una mañana de lluvia, traspasa las cortinas iluminando la escena y me permite ver, por fin, a Roberto con claridad. En la primera impresión me cuesta reconocerle.

Este es un señor mayor, de unos sesenta años, de pelo gris más bien escaso —que podría haber sido intensamente blanco o bien oscurecido por los tintes y la coquetería— pero que es del color de una vida que se quedó sin perfume hace veinticinco años.

Esta es la primera imagen que emana este hombre condenado a la ausencia de olor y de aquel, en particular, que durante cinco años fue su elixir de una juventud que prometía ser eterna...

(Tu sexo era mi perfume...)

Sin él, el aire de Roberto se volvió inodoro y su vida envejeció de repente. Inés perdió su olfato. Roberto su perfume. Se com-

225

plementaban el uno al otro, aunque fueran independientes. Se amaban.

Pero en estos veinticinco años es como si Roberto —al igual que Inés— se hubiera perdido a sí mismo. Tanto que por eso resulta difícil reconocerle. Y nadie parece darse cuenta. Ni tan siquiera él, exiliado de sus sentidos. Porque, a parte del olfativo que le condenó, también, a perder el tacto de aquella piel y el sabor de aquellos besos, e incluso el placer de mirarse en aquellos ojos, —cubiertos de cataratas hasta hace dos meses— este señor ha perdido el oído. Sobre todo, el derecho. Al sentarse junto a Inés y preguntarle ella —para romper el silencio de veinticinco años— si le apetecía ya tomar algo, él se ha inclinado ligeramente insinuando, con el gesto, la necesidad de un aumento de volumen en el diálogo.

Sin duda, si el corazón de Inés pudiera hablar en este momento, preguntaría —a voz en grito, claro— qué hay de aquel hombre en éste.

Aparentemente nada. Salvo una flor. Y una mirada.

Espejo del alma —aunque ni tan siquiera ellos lo saben— los ojos de este hombre, inicialmente intruso en un recuerdo que parece haber perdido su levadura, se han puesto a brillar... (mientras los de Inés se apagaban.) De nuevo parece como si ciertas piruetas del destino volvieran a entrecruzar los caminos. Hasta hace un momento, la mirada de Inés chispeaba con un fulgor casi adolescente, mientras la de este hombre —que se va pareciendo cada vez más a Roberto— carecía de luz por completo. Y es que, después de casi tres décadas sin el aroma de la mujer amada, Roberto ha llegado sin energía a esta casa. Pero en cuanto ha visto de nuevo a Inés, la chispa ha prendido otra vez y ha vuelto a sus ojos, y luego a sus labios e incluso ha avivado el color en sus mejillas y el brillo en ese pelo encanecido por la tristeza del desamor.

Sin duda, el de ahora es un Roberto algo mayor y un poquito

sordo, pero, de lo más profundo, acaba de brotar el hombre que amó a Inés. Y la ama todavía. En realidad no ha dejado de amarla en ninguno de los instantes de su vida desde aquel, fatídico, en el que tuvieron que separarse. ¿Cómo, si no, habría recuperado esa chispa que no sólo ha electrizado su mirada sino el resto de sus sentidos? Parece mágico, alquímico, pero es real: Roberto se ha transformado y emana la fuerza y la seducción de aquel día en la playa, cuando nos conocimos.

Si los ojos son el espejo del alma, la chispa que ha prendido en el espíritu de Roberto, ha avivado, no sólo su mirada, sino todo su cuerpo. Acabo de ser testigo de una transformación evidente y sutil a la vez... Como un perfume... Y algo, un *yugen* personal y aromático, está emanando desde lo más profundo de su ser... Roberto ha empezado a irradiar una energía que está operando en él la magia de un «lifting» sin cirugia. Y es cierto; difícil de creer pero tan real como espectacular: en unos minutos, ha rejuvenecido un cuarto de siglo. (E incluso más.)

La conexión con el ser, con el loto oculto en las profundidades, tiene el secreto. Roberto está aquí, y es aquel, el de antes, el de siempre. Pero Inés...

—Tu tía se ha llevado un buen chasco.

Mamá acaba de radiografiar el corazón de su hermana que, aun pudiendo hablar, yo diría que ha enmudecido. Creo sin embargo que se equivoca en su diagnóstico: la desilusión de Inés se ha nutrido del primer Roberto, él que ha llegado sin energía y sin olor. Pero era lógico porque si el calor aviva el aroma, (por el humo se hacía el per-fum-e), ¿cómo iba a destilar Roberto su fragancia sin la más mínima chispa en su cuerpo y en su alma?

Sí, al llegar Roberto no olía. A nada. Ni tan siquiera a cocido, como pretendía mamá. El olor varonil y cálido, el aroma a jabón y a sudor, a *sake* y a té, aquel olor sexual y sugerente que siempre emanaba Roberto y del cual Inés necesitaba protegerse para volver a verle, no ha aparecido inicialmente. Por eso es como si ella se hubiera ¿desilusionado? ¿desinflado? El mayor soufflé de todos los recuerdos parece venirse abajo. Pero, ¿acaso Inés no ha reparado en la transformación? ¿No siente la energía aromática que Roberto ha empezado a desprender? ¿Y no ve esos ojos, esos ojillos que han vuelto a saltar y a brincar sólo mirarla? También ellos podrían haberse desilusionado porque, por muy mona que esté mi tía, tampoco es ya aquella muchacha, (de momento...)

Pero no. Inés parece haber perdido de nuevo el sentido de la vista junto con el del olfato. Claro que tal vez no quiera ver. Ni oler. Tal vez ella misma —como yo al entrar en esta casa— esté sellando su olfato y su alma para no sentir algo que... ¿Qué? ¿Acaso sigue teniendo miedo? ¿A qué? ¿A encontrarse con la mirada de un hombre que la deseaba más que a nada en este mundo? ¿Y si se atreviera a mirarle de nuevo, a mirar de verdad, y encontrara en el fondo de esos ojos rasgados y oscuros, el lago profundo donde quería lanzarse para el resto de su vida?

Quién sabe... Quedarse con lo aparente tal vez sea un modo de salvarse. Para ahogarse irremediablemente.

Sí. Ahí está el miedo... El de toda la vida, el que nos inculcaron y nos creímos, el que tratamos de conocer y vencer para conseguir las estrellas, y la luna, Inés...

«Aunque tengas miedo, atrévete...»

Eso me decías cuando yo era niña. También durante mi proceso, mientras luchaba para que mi alma venciera los ataques de pánico que me encerraban en casa.

Y salí. Sudando, jadeando, desesperándome al principio.

Creí que no lo conseguiría.

Pero empecé...

Un día. Y di un paso... Y otro día, dos... Al siguiente ninguno, o menos tres, porque también volvía atrás. Aparentemente... Pero era como una prueba... De fe. En mí.

Levantarse por la mañana, preparar desayunos, llevar a los niños al colegio, y luego, ¿qué? ¿Escribir poesía? Hay que ganar dinero, estar en la cresta de la ola, tener un montón de actividades, la agenda llena de lunes a domingo, conseguir éxitos o algún reconocimiento... Los sueños no llenan las neveras. Y menos, la poesía. Y ya no digamos si es china. O...

Da igual. Algo te dice: atrévete...

Atrévete Inés, y mira a este hombre. Te operaron de cataratas hace dos meses, acuérdate, y debe ser por algo... Para algo. Mírale a los ojos, entra en ellos y sumérgete en esa mirada oscura que te desnudó desde aquel primer día. ¿Te acuerdas? ¡Pues claro que te acuerdas! Así que déjate de tonterías. Sí, Inés, eso sí son tonterías. Porque ya podías imaginar que él estaría más mayor. Y tendría el pelo gris, o blanco. Y algún kilito suplementario. Que no muchos, tampoco hay que exagerar... Pero mírale bien, Inés, porque yo, desde aquí, desde mi cuarto, desde mi pequeño universo infantil donde soñaba con las estrellas que tú me enseñaste a contemplar, estoy mirando a Roberto y veo a un hombre excepcional y enamorado. Sólo le falta una cosa para ser el de siempre:

Tu amor.

Con él, además, va la energía que tu esencia reclama para prender y per-fum-ar el aire que Roberto necesita respirar...

Así que atrévete a zambullirte en esa mirada para transmitirle que has pensado en él —aunque no fueras consciente— durante cada uno de los minutos de estos últimos años y que en los dos últimos meses, la conciencia te ha llevado a evocarle cada segundo para recuperar todo el tiempo de amor no vivido, incluso olvidado, pero al fin sentido.

Sentido, Inés. La vista te devolvió a él, —incluso antes que el olfato— por lo tanto tienes que devolverle el regalo de tus ojos curados. Mírale y verás cómo te está mirando.

—Nena... ¿Por qué no sales a darles un poco de conversación mientras yo preparo el café?

¿Cómo?

—Bueno, el té... Pero que salgas... Que no ves que están como dos tontos...

¿Que salga, yo? ¿Y por qué? ¿Porque a mi madre le incomoda un silencio que ni tan siquiera le pertenece?

—Ay, hija, cómo eres...

No digo nada, entre otras cosas, porque mamá sale hacia la cocina y yo me quedo esperando el momento en que Inés se encuentre con esos ojos donde no existe el tiempo.

Y mientras espero, veo mi caja de estrellas. Sigue estando ahí. Desprendiendo su olor sutil a cerrado. Las mariposas del pasado se han despertado. Y vuelan...

Me dejo llevar un instante por ellas cuando, de repente, Inés pregunta sobre la casa de la playa:

—Y... ¿sigues viviendo allí?

Mi atención vuelve a la escena de la galería.

Inés sabe que Roberto ya no vive junto al mar... Lo sabe por mamá. Ella le contó que Roberto se había comprado, hace tiempo, un apartamento en la ciudad, cerca del restaurante. Pero hablar de aquella casa —la suya, la de los dos— es hablar de ellos, de todos sus recuerdos, del primer día, y de su último encuentro...

Y Roberto le contesta, evidentemente, que ya no vive allí.

—El aire del mar... no me sentaba bien...

Nombrar el aire y nombrar el mar ha puesto tristeza en sus palabras y más al tener que fingir que todo está superado después de tantos años. No lo está. El amor no se «supera». Ni en un cuarto de siglo, ni en una vida entera.

Pero mientras Inés trata de mantener unas apariencias, en el fondo, innecesarias, de repente algo cambia.

Algo...

Ella le mira. Inés acaba de mirar a Roberto. Ha sido cuando él ha dicho:

—El aire del mar... no me sentaba bien...

La complicidad que significaba aquel aire ha hecho que los ojos de Inés se fijaran en Roberto, realmente en él. Y entonces, como si acabara de pasar una estrella dejando caer su estela, algo se ha iluminado en Inés: su propio y particular *yugen*.

Y así su porte, la expresión de su cara, su postura en la silla, toda su persona se ha vuelto, de repente, elegante, sensual, relajada. Hermosa. Y él, él está radiante.

Es algo inexplicable. Inés le ha mirado, ha conectado con él y consigo misma, y como si hubieran recibido el toque de una varita mágica, en el aire flota otra energía. No sé qué es, pero...

Es.

Esa conexión ha conseguido, no sólo unirles de nuevo, sino que les ha transformado en el hombre y la mujer que eran cuando se conocieron. Mirarse ha sido recuperarse el uno al otro como si no hubieran pasado todos estos años.

Y es que no han pasado.

Él la está mirando igual que el día que la vio por primera vez en el restaurante y ella, al fin, se ha dejado vestir con esa mirada para ser aquella muchacha... Tanto es así que ahora es ella quien le devuelve a él ese destello que traspasa la dimensión del tiempo... Y entonces el aire se llena de cientos, de miles de partículas de energía. Casi diría que brillan, como estrellas muy pequeñas.

Un cambio extraordinario ha sucedido.

Una mirada, como un soplo de aire (perfumado), ha borrado de golpe el pasado.

—Supongo... —interviene entonces Inés— que te habrá sorprendido que...

—No me ha sorprendido. —contesta él. Y lo dice tal cual, de un modo sincero y sencillo, como si todo hubiera ocurrido ahora mismo. Y, al hacerlo, termina de quitar la última mota de polvo antiguo.

Entonces sus miradas vuelven a encontrarse y él, después de moverse ligeramente, añade:

—El día que te fuiste... sentí que... no era el último.

A Inés le sube una catarata de llanto, pero se contiene. Inspira y luego inclina su cuerpo hacia adelante. Hacia él. Dobla un poco la espalda y luego sus brazos entre el pecho y el regazo. Se dobla como si tratara de amortiguar un dolor. Y es que ¡está amortiguando un dolor! Con tantas emociones, parece que los retortijones han vuelto a aparecer obligándola a moverse hacia delante mientras Roberto se levanta y se medio arrodilla ante ella para atenderla.

—¿Qué te pasa? ¿Quieres un poco de agua? ¿Llamo a tu hermana?

Ella se limita a sonreír, y a mirarle. Entonces él, con una ternura infinita le devuelve la sonrisa y le susurra:

—Respira...

Palabra mágica. Sólo hacía falta que él la pronunciara para que Inés se pusiera a llorar.

Ahora sí. Un borbotón de llanto aflora para liberar tensiones y esa necesidad, vital, de decir:

—Lo siento.

Él agranda su sonrisa y dice:

—No pasa nada...

—No... No es por esto... Que también... pero es... —Inés hace un esfuerzo para serenarse—. Han sido tantas cosas, Roberto...

Es la primera vez que Inés pronuncia su nombre. Y él, emocionado, coge su butaca y la acerca para sentarse junto a ella.

—Al principio... —le dice Inés— cuando te he visto he pensado que... me había equivocado... Que era una locura haber quedado para tomar café... bueno, té, porque... Da igual... Que era una locura... Pero... —Inés coge aire— ahora sé que...

Una pausa y luego, añade:

—Estás igual.

—Tú, también.

Los dos sonríen.

—¿Sabes?... —le confiesa entonces ella—. Hace dos meses que me operé... de cataratas... y... estuve... estuve un rato inconsciente pero... me di cuenta de... todo y... de lo mucho que me equivoqué...

Roberto va a hablar, pero ella le frena:

—No, espera... No es... normal tener la oportunidad de decirle a... alguien que... has... querido tanto que... lo sientes... Que fuiste cobarde...

—Yo también lo fui. —contesta él de golpe.

Se hace un silencio. Y luego...

—Pero, ¿qué dices?... ¿Tú?...

—Yo también me equivoqué, Inés. No me enfrenté a mi ex mujer... Me limité a esperar... A no hacer... Y cuando llegó el divorcio, ya era... demasiado tarde.

Inés está tan asombrada que sólo puede escuchar.

—Por eso... —prosigue Roberto— cuando tu hermana me telefoneó, fue como si al fin, llegara la oportunidad de aclarar algo que... me ha estado pesando durante todos estos años.

—No... puede... ser...

De golpe, Inés se pone a reír. Y Roberto, aunque desconcertado, se deja contagiar por su risa.

—Pero, ¿de qué se ríe tu tía?... —pregunta mamá, que acaba de entrar de nuevo en mi cuarto después de preparar el té.

¿Cómo explicarle a mi madre lo ocurrido?

—Pues ya que están tan animados, voy a salir yo también...

Ni se te ocurra, mamá.

—¿Cómo?...

Que te esperes. Y si tienes ganas de moverte, vete a ordenar armarios o limpia el cuarto de baño, pero no entres en esa galería ni que caiga la luna.

—Pues ya me dirás el plan... No vamos a estarnos tú y yo, aquí, encerradas como dos porteras...

No, pero podemos estar como madre e hija, y dejar en paz a mi tía.

—Claro, ella pelando la pava con el chino, y nosotras merendando en el cuarto...

Mamá...

—Es que el hombre venía a tomar el té, no a pasar la tarde con tu tía, ni a contarse la vida, que si no se han dicho nada en todos estos años, no se lo dirán ahora...

Pues parece que sí...

Roberto le está contando a Inés que, en los últimos meses, ha estado más en Kyoto que aquí porque su abuelo le dejó las acciones de las empresas de incienso así como algunas tierras y debe arreglar los trámites de la herencia.

—Kyoto...

Inés baja el tono al pronunciar ese nombre envuelto en recuerdos.

—Me habría gustado conocer a tu abuelo...

—Y a él le habría gustado conocerte... ¿Sabes que estaba a punto de cumplir los cien? Pero se quedó viudo un año antes y decía que era muy aburrido vivir sin mi abuela... Hasta que se enfadó con ella porque no venía a buscarle. Al amanecer del día siguiente se fue...

—Y ahora tú... tienes que marcharte...

—De momento...

—¿Por eso te vendes el restaurante?...

—No puedo estar en dos frentes a la vez...

—Y... ¿tienes ganas...? De irte al Japón, quiero decir...

Roberto aquí se para. Y mira a Inés.

—¿Sabes que estás guapísima?

Y ella se pone roja como la rosa que él le regaló la última vez.

—Te lo digo en serio —insiste Roberto.

Entonces se instala un silencio que se rompe en mi habitación cuando mamá exclama:

—Ahora si que salgo con el té...

Y antes de que yo pueda reaccionar, ahí está mi madre entrando en escena...

—¿Os apetece un té?

Mamá acaba de aparecer en la galería y tía Inés la odia como cuando eran niñas. E incluso un poquito más. Roberto agradece la invitación aunque comenta que a las seis tiene que estar en el abogado.

—Por la venta del restaurante y la herencia de mi abuelo.

—¿El de Japón? —pregunta mamá como si no lo supiera.

—El de Japón. —le contesta Inés severa.

—Es uno de los sitios que me encantaría conocer... —prosigue mamá mientras se dispone a preparar el té sin darse cuenta —o no quiere dársela— de que tres son multitud en esta charla.

Pero antes de que pueda seguir, Inés la para:

—Lo haré yo —dice—. Si no te importa: es algo que necesita... su tiempo.

—Bueno, bueno... —se desentiende mamá y entonces retoma su conversación con Roberto para decirle que, en los últimos años, a raíz de quedarse sola, ha viajado un poco—. Por Europa sobretodo. Pero de Oriente no conozco nada, y me gustaría... Aunque todo es tan caro...

Consternado, Roberto acaba de descubrir que mamá enviudó hace unos años. Roberto conocía a papá. No demasiado, pero se entristece.

Papá era algo mayor que él aunque mamá opina que el calendario no siempre va con la edad del espíritu. Además, según ella, papá dejó de vivir mucho antes de irse de este mundo. Desde que dimitió de su cargo directivo, por una cuestión de principios, se fue encerrando en sí mismo y en esta casa, amparándose en una invalidez que no le permitió andar durante meses aunque físicamente no tuviera nada.

Escucho a mamá y aún me duele, pero no tanto. Fue así. Día tras día viendo a papá, sentado en esta galería, bebiendo café, fumando un cigarrillo tras otro hasta que su corazón se fue ahogando y no pudo más. Yo estaba embarazada de siete meses. Nunca le alegró que le hiciera abuelo. En realidad nada le hacía feliz. Decía que si no había puesto fin a sus días era por mí. En cierto modo, papá me responsabilizó de su vida. Y yo, durante mucho tiempo, viví pendiente de su felicidad. Me esforcé tanto... Incluso en tener las mejores notas para que cada trimestre, cuando debía estampar en ellas su firma, me pusiera aquel punto al final de la rubrica que demostraba al menos su satisfacción —y un poco de alegría— ante mis resultados escolares. Alguna vez, sin embargo, ese signo mínimo de puntuación se quedaba en la pluma, congelado, unos segundos durante los cuales papá me instalaba en la duda de su aprobación. Lo hacía como un juego... Un juego que alentaba mi deseo, permanente, de agradar y de hacerlo bien.

Cuantas vivencias, aparentemente inofensivas, intrascendentes y, sin embargo, determinantes.

Escucho la conversación que transcurre en la galería de un modo lejano, no sólo porque haya vuelto a otro tiempo, sino porque en mi cofre de cartón estrellado acabo de ver un tintero...

De tinta Pelikan.

Y, sin querer, vuelvo a oler a papá cargando su Mont-Blanc...

# El olor a tinta

Aunque hayan inventado rotuladores con distintos aromas, un tintero atesora el único olor verdadero de la escritura. Está en ese pozo, aparentemente oscuro, que también es un cielo de noche. Con estrellas. Una de ellas es escribir. Pero pedírselo a la luna significa un camino que se inicia con un primer paso...

Primeras caligrafías en el colegio.

Concierto de «ma, me, mi, mo, mu» orquestado por una plumilla insertada en mi portaplumas de madera. Cuando la maestra anuncia que ya podemos empezar, yo tengo mi batuta de la escritura preparada.

Pero, de pronto, en lugar de obedecer las normas escolares, mi pluma se rebela y empieza a volar. ¿Acaso no es una pluma?

¡Pues que vuele!

\* \* \*

—A mí me encanta volar...

Lo dice mamá.

—Si hubiera podido, creo que habría sido azafata... Eso de estar cada día en un sitio distinto lo encuentro estupendo...

—Es que mi hermana tiene espíritu de marinero: un amor en cada puerto...

—Y tú de misionera, siempre encerrada en esa isla...

Mencionar la isla ha sido como decir «Ignacio». Así que si hace un momento tía Inés odiaba a mamá como en su más tierna infancia, ahora podría evidenciar su sentimiento.

Mamá se ha dado cuenta. Ha sido una inconveniencia por su parte así que pretendiendo arreglar la falta, me llama...

—¡Nena! ¿Puedes salir un momento?

Pero, ¿acaso mamá no se da cuenta? No sólo ella está de más, sino que ahora pretende añadirme a mí...

—¡Nena!

No pienso ir.

—¡Cariño!

Tengo que dejar mi isla, cruzar el río y...

—¿Te acuerdas de mi hija?...

Ya está. Ya he llegado...

—Bueno, acordarte claro que te acuerdas pero... era una cría y ahora ya es una mujer, casada, con dos niños y...

En el «y» mamá se encalla. Me imagino que iba a decir:

—Y trabaja en televisión. Escribe series...

Pero ya no trabajo. Sólo escribo. Poemas. Y son chinos... O lo que sea. Pero aún no han conquistado el punto en la firma paterna. Ni el reconocimiento de mamá. Ese reconocimiento era antes que nada. Antes...

Pero ya no.

Creo haber encontrado el guisante. La pieza que faltaba del rompecabezas. Es sutil y complejo a un tiempo. ¿Dónde empiezan tus propios errores, tus limitaciones, tus miedos y hasta dónde te coges a los demás para justificarlos? Pero ya no trabajo para la firma paterna: Ha llegado el momento de establecerme por mi cuenta.

Observo a Roberto de cerca.

Es aquel hombre seductor con el que fui a la playa, un día de julio... Aquel señor alto, moreno, guapo, con ojos rasgados cuyo amor por Inés me descubrió un mundo distinto.

Y aquel hombre, ahora, se levanta para saludarme y compruebo que ya no me parece tan alto, ni tan moreno, ni tan fuerte e incluso sus manos, firmes y grandes, se han vuelto algo más pequeñas, con una piel de acordeón ligeramente manchada por el sello del tiempo. Roberto ha envejecido. Sin duda. Pero, al levantarse y estrecharme la mano, cuando me sonríe, la percepción que había tenido en mi dormitorio, se hace evidente: su sonrisa ilumina sus ojos y esa chispa, imborrable, hace que sea aquel hombre.

Nos saludamos, sonreímos... Me sigue gustando y, por su expresión, creo que yo también le agrado. Pero mamá y yo estamos de más y me apresuro a pedirle que me ayude con una caja de estrellas que he dejado en mi cuarto.

—¿Una caja... de qué?...

Inés sonríe. Sabe a qué me refiero y aunque mamá no lo entienda consigo llevármela —disculpándonos— para dejar de nuevo solos a mi tía y a Roberto.

En cuanto mamá y yo desaparecemos, Inés le pregunta si quiere un poco de té y él contesta:

—Por supuesto...

Empieza entonces una excursión al pasado, revisando en cada gesto algo de aquellos momentos cuando Roberto practicó, por primera vez, la ceremonia del té para Inés. Ahora es ella quien se presta a servirle y se excusa, antes de empezar, diciéndole que no tenía casi nada pero que...

Mira entonces a Roberto y siente que sobran las palabras y sólo hay que dibujar pinceladas de movimiento al poner una cucharada de té en el sobrecito de papel, y atarlo luego con un nudo, y dejarlo después en el fondo de la tetera (china) para verter en ella el agua caliente, lenta, muy lentamente... Y luego tapar, y poner el lilyum en un pequeño jarro que Inés ha cogido de la bandeja donde mamá —que no ha perdido detalle— se lo ha dejado con agua.

En la habitación, donde hemos vuelto, miro a mamá y ella me mira como diciendo:

—¿Qué te creías... que no tengo sensibilidad?

Y yo, como respuesta, le doy un beso.

Luego seguimos atentas y vemos como Inés se dispone a verter con delicadeza el té en la taza de Roberto mientras él la mira embelesado disfrutando de cada gesto, de cada segundo, de cada inspiración sembrada de olor que ella le entrega.

Inés ha recuperado la poesía.

La hay en cada uno de sus movimientos, suaves, conscientes, femeninos. Es una geisha sirviendo té y creando haikus de vida. Y cuando la taza de Roberto ya está llena, Inés la coge con dulzura y la deposita frente a él para llenar luego la suya, con la misma calma y la misma entrega. Al terminar, deja la tetera en al bandeja y entonces las dos miradas se encuentran. Pero, antes de coger sus tazas, los dos se lanzan a preguntar lo mismo:

—Y... ¿cuándo te vas?...

A las islas...

Al Japón....

Se echan a reír. La coincidencia reafirma la complicidad, mágica, que ambos están recuperando.

—No lo sé... —dice ella.

—Yo tampoco. —dice él.

Entra un silencio pequeñito que Inés atraviesa para sugerir:

—Podríamos cenar en tu restaurante...

—Ya no es «mi» restaurante... —le recuerda él—. Pero... podríamos cenar.

Ella sonríe.

—¿Qué... día te iría bien? —pregunta.

—El día que tú quieras... —contesta él.

Mamá se sienta en mi cama.

—Pero... ¿has oído a tu tía?...

Es una cena, mamá.

—Es una atrevida.

Vaya...

—Pero, ¿qué dirá Ignacio cuando se entere?

¿Y por qué tiene que enterarse?

—También es verdad. ¿Por qué tiene que enterarse? Al fin y al cabo, tu tía ha estado veinticinco años con él... y por una noche que cene con Roberto... Además, ¡¿qué hay de malo en una cena, puñeta?!

¿Qué hay de «malo»?

Siempre tenía que haber algo «malo»... Por esa educación del pecado, del miedo, del castigo, planeaba constantemente una supuesta maldad en todo y, sobretodo, entre un hombre y una mujer.

Pero esta tarde, los prejuicios, los esquemas y toda la ristra de falsedades que impidieron la relación de Inés y Roberto parecen evaporarse.

Todo es mucho más sencillo.


—Inés...

Roberto abre el diálogo.

—Quiero decirte algo. Y voy a ir al grano... Desde luego, qué expresión más fea... Pero bueno... a lo que iba... He cambiado en algunas cosas, pero sigo siendo tan... directo como antes. Todo sería más fácil si fuéramos... naturales... espontáneos. Tú y yo lo fuimos. Pero... no lo suficiente.

—Ya lo sé, Roberto.

—Ahora tenemos más edad... más... experiencia y... menos tiempo. Sí, no te rías, yo voy a cumplir sesenta dentro de nada...

—Y yo cincuenta y...

—Tú eres una cría.

—Tú, que me ves con buenos ojos...

—Y tú, ¿cómo me ves?...

Inés sonríe:

—Como siempre.

Un suspiro... Dos.

—Bueno, ¿vas al grano o qué? —le dice ella.

Roberto se acerca:

—Voy a decirte lo que siento, aunque te suene a barbaridad, a locura, a atrevimiento, a lo que sea... Y tú dime también lo que sientas.

—Lo haré. Pero dilo ya...

—Es... muy simple... Te lo pedí hace veinticinco años y... no pudo ser. Pero te lo pido otra vez...

Roberto coge aire con olor a té, a lilyum, a rosa y luego lo expulsa en forma de pregunta:

—¿Vendrías a Kyoto conmigo?


Mamá se desploma sobre la cama.

Yo contengo la respiración.

Roberto espera...

Inés calla.


¿Se han evaporado las palabras?


—Te quiero. Nunca he dejado de quererte. Y me iría contigo al fin del mundo.

Eso es lo que Inés está sintiendo después de escuchar la pregunta de Roberto.

Pero dice:

—No puedo.

Un trueno.

Esas dos palabras, esas siete letras, esa negación junto a uno de los verbos de mayor poder, ha sonado como un trueno.

¿Volverá a cerrarse el cielo?


Estoy a punto de salir y gritarle a Inés que ella, precisamente ella, me inculcó que querer es poder. Y tú le quieres Inés. Y te ha pedido, te acaba de pedir por segunda vez, que te vayas con él. Hace veinticinco años le dijiste que no. Pero ahora...

—No puedo, Roberto. Lo siento...

Mentira. Sí, siento que es una mentira y querría gritarlo, pero me callo. Como Roberto. Ha enmudecido, aunque no me extraña: ¿qué puede decir más?

También mamá se ha quedado sin palabras. Con la invitación de Roberto a su hermana, se ha desmoronado sobre la cama y ahí sigue que si la pinchan le sacan horchata. No lo esperaba en Inés. Pensaba que cuanto había sentido podía cambiar su vida. Pero no: Ignacio volverá a protegerla. En el matrimonio refugiará su inseguridad. Así fue y así sigue siendo porque considerar Kyoto podría convertir veinticinco años de espera en una estrella. O varias... Aunque tal vez es mejor no pedirle nada a la luna. Ni mirar atrás... Ni al frente donde está sentado Roberto. Porque tanto pasado como presente podrían coincidir perfectamente. Pero dos miradas no se encuentran si una no quiere.

Aun y así no puedo creerlo.

—Roberto... Yo... me iría a Kyoto contigo ahora mismo...

¡Vaya! Parece que Inés se ha despertado, al fin, de un sueño de veinticinco años...

—Pero... no puedo hacerle eso a Ignacio...

¡Vaya! Hemos vuelto a caer en lo soporífero.

—Él... es...

¿De verdad piensa hablarle de su marido?

—Desde luego tu tía es lo que no hay...

Mamá saca la cabeza por encima de la mía para observar a su hermana.

—¡Que se vaya a la China, puñeta!

¡Mamá!

—¿Qué pasa? No me mires así... Como la burra de tu tía no reaccione, salgo y me voy yo a Kyoto con este hombre...

Y entonces mi madre se emociona.

—Hija, por Dios, es que tu tía parece boba.

—Soy una boba, Roberto...

—¿Lo ves?... —comenta mamá como si fuera la apuntadora de Inés—. Una boba de toda la vida...

—Ignacio ha sido un buen padre... y un buen marido... Lo es...

—Pero... ¿pero se puede saber por qué le habla de Ignacio? —mamá se exalta—. Es... es como si yo quedo para cenar en... Maxim's con un actor guapísimo de Hollywood y... ¡le hablo de los callos a la madrileña que hacía un novio mío de Murcia!

A mamá, el whisky de hace dos horas parece hacerle efecto ahora.

—Inés yo... —Roberto rompe su silencio—. Yo te he dicho que iba a ser directo... y que podía parecerte una locura y una barbaridad pero... tenía que decírtelo.

—¡Pues claro que tenía que decírselo! —le espolea mamá como si estuviera detrás—. Y yo voy a decirle cuatro cosas a tu tía...

Mamá: esta no es tu película; ni tan siquiera tu secuencia.

Mamá me mira...

—Tienes razón, hija... —Se deja caer en una de las butacas del dormitorio—. Pero... por una vez que...

244

Calla. Por una vez, ¿qué, mamá?

—Nada. Yo... yo habría hecho lo mismo... Quiero decir que... no habría dejado a tu padre porque...

—... nos han educado así, Roberto. —Inés busca palabras de una partitura que podría mantener a dos voces con mi madre. Y es que las dos han conocido el mismo concierto de esquemas y no es fácil orquestar una sinfonía nueva.

Pero, en medio de esta situación tan especial y emotiva, lo que más me llama la atención es la actitud, extraordinaria, de Roberto: de entrada, no ha dejado de observar a Inés como si la acariciara con la mirada y quisiera arroparla, protegerla y, al mismo tiempo, mantener aquella chispa de deseo en ella... Pero luego está su serenidad, no sólo envidiable, sino respirable. Hay un algo tranquilo en el aire, relajado, agradable, a excepción de mamá que, emocionalmente, se ha convertido en prima hermana del hombre araña.

—Estoy que me subo por las paredes... No entiendo cómo tú puedes estar tan tranquila...

No estoy tranquila, sino más bien apagada. Y, no es que esperara que mi tía se fuera con Roberto, y a Kyoto, nada menos, pero ¡¿y por qué no?!

—No puedo hacerle esto a Ignacio. Lo siento... Puede... puede que me esté equivocando otra vez... —Inés, nerviosa, se levanta—. Pero... ¿cómo me voy a ir a Kyoto contigo? Es... una locura.

—La misma que hace veinticinco años.

—No, la misma no, Roberto: hace veinticinco años éramos jóvenes, yo era soltera...

—Y yo estaba casado...

—Con Antonella... ¿O era Antonietta? Da igual. La cuestión es que una vez por unos y otra vez por otros...

—Nunca nos casaremos.

Inés mira entonces a Roberto.

245

—¿Has... has puesto un tono de broma o... me lo ha parecido?

—Inés... Si a estas alturas tengo que ponerme serio...

Y dicho esto parece que Inés y Roberto han terminado.

Acabarán de tomar el té mientras se habla del tiempo que hace en la península, en las islas y en el archipiélago japonés, de lo caro que está todo, de las pensiones para la vejez, de algún conocido lejano —Matilde Vallecas, pongamos por caso— e incluso de los hijos de mi tía que, por un último diálogo, Roberto sabrá que «ya están casados aunque no tienen niños, todavía».

Somos así. O nos educaron así: «Que tu mano derecha no sepa nunca lo que piensa la izquierda». (Y menos que lo sienta.) Y a veces, incluso, hay que hacer esfuerzos para reconocer que ambas manos pertenecen a un mismo cuerpo. No es de extrañar, por tanto, que mi tía haya bebido los vientos por este hombre y ahora, teniéndole delante, contenga el aliento simplemente porque...

¿Por qué?

Me encantaría sacudir esta escena, —como hemos hecho antes con las alfombras de la memoria— y que volara el polvo de esta falsedad que parece cegar a mi tía como si no hubiera pasado por una operación de cataratas. ¿Acaso no íbamos a embarcarnos hace una hora en una locura? Parece ser que no e incluso habrá un naufragio en esta historia. Y entretanto, el reloj irá avanzando hacia el puerto de las cinco, y luego hacía el de las cinco y cuarto, y finalmente cuando llegue a la media, atracará con dos campanadas, en el muelle final de la travesía, dando por terminada una visita que ha sido agradable, entretenida, corta, encantadora...

Y, tal como han ido las cosas, incluso podría parecer inodora.


Tantos años...

Y un par de horas y...

¿se acabó?...

—Roberto, yo...

La voz de Inés. Suena más serena, más clara... Diferente.

—¿Qué...? —pregunta él.

Iba a levantarse ya para despedirse, para marcharse, cuando ella le ha frenado con ese...

—Roberto, yo...

Y entonces él se acerca a ella, pero la mirada de Inés cae fulminada hacia el suelo y la de Roberto encuentra en sus párpados la nada. Aún y así, él no se mueve y es ella, ahora, quien acorta la distancia cogiendo esas manos de samurai que tantas veces acariciaron su piel. Y al tocarlas parece como si Inés recuperara el aliento y la fuerza para elevarse de nuevo hasta encontrarse con esas dos estrellas que no han dejado nunca de brillar por ella. Esos ojos brillantes; esas manos amorosas; esa voz grave, de terciopelo...Y ese perfume que está en el aire. Inés y Roberto están recuperando los sentidos y antes de seguir hablando, sus manos se envuelven aún más para estrecharse en una mirada.

—Roberto... No sé cómo decirlo...

—Empieza por algo...

—Me siento tan... rara...

—¿Cómo... «rara»?

—No sé... De golpe, es como... si algo hubiera cambiado... de repente, hace un momento y... estrenara algo. Por dentro.

—¿Has... ido de compras?... —pregunta él muy serio.

—Sí, de rebajas. Y te he encontrado a ti.

—Un viejo saldo...

—Una superoferta.

—¡Ah!... Me gusta estar de oferta...

—Roberto...

—¿Sí...?

247

—No estoy bromeando.

—De acuerdo. Dímelo muy seria... —Y él subraya con una sonrisa su comentario.

—¡Ya no sé qué iba a decir! —Se queja ella.

—Era algo así como... Que has estrenado algo por dentro. Pero no es lencería.

Con enfado de niña, Inés va a echarse para atrás, pero Roberto la retiene con las manos y la mirada.

—Venga, va... ¿Qué es?...

Entonces ella coge la rosa que le he traído esta mañana y, sumergiendo su nariz en la corona de pétalos, aspira su fragancia como si absorbiera la flor entera.

Cuando él le hacía el amor, ella...

Inés deja entonces la rosa y con el aire perfumado que acaba de coger, se lanza con la intención de no parar...

—Verás... —empieza diciendo—. Cuando... te he dicho «no puedo», he... notado dentro de mí algo... extraño... Como una explosión... Un estruendo. Y luego... un dolor. Pero, al mismo tiempo, ha sido como... si todo se ordenara dentro de mí y... me he dado cuenta de que jamás... ¡jamás, Roberto! he sido yo. Yo con la capacidad y la libertad de decidir, hacer, sentir, ir, venir... Yo. Sin pensar en mi padre o en mi madre, en la sociedad o en el qué dirán, en el marido o en el vecino... Incluso sin pensar en ti. Ni en mis hijos. Yo. Sola, Roberto. Yo, responsable de mi vida y de mis actos, de mis sueños y de mis errores... Yo, dentro de mí... En mí. A solas conmigo... Yo. ¿Dónde he estado durante toda mi vida?

Él la escucha. Incluso escucha el silencio que ahora se instala después de esa pregunta:

—¿Dónde he estado todos estos años...?

Una mirada y luego...

—Sólo contigo, y también con mi sobrina, puedo sincerarme así... Con Ignacio, apenas... Él vive en su mundo. Si es que lo tiene... que a veces me lo pregunto... Él no se pregunta nada... Pero... da igual... Esto no viene al caso... Ignacio es Ignacio. Y yo... aún no sé quién soy. Durante años fui la hija de... La hermana de... La cuñada de... La tía de... Hasta que te conocí. Entonces todo cambió. Mi vida se transformó y dejó de ser mía para ser tuya. Tú eras mi vida. Por eso me he estado ahogando todos estos años... Mis hijos han sido bocanadas de aire, maravillosas, intensas, poderosas... Ellos me han mantenido a flote pero... también soy la madre de... Y ahora, después de casar al pequeño, descubro que... ellos tienen su vida y eso... eso me enfrenta a la mía. La mía que no sé dónde está... Me he ignorado tanto... Si hasta en las comidas, le preparo a Ignacio una verdura y una tortilla para cenar y yo, por no hacerme nada, paso con una fruta o... ¡con restos del día anterior! Así que... no es que no me haya querido o que me haya tenido más o menos en cuenta, ¡es que ni he existido para mí misma!

Inés se para un instante para serenarse. Respira...

—Tengo miedo, Roberto... Pero, al mismo tiempo, tengo ganas de atreverme... La... sensación que he tenido ahora mismo... me ha... centrado... en mí. Sí.... Como si estuviera en plena ceremonia del té... O no... no... Como si todo, al fin, fuera una ceremonia que sale de mí. Yo vivo. Yo existo. Desde mí sirvo el té, huelo la flor o... lo que sea... Pero si no estoy en lo que vivo, ¿para qué vivo? Me acuerdo... me acuerdo una vez que me dijiste que yo pensaba mucho en la meta... en el resultado... Yo quería... casarme, contigo, y eso... eso me importaba más que... quererte, simplemente. Pero no lo entendí en su momento aunque me dijeras que... pensar sólo en el fin... era... olvidarse de la vida: la flecha, cuando ha llegado a la diana, ya ha terminado su camino. Yo me he pasado la vida queriendo llegar a la diana... Y ahora... ahora puede que haya llegado la hora de olvidarse de la diana... de

ser la flecha... y disfrutar del aire. No sé bien cómo explicarlo...
Es... ¿Cómo se puede explicar... el perfume de esta rosa?

Inés inspira profundamente para conectar con la tranquilidad que necesita.

—Ahora sé que depende de mí. Quedarme aquí... volver a la isla o... irme contigo. —Pero tiene que ser... lo que yo... sienta. Y nunca he sido... consciente de esa realidad: la mía.

Él mira esos ojos de cría y se enternece al decirle:

—Yo estaré aquí unos días... un par de semanas seguro...

—Y si no... —pregunta ella—. ¿Me esperarías en Kyoto?

Roberto sonríe. Su mirada se emociona.

—Si te he esperado toda mi vida... ¿tú que crees?

—Que a estas alturas irme al Japón contigo es una película para que la viera mi pobre madre...

—Igual la ve...

—Igual... pero entonces, no te extrañe si no llego: es capaz de desatar una tempestad sobre Japón para que no aterrice ningún avión.

—¿Tú crees?

—No. Supongo que a ciertas alturas, todo se ve de un modo distinto...

—Y tú también lo estás viendo...

—¿Estás muy seguro de la decisión que voy a tomar?

Roberto vuelve a sonreír. Y, esta vez, se levanta.

—¿Qué haces?... —pregunta Inés sorprendida.

—Levantarme.

—Ya lo sé, pero...

—Me voy, Inés.

Y, antes de que ella pueda reaccionar o decir algo más, Roberto se acerca para besarla.

Para darle un beso de despedida.

Un beso.

De los labios de Roberto a la mejilla de Inés. Un roce sutil. En realidad, nada... Y, sin embargo, en el momento en que Roberto acerca sus labios a la mejilla de Inés, ella, instintivamente, mueve la cara hacia él y sus alientos se encuentran para recuperar un beso.

Aquel.

El de la playa, el primero, está en éste. Aquí y ahora. En realidad, nunca dejaron de dárselo. Y el aire trae el olor a mar...

Amar...


—No... puedo... creerlo.

Mamá tiene que hacer esfuerzos para sobreponerse.

—Mira que darle un beso... así. Que tu tía es capaz de irse y dejar a Ignacio... Aunque, tal como está, también es capaz de dejar a Roberto si no le gusta Japón... Bueno... bueno... bueno... Lo veo y... Nunca había visto a mi hermana en este plan... ¡Y encima, va y le da un beso! No, si ésta aterriza mañana mismo en su casa y le plantifica a don Comodón que se marcha... Que sí, que te lo digo yo... que se va... Lo único serían sus hijos pero ya los tiene casados y por Ignacio, tu tía ya no se sacrifica... Claro que él también se lo ha buscado... Mal marido no ha sido... pero... egoísta y tirano, un rato largo... Ahora yo no sé si tu tía decide dar el campanazo, cómo lo hará... Pero bueno, allá ella... Desde luego... mira que llamar a este hombre para tomar café y puede que acabemos todas en Kyoto practicando la ceremonia del té... Porque yo me voy unos días que por algo he sido la organizadora de esta historia... Uy... Calla, que ya se marcha...

¿Que me calle?... Pero si aquí la única que habla es mi madre.

—Nena... ¿tú crees que tendríamos que salir a despedirnos?... ¿No, verdad?...

No, no saldremos a despedirnos. Nos quedaremos, a este lado de la escena. Y observaremos...

251

Inés y Roberto caminan en silencio hasta el recibidor...

Se paran. Se miran. Sonríen.

Y entonces él dice:

—El paraguas.

¿Cómo?

—Me dejaba el paraguas...

Y tía Inés, algo desconcertada, mira a derecha y a izquierda hasta encontrar, en el paragüero de madera que hay junto a la puerta, el paraguas de caballero inglés que traía Roberto.

El paraguas.

Bien.

Y...

—Nena... está sonando un móvil...

El mío. Suena en la galería. Salgo del dormitorio. Cruzo el pasillo, y vuelvo al lugar donde esta mañana encontré el prado de margaritas. Cierro un círculo, una etapa, una vivencia... El sonido de mis tacones me lleva a otro tiempo, cuando me subía a los zapatos de mi madre y taconeaba por toda la casa y entonces siento como si no existieran los pasos de todos estos años.

Mi teléfono entona *Gotas de lluvia que al caer...* mientras el cielo parece que vaya a sintonizar con la melodía porque, después de un sol intenso, se está encapotando de nuevo.

Descuelgo.

—¿Hola?...

Mi marido. Me dice que ha ido a buscar a los niños y que ya están en casa, esperándome. Le doy las gracias por las rosas que me ha regalado esta mañana.

—De nada. —me contesta con mimo.

Cierro los ojos. Respiro... Ahí, en ese centro, en ese espacio interno, en ese lugar indefinido, en ese *yugen*... estoy yo. Y el aire es un aliado para llegar.

—¿Estás ahí?

Es la voz de Carlos...

Sí, estoy ahí, claro...

Pero, de repente, oigo la puerta de la calle: acaba de cerrarse. Roberto se ha marchado.

Entonces le digo a mi marido que ahora voy para casa y cuelgo. No me ha dado tiempo a observar toda la escena y sólo veo a Inés. Está en el recibidor. Pero algo ha desaparecido en ella... Algo que ya ha cruzado esa puerta, para irse al Japón y...

—Inés...

Mamá va hacia su hermana mientras yo empiezo a recoger las tazas de té.

—Bueno, al final ¿qué? —pregunta mi madre—. ¿Cómo habéis quedado?

Un suspiro, y luego:

—Que le llamaré.

—Y ¿qué piensas hacer? ¿Te... irás con él?

Pero Inés, en lugar de entrar en explicaciones, prefiere hacerlo en el baño.

Mamá se queda entonces un poco así... como después de ver una película de final ambiguo o... «abierto» como dicen los entendidos. Claro que a ella, más que abrírsele un final, le han cerrado una puerta en las narices.

—Desde luego, tu tía a veces es más rara...

Mamá no ve la tempestad que se ha desatado en la vida de Inés: miedos, dudas, preguntas, necesidad, más miedos, más necesidad... Y todo reducido a un solo punto: ella. Ella sola. Ella como una taza vacía cuyo contenido sólo puede llenar de sí misma. Y esta vez sabe que ya no se puede coger a Ignacio como lo hizo años atrás. Aunque podría con mayores justificaciones: es su marido y el padre de sus hijos... Pero Ignacio no es ella. Nadie es ella. Ni tan siquiera Roberto lo es. Ella es... unos puntos suspensivos por rellenar... un recipiente vacío... un algo que en estos mo-

253

mentos se enfrenta a un paso extraordinario. Y no ha dado nunca ese paso. Pero tiene que hacerlo. Se quede o se marche no es importante... Lo importante es la libertad de ser ella, de conectar con ese alguien que espera ser reconocido, escuchado, atendido. Ese alguien que tiene la fuerza, el valor y la energía para conquistar las estrellas y escribir los más bellos versos de su vida. En ese punto, tan íntimo, tan silencioso, tan aparentemente oculto, está cuanto Inés necesita. Y se encierra en el baño para encerrarse en sí misma, para entrar ahí, en ese silencio, en esa intimidad, en ese lugar donde sólo puede estar uno. Ahí está el miedo a saltar, a atreverse, a ser, pero también está el valor.

Tiene que llamarle. Con un sí o con un no. Es sencillo, aunque no es fácil.

La puerta del baño se abre. Inés sale.

Me acerco a ella para despedirme.

—¿Ya te vas? —Inés me lo pregunta como diciendo «quédate».

Pero me esperan en casa y, además, necesito despejarme.

—Te llamaré... —me dice Inés.

A mí, y espero que a Roberto también.

Sonríe. No sabe qué hará... No lo sabe porque conectar con la sensación del «yo» es algo que no había experimentado nunca. No, al menos, de este modo... Es un *yugen* no identificado hasta hace muy poco. Pero ahora, después de detenerse en su interior, de sentirse y atenderse, percibe que ahí, en ella, existe un ser que sólo encontrará yendo hacia sí misma. Es una sensación nueva y, por tanto, extraña...

—No sé cómo definirla... —me dice—. Es una sensación de poder personal... Y de libertad.

Entonces me confiesa que, poco tiempo después de conocer a Roberto, él descubrió que ella le fue quitando la dureza masculina que había copiado de su padre. Aquella virilidad mal entendida, condimentada con una pose de hombre atractivo y seguro de sí mismo, se deshizo por completo cuando se enamoró de ella

—Él cambió mi vida, ya lo sabes... Pero yo también cambié la suya. Y esa transformación —lo he descubierto ahora— fue un imán para mí. Será que a algunas mujeres nos va eso de ser marías redentoras de los hombres y reconvertir por amor nos hace sentirnos útiles y maravillosas. Y eso me hizo depender de Roberto de alguna manera... Me gustaba sentir que él se había enamorado de mí y que yo era la mujer que había hecho aflorar su verdadera manera de ser. Había conquistado al hombre... duro... un poco don Juan... Y luego resultó que estaba loco por mí.

Pero ahora, de repente, teme que todo cuanto le ha dicho sobre sí misma le haya molestado... Y si no vuelve a verle... Y si no puede hablar con él para decirle...

¿Qué?

—No lo sé... No me hagas caso... Es que... de repente... he pensado que... Imagínate que no vuelvo a localizarle... Que no le encuentro...

El miedo. ¿A estas alturas?

—Ay sí... Desde luego... Está claro que si tiene que ser... será. ¿Verdad?...

Abrazo a Inés. Noto que aún está nerviosa.

—Yo que venía para una revisión... Menuda revisión...

Le doy un beso. Entonces aparece mamá.

—Oye, que está a punto de llover... ¿Has traído paraguas?

Sí, no te preocupes y además he aparcado cerca...

Un beso... Sí, un beso. Y un abrazo. Déjame que te abrace, mamá... Mucho, con todo mi ser y que respire abiertamente, a pleno pulmón, este aire que me trae tu olor.

Tu olor, mamá...

Por fin puedo sentirlo. Y es tan bueno. Es bueno sentir esta ternura por ti, mamá.

Es bueno soltar... Y dejar esta casa sabiendo que no tendré miedo a regresar.

Me marcho.

Adiós Inés. Espero que encuentres tu particular ceremonia del té...

Adiós mamá. Te quiero.


La puerta se cierra.

Me quedo un instante en el umbral de mi casa, mi vieja casa de infancia. Inspiro, con plena conciencia, y luego empiezo a bajar las escaleras. Peldaño a peldaño voy dejando atrás la estela de un pasado.

La prisa parece haber perdido la fuerza que me empujaba a correr y a lanzar la flecha contra la diana a mi también y me doy cuenta en cada paso, en cada brizna de instante que vivo y entonces, de repente, siento que ya es tiempo de poesía. Se acabó ejercer de lo que no quiero: alargaré mi excedencia o dejaré mi empleo, pero escribiré versos.

Es un nuevo comienzo y, al llegar a la puerta de entrada, o de salida, me siento como cuando era niña; como aquel día cuando Inés me llevó a la playa y me presentó al único hombre que la convirtió en perfume y que hoy se ha llevado consigo su esencia para no vivir más de un recuerdo, ni de una memoria olfativa. Ese hombre maravilloso que...

¿Es él... Al otro lado del cristal...?

Está ahí, en la calle, buscando un taxi.

Empieza a llover a mares (amares... amar... a mar...) y los taxis se encogen y desaparecen cuando diluvia. Así que Roberto, bajo su paraguas de caballero inglés, no encuentra ninguno y yo voy a salir del edificio para decirle que le llevo en mi coche... Pero cuando voy a gritar su nombre, él también grita:

—¡Taxi!

Su voz se superpone a la mía tapando la primera sílaba. Me quedo con el «Ro...» suspendido mientras el taxi para antes del «...berto» y yo abro mi paraguas para salir a la calle.

Entonces él cierra el suyo y, al entrar en el coche, me ve...

Separados por una cortina de agua, yo en la acera y él dentro del taxi, con la puerta entreabierta, nos encontramos en una mirada. Y, por un instante, siento el impulso de correr hacia él y pedirle que...

¿Qué?

¿Su colaboración para un final feliz?

Llueve. Intensamente. A mares, a cántaros, a palanganas... Llueve y Roberto me sonríe con una calidez que me abriga el alma. Luego, cierra la puerta del taxi, me saluda con la mano y el coche se adentra en ese río de luces que se van encendiendo porque la tarde se está volviendo noche antes de tiempo.

Y en un momento...

Fin.

Fin de la secuencia, del acto, de la película, de lo que sea...

¿Fin?

*Gotas de lluvia...* en mi bolso. Lo abro. Busco, rebusco y requetebusco el móvil. Lo encuentro. Descuelgo.

—Nena...

Inés.

—Te has dejado la caja de estrellas...

¿La caja?... ¡La caja!... No importa. Déjala... Déjala donde estaba.

—¿Estás bien?... —me pregunta.

—Sí... ¿Y tú?...

Un silencio. Con él avanzo hacia el parque para ir a buscar mi coche cuando veo el taxi donde va Roberto.

Yo iba a cruzar, con el paraguas en una mano, el móvil en la otra y mi tía casi en llamada de espera, cuando se ha puesto rojo para los peatones y el taxi, que iba a doblar la esquina, se ha quedado frente a mí bloqueado por el tránsito.

Sigue diluviando...

A mares...

Entonces siento un impulso repentino.

Tía Inés... ¿Sigues ahí? Oye... Me debes un móvil... Pero mejor si es japonés.

Y antes de que Inés me conteste, golpeo la ventanilla del taxi con el teléfono... Roberto se gira sorprendido... Me ve, baja el cristal y entonces, antes de que pueda decir nada, le tiendo el teléfono:

—Es para ti... —le digo.

Y desaparezco.

Llueve. Diluvia. A cántaros, a palanganas. A mares...

Amar es...

Seguro que al llegar a casa se me ocurre algún haiku japonés.

La simple idea de escribir me ilusiona y me hace mirar al cielo. Pronto dejará de llover: en una esquina se está abriendo una boca de luz y de ella empieza a salir un arco de siete colores...

Inspiro, arcoirisada.

Jugaré a inventar palabras, a cocinarlas, a crear ceremonias del té literarias... El tiempo ha cambiado, el presente borra el pasado y en este instante mismo, mientras el taxi de Roberto se evapora con él y tía Inés al teléfono, miro el cielo que se va despejando y veo incrustado el primer lucero de la noche.

Una estrella, junto a una media luna de nácar...

Huele a sueños y a rosas, y también a tierra mojada que nutre el aire cuando cruzo el parque para llegar hasta mi coche y volver a casa.

* * *